講談社文庫

海と月の迷路(上)

大沢在昌

講談社

目次

海と月の迷路（上）

#プロローグ

　かつては遊郭だった、九州N県N市、M町の高台に、その料亭はあった。戦前に建てられた建物は老朽化しているものの、いくつもの大広間と手のこんだ日本庭園が往時をうかがわせる。戦前には連夜の宴がもよおされ、帝国海軍の高級軍人や官僚、地元経済人が足繁く通ったものだが、翌年の取り壊しが決まっていた。

　風情を惜しむ声は、地元を中心に少なからずある。だがバブル経済も終焉を告げ、観光資源とするほどの歴史的価値があるわけでもなく、逆らえない時代の流れといえた。

　平成七年、三月、その料亭の広間で、ひとりの警察官の退職送別会がもよおされていた。

　主役は、荒巻正史《あらまきただし》警視、N県警察学校校長である。荒巻は、N県S市の生まれで、十八歳でN県警に奉職し、四十余年の警察官人生に別れを告げようとしていた。

荒巻を知る同僚警察官は、いちように「物静かだが粘り強い」性格だと評する。警察学校卒業後、O署の警邏《けいら》課をふりだしに、荒巻は多くの部署を経験し、N県警刑事部を経て警察学校校長に着任した。

N県警本部長の挨拶に続き、県公安委員長の乾杯の発声で始まった宴会も終盤に入り、要職にある警察官の多くは、中座し退席していた。荒巻がそれを望んだからだ。引退し、消えていく人間の送別のために、よもや警察業務が阻害されることがあってはならないというのが荒巻の考えで、形式的な会など必要ないとすら主張したほどだ。

それを翻意させたのは、N県警刑事部長の遠山警視正だった。遠山は、刑事部時代の荒巻をよく知る人物で、その夜も、しきりに「もうお気づかいはけっこうです」という荒巻の言葉に耳を貸さず、宴席に残っていた。

「俺は、荒《あら》さんに一人前の刑事にしてもらったんだ」というのが、遠山の口癖だった。

百人近くいた宴席には、三分の一ていどの人間しか残っていない。自然、広間の上座に集まり、荒巻を囲む形で酌み交わしていた。

取り壊しの決まったこの料亭で荒巻の送別会をやろうと提案したのは遠山だ。遠山は、同じM町の古い酒屋の次男で、料亭の女将《おかみ》とも幼馴染《おさななじみ》であったことから、気兼ねせず、深夜まで宴会をつづける許しを得ていた。

他の広間の宴席は終わっている。

従業員を別にすれば、料亭に残っているのは、荒巻の送別会の出席者だけだった。それほど上戸《じょうご》ではない荒巻は、勧められる酒にときどき口をつけるだけで、思い出話に花を咲かせる後輩のやりとりをにこにこしながら聞くばかりだ。

にもかかわらず、遠山を始めとして三十人近い人間が席を立とうとしないのは、荒巻の人柄といえた。

そこには、警察学校の卒業生で、三十になるかならないかという、若い警察官も数名いた。そのうちのひとり、二十八の若さで県警捜査一課に抜擢された馬場という刑事が、荒巻の正面に正座した。

「自分は校長に教わったことを一生忘れません。まがりなりにも刑事の端くれになれたとは、校長のおかげです」

感激屋で、酔いも手伝ってか、目を赤くしている。荒巻は微笑み、手をふった。

「何をいいよるか。馬場くんが捜一にひっぱられたとは、君が優秀だからに他ならん。もっと自分に自信をもったがよか」

「荒さん、甘やかさんでください」

遠山が割りこんだ。酒屋の息子だけあって、十本近く銚子《ちょうし》を空けていたが、みじんも酔ったようすはない。

「こいつはまだ、尻尾《しっぽ》もとれんようなおたまじゃくしです。捜査のことなんか何ひとつわかっちょらん」

「誰だってそういう時代はある。失敗や試行錯誤をくりかえして一人前になっていく。ただ警察官には、許される失敗と許されない失敗がある。そこを常に考えて仕事にあたらなければならない」

荒巻の言葉を聞いて、宴席が静かになった。

誰もが「許される失敗」と「許されない失敗」について、思案する顔になっていた。

遠山が口を開いた。

「荒さん、あの話をこいつらにしてやってくれませんか」

居ずまいをただしている。

「あの話？」

「ほら、H島での」

遠山がいうと、荒巻は、わずかに顔をゆがめた。後悔と追憶の混じった、切なげにすら見える表情だった。

「他ではしとらんとでしょう」

遠山は荒巻の顔をうかがった。

「しとらんね。忘れたわけではないし、忘れようとしても忘れられんことだしね」

いって、荒巻は膳の上におかれた盃《さかずき》を手にとった。冷えた燗酒《かんざけ》で唇を湿らせ、わずかに間をおいた。

「もう、三十六年も前のことだ。馬場くんはまだ生まれてないな」

「影も形もありません。親父《おやじ》とお袋が、まだ出会っとらんかもしれません」

馬場が答えた。

「三十六年前というと、校長は、二十四ですか」

別の教え子で、交通機動隊にいる巡査が訊《たず》ねた。

「そう。君と同じくらいだ、矢野くん」

荒巻はいった。卒業生の名前と顔、期をすべて覚えているのだ。

「どんな警官だったとですか」

矢野がにじり寄って訊ねた。銚子を手にしている。

「いや、大丈夫だ」

酒を断り、荒巻は黙った。眼鏡の奥で、そこにはない何かを目が追っていた。

「君らよりもはるかに世間知らずで、周りが見えていなかった」

「独身だったんですか」

荒巻は頷《うなず》いた。

「ひとり者だ」

「H島って、あの島ですか。今は廃墟になった炭鉱の」

馬場がいった。

「そうだ。今は人っ子ひとりいないが、かつてはあの小さな島に五千人以上の人が暮らしていた」

「そげんですか？　自分は船から見たことがありますが、すごく小さか島じゃなかですか。ぐるっと回っても千メートルかそこらしかなかごたる」

矢野が驚いたような声をだした。荒巻は矢野を見やり、微笑んだ。

「君は、鹿児島の出身だったな。知らないのも無理はない。だが本当に、今は壊れた建物しか残っとらんあの島に、かつては五千人からの人が住んどった」

「すごい人口密度じゃありませんか」

「あの島の人口密度は、当時香港をも抜いて、世界一といわれていた」

「世界一……」

「そうだ。H島に住む人は、すべて何らかの形で、あの島の地下千メートル以上に掘られた炭鉱とかかわっていた。小さな島だが、そこには立派な病院もあったし、役場の支所も小中学校もあった」

荒巻がいうと、

「交番もあったとですか」

矢野が訊いた。

「派出所だ。当時は、O署T町H島派出所といった。二名の警察官が常勤しとった」

「校長はそこに勤務しておられたのですか」

荒巻は頷いた。

「昭和三十四年、四月、派出所勤務を命じられた。それまでは大所帯のO署の警邏にいたから、ひどく心細かったのを覚えている。炭鉱の島ということで、気の荒い人たちに囲まれて暮らすのじゃないか。たった二人しかいない派出所で大丈夫なんじゃろうか、とね」

「想像がつかないです。港からすぐの場所ではありましたけど、島は島ですよね。そこに五千人からの住人がいて、二人きり。何かあっても本土にすぐ応援を頼むというわけにはいかんでしょうし」

馬場がいった。

「港から南西へ十八キロ。定期船で一時間少しかかった。石炭の産出が始まったのは江戸末期だったそうだが、明治時代に本格的な炭鉱としての操業を開始し、昭和四十九年に閉山するまで、国内でも有数のいい石炭を掘っていた。私が着任したのは、まさにH島の全盛期だった。二十四時間、三交代勤務の鉱員たちがヤマに入って、石炭を掘っていた。島は、あとからあとから継ぎ足すように建てられたアパートが迷路のようで、鉱員の生活にあわせるから、ひと晩中、明かりが消えることはなかった。海上に、こうこうと光の点《とも》った窓が並んでいて、それが決して消えることがない。島の形ともあいまって、『軍艦島』と呼ばれるようになった。いくまでに、あるていど島のことを勉強していったつもりだったが、実際にそこで生活をしてみると、まるで本土とはちがうことばかりやった」

荒巻は言葉を切った。盃に手をのばし、それが空であることに気づく。矢野があわてて酌をした。今度は断らずに、酒を受け、荒巻は口に運んだ。

「忘れられんね。あの島のことがなければ、私のその後は、まるでちごとったろう」

第一章　桟橋

N半島の北西に深く入りこんだ入り江にある大波止《おおはと》を出航した夕顔丸は、心配していたほどには揺れず、私はほっとしていた。

夕顔丸には、明らかに商用で島に向かうと思われるモンペ姿の婦人が多く乗りこんでいる。彼女らは野菜類や日用品などをくるんだ大きな風呂敷包みをかたわらにおき、お喋《しゃべ》りに余念がない。どうやらT浜あたりからきているようだ。

天気はよいが、風のやや強い朝だった。署の独身寮を朝六時にでていくとき、「天気晴朗ナレドモ浪《なみ》高シ」という言葉がふと頭をよぎったほどだ。

航程は一時間二十分ほどだと聞かされている。

私は制服ではなく一張羅の背広を着ていた。風呂敷包みをかたわらにおいたかつぎ屋の婦人たちの視線が痛い。背広姿で島に渡る人間が、そんなにも珍しいのだろうか。

航程の半分を過ぎたあたりで、最初の寄港地であるT島が視界に広がってきた。島のあちこちに立つ煙突から吐きだされる煙がま横に吹き流されている。

T島は、私の赴任地であるH島よりはるかに大きな島で、標高のある北側の丘陵地には濃い緑が繁っている。それに比べこれから向かうH島は「緑なき島」と呼ばれている。十一年前、私が十三のときに公開された映画の題名が、その由来だ。山村聰と佐野周二がでていたというのは知っているが、私は観《み》ていなかった。当時はエノケンの喜劇映画に夢中だったからだ。

T島の船着場で、多くの乗客が夕顔丸を降りていった。だがかつぎ屋の婦人たちの大半は船に残っている。彼女らの行先も、どうやら私と同じH島のようだ。

T島を離れたあたりから、船の揺れが大きくなってきた。海がシケてきたというわけではなく、外海に近くなったからだろう。

私は署にあったN県の地図を思い浮かべた。H島は、N半島突端から五キロほど北の沖合いに浮かんでいて、東寄りの最も近い綱掛岩からも同じくらい離れている。陸地からわずか五キロで、〝絶海の孤島〟と呼ぶわけにはいかないだろうが、たった五キロでも角力灘《すもうなだ》と呼ばれるこの海域の波は荒い。

船酔いから逃れるには、動かぬ陸地を眺めることだ。

私は進行方向左手に見えるN半島の景色に目をこらしていた。船の揺れはどんどん大きくなり、波を登っては降りていくようだ。登っているときはまだいいのだが、降りるときの体がすっと下がるような動きに、胃袋だけが胸のあたりにとどまっているようで、むかつきをもよおす。

かつぎ屋の婦人たちはすっかり慣れているのか、お喋りをやめるようすはまるでなく、それどころか干しイモらしきものをわけあって食べている。

そのようすに吐きけがこみあげ、あわてて私は目を陸地に戻した。彼女らがあれだけ平然としているのは、この揺れが決して過度なものではない証しなのだろうと、自分を慰める。

いよいよ、我慢できなくなったら便所に駆けこむか、手近の船べりから身を乗りだす他はない。だが着任早々、船酔いで青ざめている自分を、先任者は笑うだろう。

先任者は、岩本三郎巡査で、夫人ともどもH島に駐在している。私は同じO署の後藤巡査の交代員として、二年の任期でH島に赴任することになっていた。

岩本巡査は、私に先行すること一年半と聞いていた。夫人を帯同しての派出所生活というのは、いったいどんな暮らしなのだろう。

ひとりぼっちで赴任するよりは、はるかに仕事に専念できる環境といえるかもしれないが、果たして心細くはないのだろうか。

H島を所有しているのは、M菱という、旧財閥系の鉱山会社だ。今でこそ民主経営がおこなわれているだろうが、戦前は「鬼が島」と呼ばれるほどの厳しい労働環境で、荒くれの流れ者すら音《ね》をあげる過酷な作業を炭鉱で強《し》いられたらしい。たまりかねて島から脱走するのを島では「ケツ割り」と呼び、見つかると連れ戻されて、厳しい折檻《せっかん》を加えられたという。

もちろんそれは昔の話で、今は労働組合もあり、会社側と労働条件の交渉もされていると聞いていた。まさにそのあたりの変化が、映画「緑なき島」で描かれていたのだとは、知っていた。

とはいえ、炭鉱の島なのだ。気の荒い鉱員もいるだろうし、怪しげな流れ者だって渡ってくる。気の休まる日はないのではないか。

私はひとりで想像していた。

不安な想像をめぐらせることが、結果船酔いの悪化を防止したのだから、皮肉な話だ。気づくと船が減速し、正面にH島らしき存在が見えてきた。

これを島と呼んでいいのか。H島のほぼ全容が見渡せる距離まで近づいたとき、私は思わずにはいられなかった。

島とは、通常、水面から隆起した、土や岩のかたまりである。そこに人が生活する家があったり、船の着く港が作られているものだ。ついさっき寄港したT島もまさにそういう形状だった。

だが眼前に近づくH島は、私がこれまでに見てきた島とはおよそ異なっていた。まず土も緑もない。いきなり海中から隆起した切りたった台座の上に、窓が縦横に並ぶ建築物がいくつもいくつも、ひしめきあうようにたち並んでいる。

これほど多くの高層建築物を一度に目にするのは初めてだった。東京は知らない私だが、博多にさえ、こんなにいくつもの高層建築はたち並んではいないだろう。

島の台座は積みあげられた石垣やコンクリートの護岸だった。浜といえるような浅瀬はどこにもない。さらに大きな櫓《やぐら》がそびえていて、巨大な触手のようなベルトコンベアが海に向かってつきだしている。

島というより、小さな工業都市がいきなり海中から浮かびあがったようだ。しかも、今離れてきたT島と比べても、本当にちっぽけなのだ。

目測で、左右は五百メートルあるかどうかといったところだろう。奥行きは百五十メートルを少し超えるくらいか。

この島をかつて新聞が、戦艦「土佐」に似ているから「軍艦島」と呼んだと聞いていたが、それもその筈《はず》で、軍艦なみの大きさしかない。

ここに鉱山会社の社員、鉱員、その家族をあわせて五千人以上の人が住まわっているのだが、とうてい、それだけの人が暮らせるほどの広さがあるとは思えなかった。

いったいどういう構造になっているのか。

私はただあ然として、近づくH島を眺めていた。

正面に広がる島の、中央からやや左手に、コンクリート製で屋根のないあずまや、あずまやのような構造物があった。

あずまやは海面から二メートルほどの高さに浮かんでいて、そこに島からのびる長い腕のような桟橋がさしこまれている。

前進、後退をくりかえしながら船は桟橋に近づいていった。その操船が、入り江の奥の波止場に横づけするのとは比べようもないほど難業であるのは明らかだ。

今日ていどの風や波でも、それなりの技術を要するのに、低気圧で海がシケれば、まさに困難を極めるにちがいない。

私は固唾《かたず》を呑《の》む思いで、船が桟橋に着くのを見つめていた。桟橋の先端には職員らしき男たちが立ち、船からロープが投げられるのを待っている。

舷側《げんそく》に立つ船員が投げたロープをすばやく拾いあげると、桟橋にしばりつけた。ようやく、接岸したのだ。と、思うまもなく、身の丈の半分近くもあるような風呂敷包みを背負った婦人たちが続々と栈橋を渡って上陸を開始した。

私にとっては驚きの光景でも、ここで生活の糧を得る人々には日常に過ぎないのだと、あらためて思ったことだった。

栈橋のつけ根、島の上陸地点には、舞台のような護岸が二段あり、そこに出迎えや乗船を待つ者が並んでいる。

その中に、見慣れた制服を見つけ、私はほっと息を吐いた。先任者である岩本巡査が迎えにきてくれたようだ。

栈橋は、島に近づくにつれ、海面からその距離を増している。島の護岸は、海面から二十メートル近く高くつきでているのだ。それはすなわち、ひとたび海が荒れれば、押し寄せる波がその高さにまで及ぶということをあらわしていた。

現に今私が渡っている栈橋は二代目で、初代は三年前の台風で消失し、これは昨年完成したばかりだという。

岩本巡査は、私より十歳上、と聞いていた。三十四になる筈だが、ほっそりしているのと丸い眼鏡のせいで、もっと若く見えた。

かたわらにＭ菱のマークの入った帽子をかぶった男が立っている。こちらは五十くらいだろうか。日に焼け、やけに眼光が鋭い。

男の視線は、桟橋を渡り、島に上陸する者すべてに注がれていた。菜っ葉服のような制服の袖に「外勤」と書かれた腕章を巻いている。

腕章の男の視線が、桟橋を渡りきった私にも向けられた。そのときになってようやく、私は自分が背広姿であったことを思いだした。

「岩本巡査」

私は声をかけ、敬礼した。岩本巡査は驚いたように眼鏡の奥の目を広げた。

「荒巻くんか」

「はい。荒巻巡査であります」

同階級とはいえ、年齢も経験も自分より上の岩本巡査に、私は自然に敬語となった。

「ご苦労さま」

岩本巡査は微笑んだ。かたわらの腕章の男を見やった。

「関根さん、彼がそうです」

「おお」

関根と呼ばれた男は頷き、今度は値踏みするような視線を私に向けた。どこか横柄さを感じさせる。

「あとでゆっくり紹介するが、こちらは会社の外勤係をしておられる関根さんだ。島のすみずみまで目を配っている人だから、わからんことがあれば訊くとよか」

岩本巡査の言葉に、私はわずかだが違和感をもった。確かに新参者なのだから、土地に精通した人の助言は大切だろう。しかし、それ以上に、岩本巡査の口調にはどこかおもねるような響きがあった。

「あんたのことは岩本さんから聞いとるよ。挨拶がなかったら、こっちが声をかけようかと思っちょった」

関根はいった。意味がわからず、関根を私は見つめた。すると岩本巡査が、桟橋の陸側を指さした。

「あれだ」

そこには大きな看板が立っていた。

「告　外来客は必ず海岸玄関の外勤係に届け出て許可を受けて下さい。無断入島者に対しては即刻退島してもらいますので御承知おき願います」

「なるほど」

私はつぶやいた。

「この島はね、大きな家族みたいなものなんだ。無断で上陸するようなのは、ろくでなしと決まっている。だから俺《おい》らのようなのが目を光らせておるんじゃ」

関根は胸を張っていった。それはどこか、警察官すら見下すような権力を感じさせるものいいだった。

私のその気分を感じとったのか、岩本巡査がいった。

「ま、とにかく派出所のほうに案内しよう。ここは君が今までいた任地とはまったくちがう。そういったことにも早く慣れてもらわんと」

「はい」

私は頷き、足もとにおいていた荷物を手にした。

「じゃ、関根さん、あとはお願いします」

「はい。ご苦労さん」

関根は尊大に頷いた。

岩本巡査は歩きだした。

「居住区にいくには、まずここをくぐらんばならん」

岸壁ぞいにトンネルが口を開けていた。岩本巡査につづいて足を踏み入れた私は、暗さにとまどった。湿ったコンクリート特有の薬品くさい匂いが鼻にさしこんだ。しかもトンネルはまっすぐではなく、大きく右に折れ曲がっていた。照明は、ところどころに蛍光灯があるだけだ。

ここをどうしても通らなければならないとするなら、ひったくりや痴漢が頻繁《ひんぱん》に発生する現場になるなと思い、待てと私は思い直した。

ひったくりや痴漢の犯行をしても、この島からは決して逃げだせない。つまりすぐにつかまってしまうということだ。

この島は、外来者が簡単にいききできないのは確かだ。かつぎ屋の婦人たちだって夕刻には船でひきあげるだろうし、それにしたって関根のような監視役には顔なじみばかりだろう。

見知らぬ者がいたらただちに怪しまれる風土なのだ。

そう考えると、私は少し気楽になった。互いが互いを知っている土地では、重大犯罪は起こりにくいだろう。流しの強盗などは、およそありえない土地というわけだ。

「長いですね」

私がいうと、声が反響した。

「二百五十メートルあるよ。なぜこのトンネルがあるかといえば、選炭場や捲《ま》き揚げ機がこの向こうにあるからなんだ。トンネルがないと、炭鉱の作業場を通っていくことになる。邪魔になるし、何より事故が起こりかねない」

岩本巡査は応えた。

不意に目の前がひらけた。大きな七階建てのアパートがそびえ、そこから右の方角に、給水塔の立つ岩の丘が見えた。その丘にも何棟もの建物がある。

「この大きいのが30号棟だよ。ロの字型をしていて、大正五年に建てられた」

「大正五年ですか」

私は驚いた。そんな時代に、東京でも博多でもなく、海に浮かんだこのちっぽけな島に七階建ての大型アパートが作られていたとは。

「今ある中では、最も古いアパートだね。それでも百四十戸の住人がいる。住んでいるのは下請け労働者だ」

それは巨大な長屋だった。各戸の玄関は引き戸で、桶《おけ》やバケツが前に積み上げられ、洗濯物を吊《つ》るした物干し竿がそこら中にかかっている。割烹着《かっぽうぎ》を着けた婦人や、子供をおぶった母親が忙しげに通路をいききしているのが見えた。

アパートというと瀟洒《しょうしゃ》な響きがあるが、実際は生活の匂いで満ちていた。まだ学齢に達していない幼な子の叫び声や泣き声、下駄を鳴らして走り回る音が、そこここから降ってくる。

しかもこのアパートの通路は、島の中央部の岩の丘と直接つながっているのだ。高低差を巧みに利用した構造だった。

が、眺めているうちに私は気づいた。この小さな島には、人や資材を運ぶための通路を作る余裕などない。よく見ると、こうした渡り廊下のような通路は、そこいら中の建物と建物のあいだに渡されていて、密集した高層住宅を、少しでも住みやすくしようという工夫の表れなのだった。

それはまさに迷路で、これは容易ならないところにきてしまったと、私は痛感した。小さな工業都市のように見えた島には、見渡す限り共同住宅が蝟集《いしゅう》し、そのすきまだけでなく空中を通路や階段が結んでいる。この地理をすべて頭に詰めこまない限り、とうてい派出所勤務はつとまらない。

岩本巡査は30号棟を左に回りこむ通路を進んだ。正面に、もう海が見えた。私を乗せてきた船が着いた側とは反対の護岸がすぐそこにある。

船の上からではわからなかったが、H島もやはり、中央部が隆起した、島本来の形をしてはいるのだ。

隆起をすべて建物がおおっているため、全体には林立しているようにしか見えないが、こうして上陸するとはっきり地形が理解できる。

岩本巡査にしたがって、護岸ギリギリに建てられたくの字型の六階建てのアパートの内側を私は進んだ。

「ここが31号棟。鉱員住宅だが、郵便局と共同浴場がある。共同浴場は61号棟にもあって、どちらも使っていいことになっとる」

岩本巡査はいったが、その61号棟がどの建物なのか、私にはわからなかった。

「いったい、この島にはいくつ共同住宅があるとです？」

「病院や体育館までをいれると、70号棟まで、ここにはある。他に、トンネルの向こう側には下請け住宅もある」

「住民は何名ですか」

「昨年の人口調査では五千百五十二人の住民が登録されている。今年はそれよりさらに増える見通しだよ」

「まだ増えるとですか」

私は思わずつぶやいた。こんなところは日本中、いやもしかすると、世界中どこにもないかもしれない。

「隣のT島より、この島の貯炭量はまだまだ豊富だと見られている。しかも他の炭鉱に比べると、ここははるかに住みよいとされているのだよ。なぜなら、ここに住む者は、家賃、電気料金、水道料金、プロパンガス料金、すべてあわせて月額十円で暮らしていけるけんね。その上島内の商店は、会社側の負担で、生活必需品の大半が、本土よりも安く買える」

その口調は、H島を誇っているようにも聞こえた。

「さすがはM菱ということじゃないかな。島をでていきたい者より、ここで働き、暮らしたい者のほうが多かとやから」

私は黙って頷く他なかった。ひとつの地域が丸ごと一企業の所有物である以上、その企業に対し、反感や違和感をもつ者が暮らしてはいけないのは自明の理だ。

しかし公務員である岩本巡査までもが、企業を賛美する言葉を口にするのは妙な気がした。おそらくその気持ちが、さっきの関根というM菱の社員に対する態度にも表れているのだ。

小さな児童公園があった。

わずかだが、それに私はほっとするのを感じた。ここに暮らしている子供たちが、いったいどこで遊んでいるのかが気になり始めていたのだ。

「公園ですね」

「もっと大きいのが、この先、65号棟の中庭にある。さっ、あれが派出所のある21号棟だ」

岩本巡査がみっつ先の建物を指さした。五階建てのコンクリート住宅だ。

「ちょうど手前にある22号棟が、君が今夜から寝ることになる公務員住宅だ」

あまり巨大な建物の中に派出所がないことに、私は少し安堵した。

気づくと、桟橋で船を降り、トンネルを抜けてからこっち、日のあたらない、谷底のようなところばかりを歩いている。

空をふり仰いで、私は桟橋が島の東側であったことに気づいた。つまり、H島は南北に長く、東西に狭い、長方形に近い形をしているのだ。

しかも中央部の岩の丘に林立する建物が、東からの日ざしをほぼさえぎっている。島内でも日が当たるのは、各建物の屋上か、岩の丘の上にある建物くらいのものだろう。

今夜から私が住むことになる公務員住宅は、その点では立地に恵まれているといえた。朝日はささないかもしれないが、中天の日と西日《にしび》はうけることができそうだ。

派出所は、21号棟と教えられた建物の北側の角にあった。手すりのついた低い階段があり、登ると、ガラスのはまった引き戸がある。

引き戸の上の天井には、赤い丸電球がはまっていた。

「O警察署　T町　H島警察官派出所」と記された木板が掲げられている。

「さあ、着いた」

引き戸を開け、岩本巡査はいった。執務机の向こうの壁に、島の地図が貼られていた。

私は思わず歩みよった。

それによると、この派出所のある21号棟は、島の南北ほぼ中央、やや西寄りに位置している。

地図には島内にたつ建物と番号がすべて書きこまれていた。さらに島の東側、鉱山部分の主だった施設についても記されている。

「そう。まず、地理を覚えないと。警邏の仕事はそこからだ」

岩本巡査の言葉に、我にかえった。

派出所の中を見回し、木製の留置場があることに私は気づいた。外からは仕切りの壁しか見えないが、内部に入ると格子のはまった出入り口が設けられているとわかる。

「留置施設もあるんですね」

「それはそうだよ。船の最終がでてしもうたら、朝まで被疑者を送致できんからね」

「重大事件の発生は多いのでしょうか」

岩本巡査は含み笑いをした。

「いや。事件らしい事件など、ほとんどなか。私が着任してから、ここを使ったのは酔っぱらいの保護くらいのものだ」

「傷害とか窃盗などの発生も皆無なのでしょうか」

「島全部が家族のようなものなんだ。人のものをとったりしたら、ここで暮らしていけんよ」

制服のポケットから煙草をだし、マッチで火をつける。

「吸うかね？」

しんせいの袋を私にさしだした。

「今はけっこうです。しかし鉱員など、気の荒い者もいると思うのですが」

「喧嘩《けんか》はある。特に酒が入っていれば、殴り合いになることもあるようだ。だがたいていのもめごとはここまでもちこまれない」

岩本巡査は真面目な表情になった。

「16号棟の一階でカタがつく」

「16号棟の一階？」

「さっき会った関根さんを始めとして、外勤係が詰めているところだ。ヤマの人間にはヤマの人間のしきたりや掟《おきて》がある。それにしたがって処理される。喧嘩なども遺恨を残さんように、手打ちをさせるようだ。そこに私らが、傷害だの何だのといって首をつっこめば、かえってややこしいことになってしまう」

「そう、なのですか」

私は腑《ふ》に落ちなかった。

「荒巻巡査」

岩本巡査は口調を改めた。

「君が納得のいかないのもわからなくはない。が、ここは地形だけでなく、あらゆることが他の土地とはまったく異なる場所なのだ。たとえば、炭労ですら、ここには手をださんでおる」

炭労とは、炭鉱労働者の組合のことだ。労働組合の活動に対する監視も、警察官の職務である。

「炭労が手をだせない？」

私は訊き返した。漠然とではあるが、鉱員の島である以上、労働組合の力は強いだろうと思っていたからだ。

岩本巡査は頷き、声を低くした。

「炭鉱で働く者の組合には、炭労や全炭鉱といった組織がある。だがどの労組の執行部も、ここにはオルグを入れていない。住んでいる組合員に対しても教宣活動をおこなわないよう指示を与えている。労組どうしの方針対立や、組合、反組合で、島の空気が険悪になるのを避けるためだ。万一、闘争になれば、島が二分してしまう。そんなことは誰も望んどらん、というわけだ」

私は頷いた。確かに小さな島の中で組合闘争や労働争議がおこれば、収拾は容易でないだろう。

「労組すら手をださない土地柄では、我々警察官といえども、できることは限られてくる」

私は息を吐いた。

「この地図を見たまえ」

岩本巡査は煙草を灰皿に押しつけ、壁の地図に歩みよった。

「これはあくまでも平面図だ。縦にこの島を見ると、大きく四つの階層に分かれている。住居の高さと島での地位は比例していると思っていい。中央部の一番高いところにあるのが、鉱長の社宅だ。島で唯一の一戸建てだよ。さらに一級、二級、三級、四級に分かれる職員の住宅がある。一級が3号と56号棟、二級が2号8号12号14号21号25号57号、三級が8号9号11号14号21号57号、四級が21号」

私は地図を見つめた。隆起した岩の丘に並んでいる住宅は、M菱の社員である職員と公務員の住宅ということになる。

「公務員住宅は22号棟だ。ここは我々の他に、役場職員、小中学校教職員、郵便局員とそれらの家族が住んでいる。鉱員住宅はその下で、一級鉱員が31号48号59号60号61号65号、二級鉱員が31号65号、三級鉱員と四級鉱員が16号17号18号19号20号30号65号となっている。鉱員の階級はその仕事ぶりと経験で決められる。階級が上がれば、住むところも新しい建物の高い階に移れる、というわけだ」

「その下は何です？」

私は訊ねた。四つの階層というからには、もうひとつなければならない。

「商業関係者と下請け労働者の住宅だ。商店は57号棟に集まっているので、その地下に五十人近くが住んでいる。下請け労働者は、30号棟の一部と103号棟のプレハブ住宅にいる。下請け労働者と商業関係者をあわせても三百人くらいだ」

それがこの島で一番低く、日のあたらない場所で暮らしている人々だ。

「それだけ多種多様の人間が、狭い場所に住んでいるのだから、もめごとが起きないわけはないだろうという顔だな」

岩本巡査はいって、執務机の上におかれていた紙ばさみをとりあげた。

「これを見るといい。この島の生活管理の仕組みだ」

そこには「各区分」とあって、一区から十六区まで、各棟各号室が細かに書きこまれていた。

「島内は階層別に五十戸から百戸単位で区分けがされていて、それぞれに区長がいる。区長の上に外勤係、その上が会社の総務課だ。各棟の社宅管理、生活指導、ノソンボ対策をおこなう」

「ノソンボ対策?」

「鉱員のずる休みのことだよ。所帯もちの鉱員はそうでもないが、独身で寮暮らしをしている鉱員は、仕事をずる休みしがちだ。もちろんそういう人間はいつまでたっても上の住宅には住めないが、ずる休みが多くなれば鉱員全体の士気にかかわるし、ヤマそのものの稼働率も悪くなる。外勤係はそういうのを防ぐためにも島内を巡回している」

「自治組織が確立されているということですか」

関根の横柄な態度を思いだした。

「外勤詰所には受信専用電話があって、各住戸の共同電話からすぐ通報できるようになっている」

「一一〇番は意味がないのですね」

「島に個人用の電話はない。公衆電話だけなんだ。一一〇番をして、県警本部からここに通達がくるのを待つくらいなら、外勤係に通報したほうがはるかに早い。したがって、我々は外勤係と密に連絡をとらなければ、職務の遂行に支障をきたすということになる」

私は納得せざるをえなかった。この島では警察官といえども、鉱山組織の一部なのだ。

「住宅と炭鉱以外の施設には何がありますか」

「まず病院がある。それに保育園、小学校中学校。さらに寺と神社」

岩本巡査は地図を指でおさえた。丘の南寄りの高台にあたる地点だ。

「H島神社だ。それと今通ってきた児童公園のわきは泉福寺という寺になっている。神社に宮司はいないが、泉福寺には住職がいる。それ以外だと、映画館、麻雀荘《マージャン》、弓道場、ビリヤード場、スナック、老人クラブもある」

私は地図を見つめた。この島の地理に早く慣れるためには、地図を手帳に写しとり、実際に自分の足で歩いてみる他はない。

「賭博行為等は？」

「あるかもしれない。自宅や寮で、賭け麻雀や花札賭博をやっているという話もちらほら聞こえてくる。が、そこに踏みこむ必要まではないと私は思っている。ここに暴力団はいない。もちろん刺青《いれずみ》をしょっておったり、指をつめているような者がおらんとはいわんが、この島にきた時点で、過去には清算をつけている、と考えているよ。炭鉱の仕事をせずに、この島で暮らしていくことはできん。我々や教師などを別にすれば、ここで生活する者は、必ず何らかの形でＨ島炭鉱とかかわっている。無為徒食の輩《やから》など、ひとりもおらん」

きっぱりと岩本巡査はいった。

「でも下請け労働者はどうなのでしょうか。流れ者や食いつめてここにやってくる人間もいるのではありませんか」

「確かに下請けの者の中には、気になる風体《ふうてい》の人間もいるが、数の上では鉱員や社員のほうがはるかに多い。気の荒さという点でも、チンピラやくざなどより、毎日、生死を賭《と》してヤマに入っている鉱員のほうがはるかに上だ。その鉱員が規律正しい生活をしている以上、流れ者の下請けが大きな顔などできんだろう。下請けは、Ｍ菱に委託されたT組という会社が人を入れている。下請け労働者が問題を起こせば、M菱はT組の責任を問う。T組はT組で、下請けの管理に目を光らせる、というわけだ。何しろ、悪さをしてもどこかへ逃げだすことができん場所におっとやから」

すべてはそこに尽きる。岩本巡査はそう、いいたげだった。

地図には、島の大きさが書きこまれている。南北「四百八十米」、東西「百六十米」とあった。町歩《ちょうぶ》でいえば、八町あるかどうかという大きさだ。歩き回れば、あっというまに一周できてしまう。

「とにかく歩いてみることたい」

私のその考えが伝わったように岩本巡査はいった。

「制服でうろうろするより、今のままの格好がいいだろう。制服姿で道に迷ったら、笑い者になる」

その通りだ。

「よろしいんですか」

「ああ、大丈夫だ」

いって岩本巡査は、警察電話の上の壁にかけられた時計を見た。

「昼までまだ二時間近くある。それだけあれば、あちこち見て回れるだろう。昼になったら、私が食堂に案内するよ」

「食堂があるんですね」

私はほっとした。署の寮にいたときとちがい、食事は自炊しなければならないだろうと思っていたのだ。

「鉱員の多くは弁当をもってヤマに入るが、独身者はそうもいかない。食堂は三ヵ所あって角打ちもできる。ヤマは二十四時間操業しているから、どの時間でも誰かしら働いていて、誰かしらが勤務明け、誰かしらが寝ている、というわけだ」

「二十四時間、休みなしですか」

岩本巡査は頷いた。

「一番方《いちばんかた》が朝八時から午後四時まで。二番方が四時から夜中の十二時まで。三番方が十二時から朝の八時までだ。そうやって働いているから、真面目な鉱員の家は裕福だ。テレビ受像機など、本土よりもはるかに多くの家にある。電気洗濯機や電気冷蔵庫も、皆もっている」

私は驚いた。鉱員は貧しいという思いこみがあったのだ。

「戦前は、まったくちがう状況だったらしい。働いても働いても飯代や酒代、家賃をとられて、むしろ借金がかさむ『鬼が島』だといわれていたそうだ。逃げようと海にとびこみ、溺れ死んだ者も数多くいたというな。まあ、そんな時代だったら、我々の仕事はもっともっとたいへんだ。明治の頃は、殺人もあったというし。やはり豊かになると、すべてが変化するとじゃろうな」

確かにその通りなのだろう。飯場に押しこみ強制労働をさせるのと、家族とともに狭いながらも我が家を与えられて、そのために働こうというのでは、どちらが効率があがるのか、考えるまでもない話だ。

敗戦のとき私は十歳だった。その私ですら、昭和も三十年代に入ってから、世の中がかわってきたことを実感していた。N市にピカドンが落ちたとき、幸いなことに私は熊本に疎開していて、難を免れた。親戚にはピカドンで亡くなった者が何人かいる。

当時は、何とむごいことをするのかとアメリカを憎んだ。しかし、敗戦がこの国の民衆ひとりひとりに、幸福を考える空気をもちこんだことは、まぎれもない事実だった。

私は手帳に簡単な島の地図を写しとった。歩き回りながら気づいたことを書きこむつもりだ。

私が写しとるのを、岩本巡査は黙って見つめている。

あらかた地図を写しとったとき、派出所の扉がからりと開かれた。丸顔で眼鏡をかけた三十くらいの女が立っていた。

「もういらしたのね」

女は私を見て、岩本巡査に告げた。手に風呂敷包みを提げている。

「ああ。荒巻巡査、家内の千枝子《ちえこ》だ」

セーターにスカート、素足で下駄をはいている。

「初めまして。本日着任した荒巻です」

私は敬礼した。岩本巡査の夫人、千枝子はくすりと笑った。

「よろしくお願いします。お弁当、荒巻さんのぶんも用意しました。おむすびですけど」

「いやあ、それはありがとうございます」

私は思わず声をあげた。

「よう気のついたな」

岩本巡査は夫人を見やった。

「独身の方だと聞いとりましたもんで」

「ありがたくちょうだいします」

私は夫人に頭を下げた。

「そんな固苦しくなさらんで下さい。これから主人のことをよろしくお願いいたします」

夫人はいった。

「こちらこそ、新参者ですがよろしくお願いします」

私はあわててもう一度敬礼した。やさしげな夫人でよかった、と思った。

「では、いってまいります」

派出所をでた私は右手、島の北側に向かった。同じ船でやってきたかつぎ屋の婦人たちが露店を広げているのが見えた。なかなかにぎやかで、そのさまは、呼子《よぶこ》の朝市をふと思いださせた。かついできた大きな籠《かご》の中に、新鮮な野菜や干物、ちょっとした日用品などを並べている。

中にはたらいに入れた金魚や小鳥を売っている者もいた。買い物カゴを手にし、前かけを下げた主婦たちが、露店の前でしゃがみ、売りものを吟味している。

そのようすだけを見れば、ここが特殊な環境の島であることを忘れてしまいそうだ。

並んでいる露店の正面に「厚生食堂」という看板が掲げられていた。（一般食堂）

とあり、「トーフ、パン、製造販売」と横に記されている。自家製の豆腐やパンまであるのかと、私は感心した。これなら、食事の苦労はしないですみそうだ。

さらに進むと右手の奥に急峻《きゅうしゅん》な階段が見えた。建物と建物のあいだにはさまれ、いき止まりかと思われたような場所に階段は存在していて、岩の丘と下界を結んでいるようだ。

私は階段を登った。急勾配《こうばい》の上に折れ曲がっていて、これを毎日登り降りしなければならない住人はたいへんだろう。

地図によると、この階段の下に、島内の商店が集まっているようだ。「H島銀座」と、記されている。

階段をあがっていくと櫛《くし》の歯のように並んだ九階建ての鉱員住宅が四棟つながっているのがわかった。狭いすきまからは、岩の丘の中腹に沿ってこの建物が作られたことがうかがえた。そこからはむきだしの生活空間が見える。洗濯物も家の中も丸見えだ。建物と建物のあいだには、まるでつっかえ棒のようにコンクリートの横梁《はり》が渡されていた。おそらくこれがなければ、急傾斜に沿ってある建物の安定が保てないのだ。

この階段に立って眺めるだけで、小さな島で人が身を寄せあって生きることのたいへんさをつくづく感じた。

この地では、いさかいをいさかいのままほっておくことはできないだろう。小さな怒りも放置すれば、大きな憎しみにかわりかねない。人は互いの感情を大切にすることを自然に学ぶ。

岩の丘の上にでると、社《やしろ》が見えた。H島神社だ。コンクリートの橋脚の上に、社と参道となる通路がのっている。

この狭いところによく神社を作ったものだと感じ、いや順序が逆だったのかもしれないと思い直した。

海上の島とその地下に掘られた炭鉱という、この地の環境を考えると、まず人々は安全を願う依代《よりしろ》として、島の最も高台に神社を建立したのだ。住宅は、そのあとから増殖していったにちがいない。

私は今日から住人になる者のつとめとして、神社に参拝することにした。賽銭《さいせん》を投げ、拍手《かしわで》を打った。拝殿からは島のかなりの範囲が見渡せる。

そのせいか、人の姿も多い。日当たりもよく、風が抜けるので、自然に集まってくるのだろう。

背広姿の私に、多くの視線が注がれるのを感じた。

島の東半分、鉱山施設がよく見渡せた。ベルトコンベアが唸《うな》りをあげ、石炭を運びあげている。

その手前には水をたたえた巨大な円形のプールが見えた。それが選炭に使われる、ドルシックナーという施設であることは、他の炭鉱を訪れたときの経験で知っていた。

ドルシックナーの右手には、捲き揚げ機の櫓がそびえている。それを目にすると、自分の足もとの地下深くで、今この瞬間も、鉱員たちが過酷な作業に従事していることを感じずにはいられなかった。

蝟集した生活空間は、あくまでも炭鉱の付属物なのだ。我が国の産業を支える、重要な動力源が、この島の地下深くで掘りだされている。石炭は電気を起こし、鉄を作り、汽車を走らせる。すべての産業の源なのだ。

であるからこそ、ここに五千人からの人が住む集落ができあがった。

写しとった地図には、島の東半分は、大きく「鉱場」と記されていた。鉱場が、島の主役なのだ。鉱場で働き、鉱場を運営する人々と、それを支える人々でこの島は成りたっている。

そう思うと、自分がひどく心細くなった。

警察官という仕事など、この島の事業に何ひとつ寄与できないのではないか。いってみれば、お荷物に過ぎない。

岩本巡査の言葉によれば島内で発生するもめごとの大半は、住民どうしによって解決されてしまい、さらに外勤という生活指導係がいる以上、ほとんど警察官の出番はないという。

にもかかわらず、住民が分けあう貴重な空間に居すわる警察官は、むしろ邪魔なだけではないのか。

私は参道の、コンクリートでできた手すりによりかかり、島を見おろした。ま下には変電設備や坑道から空気を排出するための風道、竪坑《たてこう》の入り口があり、私が上陸したのとは異なる船着場に面してクレーンがそびえている。

クレーンは島の東部のあちこちにあった。

クレーンとベルトコンベアが、掘りだされた石炭を集め、選《よ》り分け、そしてまた山として、船に積みこんでいるのだ。

その作業は、海が荒れない限り、毎日のようにつづくのだろう。

巨大な機械の稼働を目の当たりにしながら、運ばれる石炭が人の手で掘りだされているのだと思うと、それはまさに気が遠くなるような努力の集積なのだと感じずにはいられなかった。

粉塵《ふんじん》の舞う、暗黒の坑道の中で、死と隣り合わせに石炭を掘りつづける作業とは、どれほど過酷なものか。一日の作業が終われば、疲れを癒《い》やそうと酒に手がのびるのは当然だろう。その結果、喧嘩が起こったとしても、いちいち目くじらをたてるのは、大人げないことかもしれない。

ふりかえると、島の西側は、密集した建物ばかりだ。ほとんどの屋内には日がささず、風通しも悪い。にもかかわらず、五千人からの人が身を寄せ合い、暮らしている。生活に必要な、さまざまな補助を鉱山会社が提供するからこそ、人は暮らしていける。

裕福なのは、そうでなければ、ここで暮らしたいなどと誰も思わないからだ。ここで生活する限り、空間の限界という我慢を、誰であろうと強いられる。大声をだせば筒抜けで、秘密を守ることは難しく、どこで何をしようと、他人の目を避けるのは不可能に近い。うっぷんのはけぐちは、どこにあるのだろうか。

運動をしようにも、ふさわしい空間はほとんどない。

日曜日には、このH島から多くの人がN市に船ででかけていくのを私は知っていた。島内では買えない衣服や本、レコードなどをN市で入手するのが目的だ。

だがここに立って見るとわかる。彼らが週に一度島を離れるのは、単に購買意欲を満たすだけが目的なのではない。数時間だろうと、人の目を気にしない、知らぬ者ばかりの地に降りたつ解放感を味わいたいからにちがいないのだ。

私もそうなるのだろうか。

島に慣れるまでは、非番の日といえども、なるべく多くの時間を島内で過ごすべきだと思った。地理を知り、仕事や生活の習慣に馴染まなければならない。そうでなくては、ここでの仕事と暮らしは厳しいものになる。

神社を離れ、丘の上を南に進んだ。ふもととはちがい、三階、四階といった低いコンクリート製の住宅が狭い範囲に、横に並んでいる。鉱山会社の社員用の住宅だった。二棟並んだ社宅の向こうには、木造の二階屋があった。

コンクリート製の共同住宅ではない一軒家は、この島では新鮮だった。ここが鉱長、すなわち、島の最上位に君臨する人の住居なのだ。

まさに一目瞭然、誰の目からも特権が与えられていると知れる住宅だった。

その先、一段低くなったところには、木造の社員住宅が二棟並び、その南側に貯水槽があった。

私は丘の上をぐるりと歩き回ると、再び下界へと降りた。島の北側の端には病院があった。結核や腸チフスなど伝染病患者を収容するための隔離病棟も、病院の西側、海ぎりぎりのところにたっている。

ほっとしたことに東側の端には運動場があった。それに面して、六階建ての学校がある。

小学校と中学校が、ひとつの建物の中におさまっているのだ。

運動場の入り口に立ち、校舎を見上げていると、チャイムが鳴った。そのとたん、おびただしい数の児童、生徒がいっせいに校舎の出入り口からあふれだし、私はびっくりした。子供たちは住宅地帯である、島の南側にてんでに走っていく。

時計をのぞき、昼なのだと気づいた。

この島では、職場だけではなく、学校もまた住居に近接している。したがって子供たちは、昼食を家でとるために、帰宅するのだろう。

六階建ての小中学校など、おそらく日本中のどこにも存在しない。彼らが大人になってこの島をでていったとき、学校での思い出は、他のいかなる土地で育った子供とも異なると気づくにちがいなかった。

学校の横、東側は、すぐ海だった。そこに護岸からせりだしたようなでっぱりがあった。

男たちが何人かそのでっぱりにしゃがみ、竿を使わず、直接釣り糸を海にたらしている。

釣りのための場所なのだろうかと考え、「船着場」と記された看板に、それを改めた。

私が上陸した栈橋に比べると海からの高さがあって、およそ使い勝手が悪そうだ。あの栈橋ができたことで使われなくなったのだろうか。

見ていると、ひとりの釣り人が釣り糸をたぐり上げた。

上がってきたのは、丸味を帯びた形をした、掌ほどの青黒い魚だった。もち帰って食べるのか、釣り人はそれをかたわらのバケツに入れ、再び釣り糸を海にたらした。

そこから南側は、鉱場の区画だ。変電所や倉庫、ベルトコンベアなどの施設に、精炭が見える。

私はようやくこの島の全体像がつかめたような気がした。南北に長い島の、ほぼ中心部にある細長い岩の丘が東西に島を二分している。丘の東側が、鉱場地帯、西側が住宅地帯というわけだ。

写してきた地図によると、北側の端には病院が、南側の端には水泳プールがあるようだ。

四方を海に囲まれているのに水泳プールがあるというのは、奇妙な話だった。が、考えてみれば、海流の速い島の周辺は、子供の水泳に適しているとはいえない。あれだけの数の子供たちが暮らすからには、彼らのための水泳場が必要になる。

私は鉱場地帯を、海沿いに進んでみることにした。西側に比べると建物の数は少ないが、積み上げられた資材や石炭が、大きく場所をとっている。坑道を支えるための木材の山は、三階建ての鉱山事務所の屋根より高かった。

私は足を止めた。クレーンが巨大な首を振り、そびえたつ捲き揚げ機の櫓が、ウインチの音を響かせ、ベルトコンベアは間断なく石炭を運びつづけている。

まさに生産の現場だった。思わず見とれていると、

「あんた！」

いきなり鋭い声をかけられ、ふりかえった。

日焼けした法被《はっぴ》姿の男が立っていた。手に軍手をはめ、白いヘルメットをかぶっている。

「会社の人かね」

また、例の外勤係かと思ったが、腕章をはめていないところを見ると、鉱場で働く人のようだ。

「いえ。自分は、今日着任したばかりの派出所警官です。この島の地理に慣れようと、歩いていたところです」

まるで上官に対するような敬語になっていた。誰何《すいか》されるたびに、しばらくはこう答えるしかないのだろう、といいながら思ったことだった。

「おお、後藤さんの後釜かね」

男は頰《ほお》をほころばせた。前任者が、後藤巡査といったことを、私は思いだした。

「その通りです」

「それはそれは、ご苦労さんです。私は小宮山《こみやま》といいます。そこの総合事務所におったところ、背広姿の見かけん人がうろうろしておったものだから、何だろうと思って、きてみたんです」

「それは失礼しました」

「いやいや。そういうことなら、このあたりをご案内しましょう」

小宮山はいって、私の返事を聞かず、歩きだした。

「小宮山さんは鉱山で働いておられるのですか」

私は肩を並べ、訊ねた。

「いや、私はT組の労務管理をやっております。組夫頭《くみふがしら》ですわ」

ついさっき、岩本巡査との話題にのぼった、下請けのT組の人間と聞き、私は驚いた。

「組夫というのは、どんな仕事をされているんです？」

「ヤマで石炭掘るのが鉱員ですわな。じゃ、資材を荷揚げしたり、コンベアやクレーン動かしたり、ああいう坑木を運んだりするのは、誰がやるか。組夫です」

小宮山が指さしたのは、屋根より高く積まれた木材の山だ。

「組夫はヤマには入れません。ですが、組夫がおらんければ、できん仕事はたくさんあります」

小宮山はずんぐりとした体つきで、猛犬のように頑丈そうな顎《あご》をしていた。ぼってりとした瞼《まぶた》の下の目は小さいが、妙に鋭い光を放っている。制服にヘルメットというでたちでなく街場にいれば、まちがいなく筋者だと思ったろう。

労務管理をしているといったが、この男の背中に刺青《いれずみ》が入っていても驚かない。

「組夫の人には独身者が多いとですか」

「お巡りさんはきたばかりで知らんでしょうが、ここは人の住める場所が限られとります。所帯者は、女房、子供がついてくる。社員や鉱員はそれでもいいでしょうが、組夫の住むところにそんな余裕はありませんよ」

「なるほど」

「組夫は、おって五年。たいていは二年から三年で辞めていきます。金が欲しくて島にくる、というのがほとんどですけん」

「組夫から鉱員になる人もいるのですか」

「おらんわけじゃありませんが、そんときは組じゃなくて、M菱との契約になります。組夫の者が採炭するのは、法律で禁じられとりますけん」

答えながら小宮山は捲き揚げ機の櫓のかたわらを歩いていった。

「この先の建物が会社事務所と総合事務所です。鉱員はヤマから上がってくるなり、櫓の下の風呂に入って炭塵《たんじん》を落とすんですわ」

「M菱鉱山株式会社　T島鉱業所H島鉱」

と書かれた板が、会社事務所の入り口にかかっていた。

「外来者は必ず受付に御立寄り下さい」との木札が立っている。

左手を見ると、海につきでたクレーンが、運搬船から坑木を吊り上げているところだった。

「あれは十五トンクレーンです。あのクレーンを動かしておるのも組夫の人間です。

そのこっち側が、第二竪坑の櫓です。竪坑の深さは、六百三十六メートルあるとです」

近くで見るとベルトコンベアの支柱はすべて石炭に埋もれていた。

いかに大量の石炭が足下から掘りだされているのかを示している。こんなに多くの石炭を掘りだしては、島が沈下してしまうのではないかと、私は素人考えにかられた。

鉱場の、建物がないところには、すべてといってよいくらい石炭が積みあげられている。

「掘っても掘っても、ああして、積込船が石炭をもっていきます。積込桟橋のクレーンは、ディストリビュータといいましてな、前後左右に動いて、船の上に片寄りがでんように上手にならして石炭を積みこむんです」

小宮山が説明した。そして事務所のほうを指さした。

「この奥に繰込所《くりこみじょ》があります。繰込所というのは、ヤマに入る前に鉱員がそろって点呼をしたりする待機所ですな。そのあと竪坑口の階段を降りて、ヤマに入っていくわけです」

「小宮山さんは鉱員をしておられたことがあるとですか」

下請けの労務管理にしては、鉱山の事情に詳しい。

小宮山は何ともいえない表情を浮かべた。

「十代の頃ですがね。戦争が激しくなって軍隊にとられるまでのいっとき、ここにおったことがあります。今とは比べものにならんくらい労務管理はいばっとりました。今は一日三交代ですが、当時は二交代で、ノソンボをすると、ベルトでぶん殴られたとです。軍隊から戻ってきてしばらくは、小倉のほうで悪さをしとったんですが、そろそろまっとうにならにゃと思いましてね。おった組の代貸しの紹介で、T組に入ったんですわ」

「よく足を洗えましたね」

私がいうと、小宮山は左手の軍手を外した。左手の小指の第二関節から先がなかった。

「こんなもんで許してくれました」

すぐさままた、軍手をはめた。私が警察官だというので、見せたのだろう。

「組夫にも気の荒い人は多いのでしょうね」

私は探りを入れてみた。

「気が荒いのもおりますが、もっとわからんとは、本当は力仕事なんかやらんでもええような、賢そうな奴がおることです。学歴もあるとやろうに、なんでこげな島に流れてきたとかいな、と思うようなのが、ときどきおります。まあ、それなりの事情があってのことでしょうが」

小宮山はいった。

「問題さえ起こさなけりゃ、組としてはかまわん、ということですわ」

どこかよその土地で犯罪をして、逃げのびてきた者かもしれない。この島は外来者には厳しいが、一度入りこんでしまえば、外から自分を捕まえにくる者はまずいないと安心できる。

「問題は起きないのですか」

「喧嘩くらいはしょっちゅうあります。組夫っちゅうのは、この島じゃ一番下です。一日中、陽がささん穴倉みたいなところに何人もで押しこめられとるわけですから、そりゃあ若いのなんかは、何かあったらすぐ弾《はじ》けます。鉱員との折り合いが悪いのもおるし」

「今いわれた、過去を隠しているような者も、ですか」

「いや、そういう連中は、むしろおとなしくしちょります。休みの日も、ふつうは船でN市にいくんだが、じっと寮の中に閉じこもって、でかけようとせん。ただね、凶状もちは、組夫とは限らんです。鉱員の中にも、そういうのはおります」

私は頷いた。そのような人物を発見したら、自分はどうすべきだろう。もちろん、逃亡中の犯罪者を見逃すことなどできない。とはいえ、下請け労働者や鉱員の宿舎を、やたらに嗅《か》ぎ回っていれば、嫌われ、遠ざけられるのは火を見るより明らかだ。民主警察の一員として、そのような行為は慎むべきだ。

小宮山と私は、つい先ほど上陸に使った桟橋の前まできていた。

「これはドルフィン桟橋といいましてな。二代目なんです。初代は、三年前の台風で流されちまいました。そうなると、人間は向こうの船着場を使わなきゃならん。潮が落っこっとるときは、女、子供でも縄バシゴを伝ってのあがり降りです。しかも手がすべったら、海に落ちる。そりゃあたいへんなもんでした」

海上に、あずまやのように存在するドルフィン桟橋は、少なくとも島からの渡し板をかけられるだけ、縄バシゴでのあがり降りを必要としないのだろう。

「台風の被害はよくあるのですか」

小宮山はにやりと笑った。

「お巡りさんも夏になったらわかる。ここは本土とはちがいますけんね。台風がきたら、島全部が沈むんじゃなかろうかというくらいの波が打ちよせる。三年前は、たてつづけにふたつ台風がきた。八月の九号が、桟橋を壊し、31号棟のとこにあった商店街をあらかた流しちまった。その復旧もすまない九月に十二号がきましてね、そこの護岸がまるで砲撃でもくらったみたいに、そっくり崩れちまった。おととしも、つづけてふたつ台風がきて、電話はつながらなくなるわ、波が30号棟の上からおっかぶってくるわ、でね」

30号棟というのは、トンネルをでたところにあった、古い七階建てのアパートだ。

私は仰天した。

「あのアパートの上を、波が越すのですか」

「ええ。あんときは本当に、島じゅう水びたしになりましたわ。そうなりゃもちろん、船はまるで近寄れん。台風がいっちまったあとも、海がシケてりゃ、接岸できん。この島の者は雪隠《せっちん》詰めたい」

小宮山は愉快そうにいった。そしてつけ加えた。

「そうだ、派出所をでて、地獄段を登ってこられたでしょう」

「地獄段というのは、神社につながっている曲がりくねった階段のことですか」

「そうそう。あの先、65号棟と66号棟のあいだなんかを、潮降り街と呼んどるとです。あのあたりの地下には購買所もあって、人もよく通るんだが、ちょうど西の端っこにありますけんね。海が荒れると、護岸にあたった波のしぶきが、まるで雨みたいに降ってくる。子供らなんか見てると、うまいもんですよ。頃合いをはかって、一気に走り抜けたりしとりますからね。お巡りさんも一張羅を着ているときは、気をつけたほうがいい」

地獄段に潮降り街。私は新たに知った言葉を手帳に書きとめた。

「いろいろありがとうございました」

腕時計を見て、私は頭を下げた。

「いやいや。お巡りさんも、すぐにわかると思いますがね。ここは、人とちがうことをやっておったら、生きにくい土地です。あまり無理をせんことです」

笑いながら、小宮山はいったが、その目は笑ってはいなかった。新米の警官は、よけいなことに鼻をつっこむな、と警告しているようにすら、私には聞こえたものだ。

派出所に戻ると、岩本巡査が昼の仕度をして待っていた。仕度といっても、わかした湯で茶をいれただけのことだが、外を歩き回ってすっかり冷えた体にはありがたかった。

「どうだったね」

背広から制服に着がえ、椅子についた私に岩本巡査は訊ねた。

「いや、聞きしにまさるところです。こげん建物と建物が密接しているとは思いませんでした」

「地獄段を登ってみたかい」

「そこの階段ですね。途中から、アパートの中が丸見えで驚きました」

馴染んだ制服を着たことで、私は少し気持ちが落ちつくのを感じた。腰に吊るした警棒や拳銃の重みにほっとする。

「そう。ここでは、個人の秘密を守るのは非常に難しい。どこにいっても誰かの目があり、何をしていたか、誰といたかが知れわたる。それは、我々も同じだ」

「そういえば、鉱場でT組の労務管理をやっているという人に声をかけられました」

「小宮山さんか」

私は頷いた。

「なかなか癖のありそうな人ですね。若い頃は無茶《むちゃ》をしたようなこともいっていましたが」

「極道あがりだな。背中に金太郎の刺青を背負っていることから、皆からは『金太郎』と呼ばれておるよ」

「刺青を入れている者は多いのですか」

「多いね。まあ、食べなさい」

経木《きょうぎ》で包まれた握り飯が机にはおかれていた。

「は、ありがたくちょうだいします」

包みを開け、私はふたつある握り飯のひとつを頬ばった。黄色いタクアンが二切れ、添えられていた。

「ここでは、よほどのことがない限り、他人の過去は詮索しない。たまたまこの島におる者など、決して多くはない」

「確かにいわれる通りかもしれません。ここは本土とはまるでちがう、人とのつきあいかたを強いられるでしょう。とはいえ、犯罪の報告があれば、職務として、厳正に対処しないと」

岩本巡査はふっと笑った。

「その通りばってん、ここに犯罪の報告など、よほどのことがない限り、届かん」

「外勤係で処理される、と?」

「警官がでていけば、それは公式の対処になる。たとえ下請けや鉱員の起こしたもめごとであっても、最終的には鉱長まで報告がいく。そうなれば、誰かしらが責任を負わなければならん。この島を逐《お》われることになれば、生活の場も、手段も、すべて失う。つまりすぐにでも路頭に迷ってしまう。そんな人間を生みだしたくはなかじゃろう」

私は黙っていた。岩本巡査のいうことはわかった。が、それはどこか、犯罪を見ても、見ぬフリをしろといっているようにも聞こえ、違和感があった。

しかし着任早々で、土地のことを何も知らない新米が抗弁するのはためらわれた。

「とにかく、一度歩き回ったくらいでは、この島のことを知るのは不可能だ。慣れるにはしばらくかかる」

「はい」

握り飯を食べ終えると、私は頭を下げた。

「ごちそうさまでした。奥さまにもよろしくお伝え下さい」

「いやいや、お粗末さま」

岩本巡査は笑って首をふった。

「家内はね、この島の子供たちのために書道教室をやっているんだ。公務員の嫁だから月謝をとらせるわけにはいかん。そこで生徒の親が、米やら野菜やらをもってきてくれる。どれもこの島でとれるわけではないが、会社の補助をうけている商店では、本土より安く買える。おかげでうちは、食事には困らない。何やったら、毎日、君のぶんの弁当も用意させよう。そうだ、そいがよか。どうせひとり前作るのも、ふたり前作るのも同じような手間だ」

いや、それは——といいかけた私の言葉を岩本巡査は押し切った。

こうして昼食の悩みからは解放されることになったが、岩本巡査の言葉に抱いた違和感を、その午後、私はずっと胸に抱えていた。

午後四時、全島に響き渡るサイレンが鳴り、私は、読んでいた日勤簿から、はっと顔を上げた。

「一日三度、鳴る。八時と四時と午前零時だ。これ以外にサイレンが鳴ったら、ヤマで事故があったか、火事が起きたかのどちらかだ」

岩本巡査がいった。

「そうですか」

私はほっと息を吐いた。これまでの日勤簿を見る限り、この数ヵ月、島内で大きな事件、事故は発生していない。

「ヤマで最も恐《こわ》いのは事故だ」

「落盤ですか」

「いや、ガスだそうだ。炭田の中には、高圧のガスがたまっているところがあって、掘っているうちにそれにつきあたると、すさまじい勢いでガスが細かな石炭を伴って噴出するらしい。それがあっというまに坑道を塞《ふさ》いでしまうというんだ。昭和二十六年に起こったガス突出では、五人が死んだ。鉱員が死ぬと、その家族はこの島では生活していけんごとなる。病死した鉱員の家族が引っ越していくのを見たことがあるが、憐《あわ》れなもんやった」

この島がひとつの〝町〟であるとしても、鉱山会社の所有である以上、その職に携わっていない者に、暮らす場は与えられないということなのだ。

「寂しいですね。一家の大黒柱を失った上に、その土地をでていかなければならない」

岩本巡査は頷いた。

「一家がその後どうなったのか、考えると、心痛むものがある」

それだけ厳しい〝決まり〟がこの島にはある、と岩本巡査はいいたいのだろう。

「次に恐いのは、やはり火事ですか」

これだけ建物が密集しているのだ。いかにコンクリート造りばかりとはいえ、延焼は免れられない。

「そうだな。おととし、私が着任する少し前に大きな火災があったそうだ。当時木造だった小学校の校舎から火がでて、校舎すべてと隣接する65号棟の一部を焼き、死者一名がでた。以来、防火には神経を尖《とが》らせている」

私は頷いた。

「そして、避けられないのが台風だ。これぱかりはどうにもならない。波が建物の上から落ちてくるのを初めて見たときは、私も肝を潰した」

「さっき、小宮山さんもいっていました。30号棟の上から波が落ちてきた、と」

「本土や他の島とちがって、ここには浜というものがないからな。波が打ちつければ、それはすぐに建物にかかってくる」

「もともとはもっと小さな島だったのを、埋めたてて大きくしたと聞きました」

「その通りだ。埋めたては、私の聞くところでは、明治三十年に始まって、昭和六年まで六度、おこなわれたそうだ。最初はここは、島といっても、海上に岩が隆起した、岩礁のようなものだったらしい。大きさも、南北が三百メートルと少し、東西が百二十メートルというから、今よりひと回り以上小さかったのだな。それを掘りあげた岩などで埋めたて、広げていった。初めは、手前のT島のほうが石炭がとれていたのが、こちらのほうが埋蔵量も多いというのがわかって、人が多く住み、さらにそれによって島が拡張されるというくり返しだったようだ。だが台風がくるたびに、風波が島の表面にある建物を削っていくので、先人は苦労しただろう。私が着任直後の、風波おととし八月にきた七号台風は、島を水びたしにしたが、実質的な被害はあまりなかった」

「私が今日渡ってきた桟橋の土台も流されたことがあるとか」

「昭和三十一年の九号台風のことだろう。その被害はひどかったそうだ」

「台風がきたら、閉じこもるだけですか」

岩本巡査は頷いた。

「護岸にはあぶなくて近づけんからね。だが高台に避難して波を見物する人もけっこういた」

それほどの波は、私も見た経験がなかった。

熊本の疎開先は山の中で、台風がやってきても、せいぜい大風が吹くくらいだった。不謹慎かもしれないが、建物の屋根を越えるほどの波が打ちつけるのを、一度この目で見たい、と思った。

「いずれにせよ、火事や波による被害を防ぐために、外勤係の人たちは、一日中、島内を見回っている」

「すると警邏活動はないのですか」

「通常は、我々は交代でここに詰める。夜間は、奥の仮眠室におってもかまわない。

通報があったときに対応すればよい」

「すると今日は――」

「疲れているだろうから、今日の夜勤は、私がしよう」

「いや、それは申しわけなかです。私が」

岩本巡査は、笑って首をふった。

「まだ君は、寮にいっていないだろう。今夜から寝ぐらになる22号棟の人たちに挨拶もしなけりゃならん」

いわれてはっとした。その通りだ。

「22号棟は六年前にできたばかりの新しい建物だ。といっても、島には今、次から次に新しい建物ができている。人口が増えているから、会社もそれに対応するために、盛んに建設を進めているわけだ。その先にある小中学校の校舎や病院は、皆、去年建ったばかりだ」

確かに新しい建物ばかりだった。

「地獄段をあがったのなら、山の上も見ただろう」

「ええ。鉱長のお宅も見ました。立派な一軒家でした」

「その手前に、新しい職員住宅が建つことになっている」

「職員というのは、社員のことですね」

「そうだ。島では社員と呼ばず、職員という。鉱場で採炭をするのが鉱員、下請けは、組夫と呼ぶのがふつうだ」

組夫という言葉は小宮山から聞いていた。

「山の上の南の端には、職員用のクラブハウスがある。ここには我々も入ることはできない。ときには本土から料理人が呼ばれて、鉱長や幹部職員のために腕をふるうこともあるようだ。クラブハウスに出入りできるのは、島では高い地位にある証明だ」

「鉱長というのは、どんな人です？」

「剣持《けんもつ》さんといって、去年、ここにみえた。奥さんと二人の息子さんがいる。九州帝大で鉱物学を勉強されてから、M菱に入ったという話だ。『全島一家族』を標榜《ひょうぼう》され、職員、鉱員ともに仲よく暮らし、働いていこうと、ことあるごとにおっしゃっている」

私は思わず笑った。

「何か、おかしなことをいったかな」

「いえ。ただ岩本巡査がまるでM菱の社員のようだったので」

「ん？　そうか」

岩本巡査は、困ったような顔をした。

「確かに少し、職員の影響をうけているかもしれない」

「それはしかたのないことだと思います。この島で職務を遂行するには、島民である、職員、鉱員、組夫の考え方を理解しなければなりませんから」

私は覚えたばかりの言葉を交えていった。

岩本巡査は頷いた。

「その通りだ。しかし荒巻くんは真面目だな。どうだろう、お互い巡査どうしなんだ。階級称は略さないか」

「岩本さん、とお呼びすればよろしいですか」

「私は荒巻くんと呼ぶ。それでいいか」

「荒巻、でけっこうです」

岩本巡査はにこりと笑った。

「それはもっと親しくなってから、だ。いずれにせよ、五千百人を数える島民の中では、二人しかいない警察官だ。あとは公務員といっても、役場の出張所に勤める者ばかりだ。よろしく頼む」

「こちらこそ、よろしくお願いします」

急にあたりが騒がしくなるのを感じて、私は派出所の外を見た。ジャンパーやカーディガンにズボンをはいた男たちが数多く歩いている。彼らのはく下駄が、コンクリートの通路を鳴らしているのだ。

「一番方があがってきたんだ。鉱員はヤマをあがると、まず着のみ着のままで最初の風呂に入る。炭塵で耳の穴までまっ黒だからね。それから服を脱いで、もうひとつの風呂に漬かって体をきれいにする。さっぱりしてからこうして家に帰ったり、食堂にくりこむわけだ」

岩本巡査の言葉通り、いずれの男たちも、湯あがりのこざっぱりとした雰囲気を漂わせている。きつい作業を終え、ほっとしたのか、どの顔にも笑みがあった。

「家に帰った者も、たいていは酒盛りを始めるからな。あたりがにぎやかなのは夕方だけじゃない。二番方があがってくる真夜中過ぎ、三番方があがる朝の八時過ぎも同じだ」

「鉱員は何人いるのですか」

「約千三百人だ。職員が百三十人」

職員のほぼ十倍が、鉱員というわけだ。私はざっと計算した。鉱員、職員、あわせて千四百人強。

「去年一年に、この島で九十七名が出生し、死亡者は二十八名。七十七組が結婚し、七組が離婚した」

私は驚いて岩本巡査をふりかえった。

岩本巡査はにやりとした。

「私だって、新任巡査の着任を前に、教えることを何も勉強していなかったわけではない。もっといおうか。小学校の児童数は約八百名、中学生は約二百三十名。教職員は両方あわせて三十人。島民の男女内訳は、男が二千九百、女が二千二百。これは登録されている者だから、渡りの組夫などを加えると、男はもう少し増えるかもしれない」

男の数が勝っているのはあるていど予想がついていた。

そうなると、当然、ある疑問がわいてくる。性犯罪の発生要因として考えても、男たちは欲望処理をどうしているのだろうか。同室に複数名が起居している状況では、自らで処理するのもままならないのではないか。

昨年施行された売春防止法で、赤線はいっせいに姿を消した。赤線とはもともと遊廓がかつた地帯を、戦後公娼《こうしょう》制度に切りかわったときに、当局が地図上を赤い線で囲ったことに由来している。

赤線が消えたことで、強姦《ごうかん》事件は増加した。昭和三十二年は四千百件だったものが、昨年、昭和三十三年は五千九百件、今年はさらに増えるとみられている。

「岩本さん、独り者の男たちはどうしているのでしょうか」

私は訊ねた。

「うん？」

岩本巡査は私を見返した。

「ご存じの通り、赤線廃止に伴い、性犯罪が急増しています。青線等の非公認の売春地帯もありますが、取り締まり等もあり、赤線が営業していた頃のようには、その種の欲望処理がおこなえていない状況です。うかがったところによると、島内には赤線はもちろん、青線もないようですが」

岩本巡査は私を見やり、深々と息を吸いこんだ。

「多くの独身者は、休日にN市に渡って、そちらで処理をしているようだ。荒巻くんも若いのだから、当然そういう気持ちもあるだろう。非番の日は、N市にいくといい。君は恋人はおらんのか」

私は首をふった。

「おりません。ですが私が知りたいのは、私自身の問題としてではなく、島内における性犯罪の発生要因に関係してのことです」

　岩本巡査は私から目をそらした。

「性犯罪の通報は、ほとんどない。痴漢や出歯亀《でばがめ》がまったくないわけではないだろうが、たとえ被害にあっても、島内での外聞を考え、泣き寝入りしている可能性はある」

「それは強姦事件であってもですか」

　岩本巡査は困ったような顔になった。

「おそらくはそうだろう。ただ、君も見た通り、ここには人通りのない場所というのはほとんどない。通りすがりの女を襲って、意志を遂げるといったことはかなり難しい。もちろん屋内であれば、また別だろうが」

　私は頷いた。確かにそうかもしれない。万一、犯行に及ぼうとして、それを誰かに見咎《みとが》められでもしたら、逮捕以前に厳しい制裁をうける可能性がある。その上、逮捕されなくとも、島には住めなくなる。そこまでの危険を冒してまで性犯罪に及ぶ者は、決して多くはないだろう。

「わかりました」

「もちろん、どんな土地も、そうした変態や愚か者はいる。それを防ぐためにも、外勤係が巡回している」

結局は、島内における警察業務の一部は、鉱山会社の職員が代行しているのだ。私は失望すると同時に、いたしかたないことなのだろうと思った。性犯罪も含め、五千人からの人口があって、一日中稼働している炭鉱とその労働者及び家族が住む地域の防犯につとめようとするなら、とうてい二名の派出所警察官では対応できない。

といって、この小さな島に警察署や交番をおく余裕はない。住居用の空間すら限られているのだ。

犯罪の発生件数が少ないのは、まさに島のこの特殊な状況が理由なのだ。

まずは人目が多い。狭い地域に多くの人間が住んでいる上に、誰もが寝静まる時間、というものがない。一番方、二番方、三番方と、二十四時間、炭鉱で働く者がいて、その家族もそれにあわせた生活をしているのだから、一日中、どこかの家で誰かが起きているわけだ。そうなると、侵入盗はかなり困難だ。

さらに流しの犯罪者は、島内には立ち入れない。私自身がそうされたように、見慣れぬ者の徘徊《はいかい》は、必ず誰何《すいか》される。

逆にいえば、何らかの犯行に及んだ者は、その前後に目撃されるのを避けられない。

目撃されれば、どこの誰なのかをただちに特定される。逮捕は免れられない。

「この島で犯罪に及ぶのは難しい、というのがわかってきたかね」

岩本巡査が、私の考えを見抜いたかのように訊ねた。

「ええ。ただ、泣き寝入りという可能性があるのが気になります」

答えると、岩本巡査は頷いた。

「それは私にも少しある。軽微な犯罪の場合はそういうことが起きているかもしれない。ただ、外勤係は、巡回以外にも夫婦喧嘩の仲裁など、あらゆる住民のもめごとに対応しているからね。万一、そういう匂いがすれば、我々の耳に必ず入れてくれると信じている」

そこまで信用していいものなのだろうか。島内の治安を預かる、という点では、確かに外勤係と警察官の目的は一致している。

しかし彼らはあくまでM菱の社員であって公僕ではない。

たとえばの話、鉱山で高い地位にある職員やその家族が犯罪に関係している、という情報を得たときも、警察官に通報するだろうか。

あるいは、ヤマで働く者どうし強い連帯感をもった友人を、密告するような真似《まね》ができるとも思えない。仮にそういうことがあれば、密告したほうもされたほうも、この島に住めなくなるだろう。

不意にどこからか民謡のような歌声が聞こえてきた。それは派出所の上から降ってくる。

私が頭上をふり仰ぐと、岩本巡査がいった。

「にぎやかになるといったろう。この派出所の上も鉱員の社宅だ。中で宴会を始めたのだろうよ」

厳しい労働から解放され、風呂に入って酒を飲めば、歌のひとつもでるのが当然だ、という口調だった。

歌声に呼応するように、今度は向かいの五階建てのアパートも騒がしくなった。地下に向かう階段をぞろぞろと人が降りていく。一階には、木造の店舗があり、そのうち二軒は酒屋らしく、店先で立ち飲みをしている者も多くいた。

酒屋の他に、電器屋と洋服屋が並んでいる。

「鉱員といっても酒が飲める者ばかりとは限らん。酒をやらん連中は、将棋や麻雀、玉突きで息抜きをしているようだ。もっとも鉱員は日給月給だからな。独り者の鉱員の中には、月に十日も働かないで、博打に明け暮れておるようなのもいる。外勤係はそういうのを調べるのも仕事だ」

「金がなくなったら働くのですか」

私は岩本巡査をふりかえった。

「そうだが、給料は日払いのわけではない。だから質屋にいく」

「質屋まであるのですか」

驚いて私は訊き返した。

「この先の、櫛の歯のようになった日給社宅があるだろう。日給社宅というのは、日給で働く鉱員が住んでいたから、そう呼ばれているんだが、その中にある洋品屋は、裏が質屋になっている」

16号棟から20号棟までの建物のようだ。このあたりではひときわ古いアパートだ。櫛の歯のように見えるのは、五つの棟の西側、海側が通路の建物でつながっているからだった。

地図と見比べると、16号から19号が九階建てで、端の20号棟だけが七階建てだ。前を歩くときに日当たりがひどく悪く、暗かったのを思いだした。

私は派出所の扉を開け、低い階段の上の踊り場に立った。

左手正面には映画館がある。「昭和館」という名の建物で、赤いレンガの柱が洒落《しゃれ》た印象を与える。

なぜここに派出所がおかれたのか、ようやく私にもわかってきた。映画館に酒屋、食堂とくれば、このあたりがまさにこの小さな島の〝盛り場〟というわけだ。

ただ、書き写した地図によると、島内に唯一あるスナックと旅館は、派出所からだいぶ南よりの25号棟に入っているようだ。一階が「白水苑」というスナックで、二階が「清風荘」という旅館だった。

頭上から降ってくる歌声はますます大きくなっている。手拍子も混じり、実に楽しげだ。

何とも不思議な土地に着任したものだ、とつくづく思った。息苦しいほど小さな島なのに、決して辺地ではない。

むしろここは、〝都会〟とすらいえるほど、人家や商店が密集している。N市とちがい、大きな事件などは起こらないだろうが、田畑ばかりが管轄区域の署に勤務するよりは、はるかにさまざまなできごとに遭遇するような気がした。

高等学校卒業後、N県警察に採用され、二年間の警察学校教育ののち、巡査を拝命して四年がたった。

私が巡査となったのは、新警察法が公布、施行された昭和二十九年の翌年、三十年である。それまで国警N県警察隊と呼ばれていたのが、自治体警察と合併し、N県警察本部と名称がかわった。このことは何より「民主警察」の発足を意味していた。

二千五百名のN県警警察官の一員として、私はこの仕事に身命を賭す覚悟だった。十四年前の原爆投下、さらには敗戦と、故郷N県、そして祖国日本は、痛めに痛めつけられてきた。が、この数年、めざましいほどの復興をとげつつある。

H島は、その復興を支える、重要な石炭の生産地なのだ。島で掘られた石炭の大半は、北九州の製鉄工場に運ばれるという。鉄こそ、復興の要《かなめ》である。

神社から島を見おろしたときに感じた心細さはいつのまにか消えていた。むしろ並々ならぬ好奇心と、がんばらねばという闘志が、私の心を奮い立たせた。

傾いた日が、正面の48号棟の陰に隠れていく。日がかげると、コンクリートばかりの地面は、底冷えがした。周辺がすべて海というのもあるのだろう。

午後六時、私は住居となる22号棟に向かった。私にあてがわれた居室は、六畳と四畳半に台所と便所がついた部屋だった。この島で独身者に一部屋が与えられることはまずない、と聞いて、幸運に驚いた。

本来なら、H島小学校の教員と共同生活を送る予定であったのが、母親の看病のため、急遽本土に戻ったのだという。

腹は減っていなかった。夜中でも腹が空《す》けば厚生食堂がある。そう自分にいい聞かせ、少ない荷物をほどいた。

私の部屋は、三階の、階段をあがってすぐの位置にある。隣室は岩本巡査夫妻で、その向こうは役場の職員と家族が住んでいた。

一階がT町役場H島支所なのだから、これほど職住接近もないだろう。

私は岩本巡査夫人に先ほどの握り飯の礼をいい、役場の職員一家にも引っ越しの挨拶をした。村内《むらうち》といって、四十二、三くらいの、度の強い眼鏡をかけた人だ。小学生と思《おぼ》しい子供が室内に二人いた。

八時を過ぎると、あたりは静かになってきた。深夜まで歌って騒ぐような者は少ないようだ。

静かになると、今度は海鳴りが気になりだした。派出所内にいたときは意識していなかったが、まるで波が今いる建物に直接打ちつけてきているようだ。

実際は、22号棟と海とのあいだには、映画館の建物があるのだから、波の音はそれにさえぎられる筈だ。そう考え、昭和館が二階建てであったことを思いだした。

護岸に打ちつける波の音は、昭和館の屋根を越えて、こちら側に伝わってくるのだ。台風で海が荒れたときは、もっと恐ろしい音がするにちがいない。

スナック「白水苑」をのぞいてみようかと一瞬思ったが、着任直後の巡査が、私服とはいえ、飲みにきたと思われるのは好ましいことではない。

また、暗い中をうろついて、島内で道に迷うのも不安だった。夜歩き回るのは、島の地理に精通してからだ、と自分にいい聞かせた。

六畳間に布団をしき、腹ばいになって私は持参した文庫を広げた。N市内の古本屋で、十冊十円で買い求めたものだ。

海鳴りを聞きながら活字を追っているうちに、瞼が重くなるのを感じた。

明日は早起きして、出勤の前に、もう少し島内を歩いてみよう。

明かりを消し、目を閉じた。

暗い中でじっとしていると、海鳴り以外にもさまざまな物音が聞こえてくる。子供たちの声、テレビ受像機から流れてくる流行歌、下の通りを歩く下駄の音は、建物と建物のあいだで反響し、うるさいほどだ。

この島では、革靴より下駄をはいている者がはるかに多い。鉱員は、ヤマに入るときはすべて着替えるので、下駄ばきで移動することが多いのだろう。

明日は夜勤を申しでよう。そう決心し、私は眠りに落ちていった。

第二章　発端

　ひと月が瞬く間に過ぎた。その一ヵ月のあいだで、私はようやく島の地理に慣れた。

　ここはまさに「階段の町」だった。海と接する外縁部から神社や鉱長社宅のある丘に向かって、急傾斜があるのも一因だが、何といっても密集する集合住宅すべてに階段があり、そのところどころが空中の渡り廊下でつながっていることが、便利なようでいて、必然的に登り降りしなければどこへもいきつけないという、独特の地形を成す理由となっていた。

　中でも、初日、私が神社にあがるために登った、通称地獄段は、島を象徴する階段だった。

　この地獄段の手前に、櫛の歯の形をした日給社宅があり、そこと周辺に食堂や商店が集中している。

地獄段の先は、潮降り街と呼ばれる、島の西岸に鉱員社宅が建ち並んだ区域だった。五階建ての社宅の屋根を越えて、打ちつけた波しぶきが大粒の雨のように通路に降ってくるさまを、私は二日めに目撃した。強い西風が吹いて海が荒れると、必ず潮が降るのだと岩本巡査は説明した。

潮降り街の東側には九階建てのコの字をした鉱員社宅があり、囲まれた部分が子供たちの遊び場となっていた。雨の日以外で、そこで鬼ごっこに興ずる子供を見ない日はなかった。

そんな中、私が足繁く通ったのは、日給社宅だ。

16号棟から20号棟までの鉱員住宅で、大正時代に作られたというこの建物は、実にかわった形をしていた。

まず五棟の建物が通路棟によってつながっているのも奇妙だし、内部は、コンクリートの枠組みに木造の長屋をはめこんだとしかいいようのない、古いのだか新しいのだかわからない、不思議な造りだった。

部屋は土間と台所に畳の部屋が付属した、長屋の間取りになっていて、窓枠も壁も木で作られている。

感心するのは、16号棟から19号棟までの九階建ては、上の階にいくほど下層階への日当たりを考慮して、窓側が後退した形になっていることだった。

櫛の歯と歯のあいだ、各棟のすきまは、四、五メートルほどしかない。まさに指呼《しこ》の間《かん》で、各部屋が向かいあっている。

古いだけあって、この日給社宅には内便所がなく、廊下にある共同便所を住人が使っているという点も、まさに長屋だ。

しかし地獄段が島の地形の象徴なら、日給社宅は、生活の象徴ともいえた。

まず並んだ櫛の歯の、派出所から見て一番奥、16号棟の一階には、外勤詰所があり、他に文房具とおもちゃを扱う店、表は洋品店で裏は質屋となる商店、電器屋などが入っている。

次の17号棟には定食屋が入っていた。その隣の18号棟には厚生食堂がある。

出勤の際、22号棟を早めにでて、隣の21号棟にある派出所の前を素通りし、この日給社宅に、私は足を向けた。

そこで食事をとるか、もし部屋ですませていたら、外勤詰所に顔をだす。

16号棟の先にある59号、60号という、新しい鉱員社宅の地下には購買所があって、食料品や衣服、金物などを売っている。ちょっとしたおかずを買い、炊いた飯で食事をすませることもあった。

外勤詰所には、一日中、係員がいた。鉱山が二十四時間稼働しているのだから、それも当然だった。詰所はいわば、労働の場であるヤマと、生活の場である社宅をつなぐ存在なのだ。

この詰所にいる外勤係は、職員と呼ばれる、M菱の社員だが、鉱員あがりが多くいるのが特徴だった。

鉱員はヤマでの成績に応じて、給料だけでなく社宅もかわる。成績のよい者ほど上の階に住めるし、家族がいる者なら日給社宅をでて内便所のある新しい社宅に移ることもできる。

さらに優秀で経験豊富な鉱員には、助手という中間身分を経て、M菱の職員となる道もひらかれていた。

職員ともなれば、高台にある職員住宅への転居が可能だ。家族は喜ぶにちがいない。

労働意欲を刺激する、実に効果的な階級制度といえた。

鉱員あがりの職員は、ヤマのことに精通し、鉱員の人間関係にもくわしい。まさに外勤係にうってつけの人材なのだ。

私はここで何人もの外勤係と知り合った。

初日に栈橋で会った関根の他にも、外勤係は数多くいた。

そのひとりが片桐だった。片桐は、三十代半ばで、外勤係としてはかなり若かった。昨年離婚をして独り身となり、そのせいか、年配者の多い外勤係の中では早く私に打ちとけた。

家族もちの岩本巡査の生活を考慮し、慣れてくると私は夜勤を買ってでるようにした。

本来なら宿直は交代でつとめるものだが、三日に二度は、私は派出所で夜を過ごした。奥で仮眠することができるし、万一、大きな事件が発生したら、岩本巡査は隣の22号棟にいるのだ。ただちに応援を要請すればよい。

片桐も同じような理由で、夜勤をつとめることが多かった。

派出所とちがい、外勤詰所には、夜間でも二人以上の人間がいる。深夜の巡回が終わると、片桐は派出所によく顔をだした。私が仮眠をとっていないときは、茶を飲みながら世間ばなしをする。

片桐は昭和初年生まれで、高校を卒業した年に応召し、南方にいった。戦地でかなりつらい思いをして、復員したのは昭和二十一年だったという。N市にあった生家はピカドンできれいさっぱり消失し、両親と兄弟をそれで失った。

ヤケになって一時、福岡、中洲で愚連隊の真似ごとをしていたこともあったという。その後、真面目に生きようと決心し、鉱員の募集に応じて、このH島にやってきた。七年間、鉱員として働き、その間に知り合ったH島病院の看護婦と結婚した。

ところが、もともと肺や気管支が弱かったのか、鉱員の宿痾《しゆくあ》ともいうべき、塵肺症《じんぱい》になってしまう。看護婦の妻は、塵肺の早期発症を懸念していたが、その通りになったのだ。

塵肺にはなったが、八年いて妻の勤め先もあるH島を離れるにはしのびず、職員となるべく一念発起した。二年間の助手身分を経て、昨年晴れて職員となり、外勤係を任ぜられたというわけだ。

皮肉なのは、職員となったとたん、勤務医と妻の浮気が発覚し、離婚してしまったことだった。

妻もその勤務医も、本土に去った。片桐はひとり、H島に残った。

「あいつらはどこでも暮らしていけるやろう。俺《おい》はそうはいかん。島を離れたら、陸《おか》にあがったカッパと同じだ」

私が淹れた薄い番茶をすすり、片桐は笑った。

片桐は痩《や》せた顔色の悪い男で、外勤係としては色が白い。

島では、日焼けしているのが職員か組夫と呼ばれている下請け労働者で、あまり日焼けしていないのが鉱員と、相場が決まっていた。

鉱員の職場は、地下の鉱山だ。日焼けしないのは当然だった。ひきかえ、石炭の積みだしを管理する職員や、地上で荷役などをする組夫は日にあたる機会が多い。

片桐の色が白いのは、どうやら体質が理由のようだった。

片桐から、私は岩本巡査からも聞かされていなかった、さまざまな島の事情を教えられた。

「もう少し早く島にくれば、山神祭《さんじんさい》が見られたとに」

四月に入るとすぐ、山神祭という祭礼が全島をあげておこなわれるのだという。祭りには神輿《みこし》がでる。丘の上のH島神社から地獄段を下って、島の主《おも》だった通路をかけ声とともにねり歩き、学校校庭の安置所へいく。奉納の舞いがあり、仮装などのだしものもあると、片桐は話した。

祭りは夜もつづき、夕方からは映画館で、のど自慢や隠し芸大会、本土から呼んだバンドや歌手、芸人たちの演芸会も開かれるのだという。

「秋に祭りはなかとですか」

「秋は運動会やね。各職場の応援団がでて、うるさかくらいににぎやかばい」

「運動会ですか」

グラウンドと呼べるほど広い敷地もないような、この狭い島で運動会とは。私は少し驚いた。

「そう。職場対抗のリレーが一番盛りあがる。狭い島の中をバトンをもった選手が走り抜けるとやもん。それはもう、すごか声援で、本土まで聞こえるとじゃないかと思うくらいばい」

楽しそうに片桐はいった。

「まあ、その前に盆踊りもあるし、精霊流《しょうりょうなが》しや花火大会もやるからね。ほかとちごうて、ここは住民どうしの結束の固か。そういう年中行事は、誰もが参加してさらにつながっていく感じになるね」

「片桐さんは本当にここが好きなんですね」

片桐は照れたように顎をなでた。

「俺《おい》にはここしかなか。職員になろうと思ったとも、ここでずっと暮らしていくのなら、そいが一番やと思ったからさ」

「片桐さんのような考え方をしている人は多いんですか」

「それは、まあ、いろいろたい」

つぶやいて、片桐は茶をすすった。

「所帯もちには、ここは暮らしやすか。何といっても家賃が安かし、子供の面倒も互いで見あうようなところがある。ただ、これだけ狭いところに人が集まっとるけん、噂とかそういうのもひどか。嫁が浮気しとるって話も、俺は他人から聞かされた。そのときはかっとなったよ。俺の知らんところで、みんな俺の噂話をして笑っちょったのかってな」

私は無言で頷いた。独身の私には、妻の浮気という事態そのものが、想像できない。だがそれが噂になったら、かなりつらいだろう。

「あいつらはでていったが、俺は、いくところがなか。ここをでるってのは、職と家の両方を失《な》くすってことだ。嫌な思いをまるでしなかったわけじゃないが、身寄りのいない俺に、たいていの人はようしてくれた。逃げられたとはいえ、嫁と会ったのもここだ」

「独身者にとってはどうです。遊び場がそうあるわけじゃなかし、羽目を外しづらいのではありませんか」

「じゃけん祭りや運動会で皆、発散すっとじゃろうな。あとは休みの日に本土に渡ったり……」

酔っぱらいの保護は、このひと月で二度ほどあった。二度とも保護したのは鉱員で、制服の私を見ても、

「なんや、お前、新入りか。でかいツラしとっとじゃなかぞ」

とクダを巻くところまで同じだった。だが翌日酔いがさめると、宿酔《ふつかよ》いも手伝って意気消沈し、妻に伴われて詫《わ》びにきた者もいた。

「俺はもっぱらこれだな」

片桐は右手を上下させた。

「何です」

「釣りだよ。購買の入ってる棟の裏、メガネって皆が呼んでる先の船着場で釣りをするんだ。クロがよう釣れる」

「クロ？」

「グレのことや。チヌもたまにくる」

チヌは知っていたが、クロというのは初めて聞いた。

「どんな魚です？」

「青っぽかったり緑っぽかったりするが、チヌより引きはよか。関東からきた職員は、メジナっていってたな。もう少しぬくなってくれれば、アジやキビナゴも釣れる。

干物にしたらけっこう食えるぞ。白水苑にようもっていく」

「白水苑て、スナックですね」

「スナックといえばスナックだが、中洲に比べたら、スナックの真似みたいなもんだな。女給といったって、年増ばかりだし、たいがいは人妻だ」

片桐は顔をしかめた。

「まあそれでもひとり酒よりはましやから、いっちょるわけ。中には子供連れでくるのもいる」

「健全ですね」

片桐はフンと笑った。

「健全ねえ。まあ、酒より俺《おい》はもう少し金をためて、船を買おうかと思っとる」

「船？」

「学校の建物のわきに、釣り船がおいてあるのを見たろう」

そういわれると、校庭の東の外れに、何艘《なんそう》かの小船がおかれているのを見た記憶があった。

「あれは釣り船なんですか。てっきり会社の所有する船だと思っていました」

「いいや、釣りをやる連中がおいているんだ。学校側の船着場からおろして、釣りにいく。慣れたもんになると、アラだの大きいサバだのをあげてくる。漁師顔まけだ」

私は感心した。だが考えてみれば、ここは四方を海に囲まれた島なのだ。釣りを楽しむには絶好の立地にちがいなかった。

「他の遊びはどうなんです。麻雀も盛んなようですが」

「あれは組夫が多いな。博打打ちに近いような輩もいるからな、組夫の中には」

片桐の返事に蔑《さげす》んだような調子が加わった。

「あいつらの大半は、出稼ぎみたいなもんだ。よそでしくじって、この島に流れてきたのも多い。何年か勤めて、小金を貯めたら、またよそに流れていくのさ」

「組夫から鉱員になろうという者はいないのですか」

鉱員から職員になった片桐なら、そういう真面目な組夫を知っているかもしれないと思い、私は訊ねた。

だが片桐は首をふった。

「それは組夫でいるよりは鉱員になったほうが稼げる。組夫はヤマに入ることができん。法律で決まっとるからな。だが、組夫のほとんどは、そこまで真面目にやろうなんて考えちゃおらん。ここにくりゃ、宿と飯にありつけて、使う場所がないから金が貯まる。組夫は独り者ばかりだ。それ以上のことを望んでいたら、この島にはこん。

あいつら、大半はクズだ」

吐き捨てるような口調だった。

「そういえば組夫の労務管理をしている、小宮山さんという人に会いました」

「金太郎だろ。あいつも極道あがりじゃ。まあ、ああいうのでもなけりゃ、組夫をまとめられん」

金太郎が刺青に由来する渾名《あだな》だというのは、岩本巡査から聞いている。

「もちろん組夫に混じって遊んどる鉱員もいる。ノソンボをやるのは、たいがいそんな奴らだ。遊び相手がいなけりゃもっとまともに働くんじゃろうが、渡りで出稼ぎをやっているような連中とつきあってると、考え方がうつっちまうんだ。そういうのをとっちめるのも外勤の仕事だ」

「暴力をふるうとですか」

私は心配になって訊ねた。いくら生活指導とはいえ、殴ったりするのだろうか。

「昔は厳しかったらしいが、今はそげなことはできん。言葉で注意するだけだ。ただ、組夫の奴らは、俺《おい》たちのいうことなんか聞かん。関根さんは以前、組夫と殴り合いになった。ノソンボ常習犯の鉱員を麻雀に誘うなって注意したら、『お前に指図される筋合いはねえ』って、食ってかかってきたらしい」

「どうなったんです」

片桐は息を吸いこみ、目をそらした。

「駆けつけてきた金太郎がそいつをぶちのめした。けど、そのあとで、『外勤は組夫にあれこれいわんでくれ』と、組を通していってきた」

「その組夫は？」

「どこかにいったな。島にはおらん」

「職員の中には、生活に問題を抱えているような人はいないのですか」

「おらんわけじゃなか」

片桐はいって、頭をかいた。

「ばってん、ここは職員の天国だ。よそにもっていかれたら、ただの鉱山会社の社員だが、ここにいる限り、住むところからして贅沢《ぜいたく》ができる。よそに飛ばされるような真似はせん。それより――」

片桐は私を見た。

「釣りを教えてやるよ。明日の夕方とか、どうね」

「そうですね。でも、まだ自分は遊ぶ余裕がありません」

「もういい加減慣れたろう。まあ、ここは酔っぱらいの世話を焼く以外は、ほとんどお巡りさんの出番なんかない土地だ。気楽にやることだ」

「わかりました」

私は頷いた。

「よし、決まった。明日、夕方のサイレンが鳴ったらメガネにきてくれ。道具は俺が用意しておく。制服は駄目だぞ。よごれてもいいような格好でこい」

「釣った魚はどうするんです」

私がいうと片桐は笑いだした。

「気の早かな。もう、釣れたつもりか。食える魚が釣れたら、俺がその場でさばいてやるよ」

刺し身などしばらく口にしていない。食堂や定食屋にも刺し身はあるにはあるが、着任してからこっち、食べものをあれこれ選ぶ余裕がなかった。

翌日の昼、私は17号棟の定食屋に足を運んだ。定食屋をやっているのは、田牧《たまき》という中年の男で、そのせりだした腹のせいで、タヌキと渾名されていた。眉と目尻がひどく垂れていて、いつも笑っているような顔をしている。愛想がよく、ただでさえ盛りの多い飯を、頼まなくとも大盛りにしてくれる。

味のほうはふつうで、驚くほどおいしいわけでもなく、食べられないほどまずい、ということもなかった。

「あら、お巡りさんいらっしゃい。珍しかね、今日は制服じゃなかとね」

食堂には、時間によって手伝いのおばさんがいる。鉱員の妻だ。

「ええ。今日はこれから釣りに連れていってもらう約束をしとりましてね」

おばさんに応えると、厨房《ちゅうぼう》から田牧が顔をのぞかせた。白い丸首のシャツに、薄よごれた前掛けをかけている。

「メガネにいくんですかい」

田牧は訊ねた。

「そうです」

「今じぶんは何が釣れるかな。アジが回ってきているといいんですが」

「オヤジさんも釣りをするんですか」

「いやあ、うちでだせるもんでも釣れないかと、やってみたことはあるんですがね。小メジナばっかりで、商売ものにできそうなのはあがらないんで、やめちゃいました。やっぱり釣りってのは、結果ばかりを望んでやるもんじゃないですな。釣れないと退屈しちまいますよ」

「なるほど」

そういうものかもしれない。だから釣果《ちょうか》をどうするといったとき、片桐は笑ったのだろう。

果たして自分は退屈せずにいられるだろうか。心配になってきた。

「でも、お巡りさんもしばらくはここにいるのだから、何かやったほうがいいかもしれない。独り者じゃ暇をもて余しますよ」

「オヤジさんは所帯もちなんですか」

「あたしは戦争で連れ合いを亡くしまして、今はひとりです」

「それは――」

悪いことを訊いた。私は言葉に詰まった。

「いやいや」

田牧はさらに目尻を下げて、手をふった。

「カカアがいたら、毎日うるさくってしかたがなかった。まあ、でもあたしが食堂をやってるって聞いたら、あの世で驚くでしょうね。独り身になるまで、飯なんか作ったことがなかったですから」

「そうなんですか」

「おっと、お喋りしてたんじゃお巡りさんの飯《めし》が作れない。すいませんね、待ってて下さいよ」

田牧は頭をかいて厨房に引っこんだ。素人だったと自ら認めたのをまずいと思ったのかもしれない。

やがて注文した定食が運ばれてきた。ご飯と味噌《みそ》汁、野菜の煮物という献立だ。

それを手早くかきこみ、私は定食屋をでた。四時まで外勤詰所で時間を潰し、サイレンが鳴ると、メガネに向かった。

メガネは地獄段の手前を左にいった、日給社宅16号棟の奥にある護岸にくり抜かれた四角い穴のことだった。

人ひとりがかがんでくぐり抜けられるくらいの穴で、ちょうどその向こうに、北の沖合いに浮かんだT島が見てとれる。それがメガネと呼ばれる所以《ゆえん》だ。

メガネの先には、護岸の外に張りだした古い船着場がある。

西岸の船着場が使われることはめったになく、ドルフィン桟橋も石炭の積みだし場も、東岸にあった。

私がメガネをくぐると、すでに片桐が護岸のへりに腰を落として、何やら道具をいじっていた。

「こんにちは」

片桐が顔をあげ、小さく頷いた。どうやらもつれた釣り糸をほどいているようだ。かたわらに、板に巻きつけた釣り糸や、道具箱らしきブリキの箱、それに小さな木箱がある。それを片桐はリュックに詰めてもってきたようだ。さらにバケツに水もくんである。

「よし、ほどけた」

片桐はいって、ほどいた糸を、手でぴんとひっぱった。

私は護岸のへりに立った。幅は一メートルもないが、恐ろしいというほどでもない。足もとをのぞくと波だった海面が三メートルほど下にあった。左手には船着場の張りだしがあって、潮が引いているのか、かなりの部分が露《あら》わになっている。

他に釣り人はいない。

「誰もいませんね」

「まだ時間の早かけんね。もうちょっとして日が落ちたら集まってくるばい。そいでもカンテラを用意しとかんと、夜釣りは不便やな」

「何を釣るんです？」

「アジかキビナゴがくればいいが、今日のところはとにかく、何でんよかけん釣ってみるのが大事だ。さあ、こいつをもって」

糸を巻きつけた板を、片桐は私にさしだした。

「竿は使わないんですね」

「この辺は深かけん必要なかと」

片桐はいって説明した。竿を使うのは、足もとより先が深い場所で、このH島のように足もとから深くなっている釣り場では、じかに糸を垂らす「手釣り」のほうが、簡単だという。

私に渡した板は「糸巻き」で、これをくるくると回して、糸をだしいれする。ただし、「魚がかかったときは、手でたぐりあげると。そうせんば逃げられちまう」

糸巻きからだした糸には、鉛玉のオモリが間隔をおいていくつもついていた。その先にハリのついた糸を片桐はゆわえた。そして木箱のフタを開けた。中には、親指の爪ほどに刻んだ、魚の身が入っていた。

「こいつをこうやってハリに刺すんだ」

縫うように切り身にハリを刺した。

「そうして、こうやって少し沖めに投げる。あんまり手前に落とすと、護岸についたカキにひっかかっちまうからな」

その通りで、波が洗う護岸には、白っぽいカキや黒っぽい二枚貝がびっしりとたかっていた。不用意に仕掛けを落とせば、あっという間にひっかかってしまうだろう。

片桐は糸巻きから二メートルほど糸をだすと、ぽーんと仕掛けを海に投げこんだ。そうして沈んでいくのに合わせて、糸をだし、あるていど沈めたところで止めた。糸巻きをかたわらにおき、糸の遊びの部分を指先でつまむ。

私は渡された糸巻きを手に、片桐の動作を見守った。

少したつと、片桐はつまんだ糸の遊びを、ちょいちょいとひっぱった。

「何をしているんです？」

「魚が食うとらんか、聞いとると。ここで何かしら抵抗があったら、さっと合わすっとさ」

抵抗はなかったようだ。片桐は糸をたぐりあげた。ハリの先にエサの切り身はついていた。

「まだ時合《じあ》いじゃなかかな」

「時合い？」

「魚が食いだす時間だ。魚がそこにおるって見えとっても、エサをまるで食わんことがある。それがあるとき急にばたばたと食いだすとさ」

「へえ。おれば食うものだと思っとりました」

私がいうと片桐は顔をしかめた。

「魚は、人間みたいに意地きたのうなか。腹がいっぱいでも人間なら好物ばだされたらちょっとつまもうかってこともあるじゃろうが、魚は見向きもせん」

「そうなんですか」

「時合いじゃないが、練習にはちょうどよか。やってみんね」

いわれて、私は糸巻きから糸をだした。練習だからエサはつけずに、投げこむのだけを試してみる。

初めはうまくできなかった。先糸のオモリの重さを感じながらやるんだ、と教わり、振り子の原理なのだと悟った。

海面すれすれまでだした糸の振幅をじょじょに大きくさせ、勢いをつけて手を離す。

そのときに手もとの糸をだしておかないと、仕掛けは足もとに戻ってきてしまう。それを忘れて何回か失敗し、ようやく格好がつくようになると、片桐が木箱をさしだした。

「初めは三《み》ひろくらいでやってみな」

「三ひろ?」

「こうやって両手をいっぱいにのばしたのがひとひろだ」

片桐は左右に手を広げた。

「こいつを三回分、糸巻きからだしておいて、投げこむ。潮があげてきたら、もう半分くらいだすとよか」

私はいわれた通り、糸巻きから三ひろ分の糸をだした。エサは生ぐさく、ぬるぬるとして、触るのに抵抗があった。

「前に釣った魚の切り身をエサ用にとっておく。そいで釣れたら、そいつばここでさばいて、次のエサにすっとさ」

片桐は説明した。

私は護岸に指先をこすりつけ、ぬめりをとると、糸を投げこんだ。

「うまい、うまい。その調子だ」

糸をするすると沈めていく。と、不意に糸がぴんと張り、つかんでいた指先に抵抗が生じた。

「あれ」

「食ったぞ、いきなりか。たぐれ！」

片桐が叫んだ。糸のようすで魚がくわえたとわかったらしい。

私はあわてて糸を止めようとした。だがぴんと張った糸は一瞬でゆるんだ。抵抗が失《う》せ、たぐるとするすると海から上がってくる。ハリに刺していたエサが半分ほどなくなっていた。

「アワセがなかったからな。たぶん今のは大きめのクロかチヌだ」

「アワセというのは何です」

「食ったな、と思ったら、こうやって糸をひっぱるんだ」

片岡は肘《ひじ》から先の右手を二、三十センチほど引いてみせた。

「そうするとハリが魚の口に刺さる。ハリが呑みこまれてたらアワセは必要ないが、魚によっちゃハリスを切られちまう。そいにしてもおしかったな」

くやしそうに自分の仕掛けをたぐりあげた。

「すみません」

「別にあやまることじゃなか。ばってん、俺《おい》のほうにきとったら、かけとったのにな」

なぜか片桐のエサはきれいなままだった。どうやら、私がうまく魚をかけられなかったことよりも、自分の仕掛けにその魚がこなかったのがおもしろくないようだ。

私は新しいエサをもらい、ハリに刺して仕掛けを振りこんだ。今度はいつでもアワセができるように、緊張してやったが、何も起こらなかった。

片桐を見ると、ときどき糸をもちあげてはおろしている。

「それは何ですか」

「これは誘いだ。ハリの近くに魚がいて、食おうか食うまいか迷っとるとするやろ。そのエサがすうっと逃げそうになったら、食わんば、と思うかもしれん」

魚が「思う」のだろうか。私はおかしくなった。だが片桐はあくまで真面目な顔で、糸をつまんだ先に気持ちを集中させている。

私も真似をして、糸を上下させてみた。が、何の変化も起こらない。

一時間ほど過ぎた。魚はいっこうに食う気配がなかった。

「もうそろそろ頃合いばってんが」

片桐が首をひねったと思ったら、ぱっと右腕をはねあげた。

「よし、食った！」

糸がぴんと張っている。それをすばやく、二度、三度と片桐は両手でたぐり上げた。

「あんまり暴れんな。クロやチヌじゃなかばい」

だが片桐は嬉しそうだ。やがて海面を割って、魚が現れた。銀色がかった茶褐色で、ずんぐりとして目が大きな魚だった。型はてのひらより少し大きいくらいだ。

「メバルか」

護岸の上に抜きあげた魚をおき、片桐はいった。

「メバル？」

聞いたことはあった。

「ああ。刺し身でも食えるが、煮るとうまい」

私は近よって見つめた。くりくりとした目が大きく、胸から腹にかけてがぽってりとふくらんでいる。エラブタを開いては閉じるさまが、いかにも無念そうだ。

片桐は魚の口からハリを外すと、バケツに入れた。

「こいつらは目のよかけん昼間はあまりかかってこんとばってん、今日は潮が暗いのかもしれん」

「潮が暗いというのは何です」

「底が濁っとるってことさ。海が荒れたときも濁るが、そういう日はメバルは食わん。荒れちゃいないが濁るって日は、悪くなかはず。きっと大物がくる」

さっきまで首をひねっていたのが嘘のように明るい表情になっている。

私も気合を入れて、仕掛けをたぐりあげ、新しいエサをつけることにした。

「よお」

声がかけられ、ふりかえった。バケツを手にした四十くらいの男が立っていた。色が白いところを見ると鉱員だ。

「おう」

顔馴染らしく、片桐は返事をした。

「どげんね」

男はくたびれた作業ズボンに穴のあいた長袖のシャツ姿だった。片桐の隣にしゃがみ、バケツをのぞいた。

「よかメバルじゃねえか」

「今きたとこさ」

片桐は満更でもないようすで答えた。

「そうか」

男の目が私に向けられた。見ない顔だからなのか、無遠慮な視線だ。

「新しくきた派出所の荒巻さんだ」

「おお」

男の目が広がった。

「制服じゃなかけんわかんやった。俺《おい》は関口ってんだ。20号にいる者だ」

「よろしく」

私は頭を下げた。

「あんたも釣りをするのかね」

「俺《おい》が誘ったんだ。独り者じゃ退屈じゃろう。お巡りさんが麻雀屋に入りびたるってのもマズかやろうし。ようし！」

片桐の声が大きくなり、再び腕をはねあげた。

「お、きたかい」

関口と名乗った男は驚いたようすもなく、ふりかえった。

今度の魚は、簡単にはあがってこなかった。

「よう引くぞ」

片桐がつぶやいた通り、糸が沖に向かって走っていく。

「チヌ、だな。クロだったら根に向かってく」

関口がそれを見ていった。

「たぶんな。潮が暗いから、チヌが食いそうだと思っとったとだ」

「そうだな。明るいうちからメバルがくるのだものな」

関口がいったので私は感心した。釣り好きの人間は、釣果でやはりその日の海のようすがわかるもののようだ。

メバルを上げたときとちがい、片桐のたぐりは慎重だった。無理をして、糸を切られたくないようだ。

やりとりを見ていると、関口がいった。

「お巡りさん、食ってるぜ」

「えっ」

私は反射的に糸をたぐった。すると確かに重いものが糸の先についている感触があった。

「本当だ」

今度は外れなかった。びくんびくんという引きを指先に伝えながら、魚は上がってくる。もう、片桐の釣りを見ている余裕はない。今度は逃さないように、私は一気に糸をたぐりあげた。

「おう、メバルだ。小《こ》まんか」

茶褐色に黒い模様の入った十センチほどの魚が海面を割った。ハリは喉《のど》の奥に呑みこまれている。

私は初めて釣った魚に見いった。

小さいが、まぎれもなく食べられる魚をこの手で釣りあげたのだ。が、次の瞬間、

「ようし！」

片桐が護岸上に抜きあげた魚を見るや、喜びはしぼんだ。

四十センチはあるかというういぶし銀色をしたみごとな魚体が護岸上に横たわったからだ。

「いいチヌや」

関口がいった。

黒みがかった銀色の体に、黒とも緑ともつかないしまがうっすらと入っていた。私の釣ったメバルに比べると、三倍から四倍はあろうかという大物だ。

「おお、刺し身が食えるな。今じぶんのチヌはうまかぞ」

関口が嬉しそうにいった。

「うん。今からおろすか。早くにおろしたほうが、臭みがでんでよか」

片桐はいって、道具を畳み、チヌを入れたバケツと道具箱からだした小さな出刃包丁を手に立ちあがった。

「何だ、用意のよか。道具持参か」

「お巡りさんに刺し身を食わしてやるって約束したもんで。あんた、ここで釣んな」

「おっ、じゃ俺《おい》も相伴《しょうばん》に与《あず》かれるってことかい。わかっとりゃ焼酎でももってきたものをよ」

関口は相好《そうごう》を崩した。どうやらかなりの酒好きらしい。

片桐は護岸を渡ると、船着場のでっぱりの上に降りたった。平らな岩の上で、今釣ったばかりのチヌのうろこをひき始める。

「見とらんで、お巡りさんも釣んなよう」

早速道具をだした関口にいわれ、私は我にかえった。

てのひらより小さいメバルですら、はっきりとわかる引きを示したのだ。いったいあんな大きなチヌなら、どれほど強い引きをするのだろう。

考えると、体が熱くなるようだった。私は新たなエサをハリにつけ、仕掛けを海に振りこんだ。

当たりを待ちながら、片桐を見やった。潮がさっきよりだいぶ満ちてきている。その水を使って魚体を洗い、慣れた手つきでチヌを三枚におろしていた。

正面が不意に赤く染まった。雲に隠れていた太陽が、沈む寸前に現れたのだ。

正面に見えるT島のかたわらの水平線に、太陽はまさに没せんとしているところだった。すぐ上に、さっきまでその存在をおおい隠していたぶあつい雲がある。雲と水平線のわずかなすきまから、朱色の光がさしていた。

私は思わず見とれた。護岸と密集する建物に囲まれたこの島で、日没をはっきりと見るのは初めてだ。

「おっ、こりゃアジばい」

関口がいって、糸をたぐりあげた。その通りで二十センチを超える、丸々としたアジが躍りあがった。

「お巡りさん、アジは群れでくる。必ず釣れる」

釣ったアジをバケツに放ち、関口はいった。

「はい。がんばります」

私はいって、あわてて手もとに目を戻した。が、いっこうに魚の食う気配はない。

「さっ、おろしたぞ」

木箱の蓋《ふた》の上に刺し身を並べ、片桐が戻ってきた。弁当のおまけについてくる醬油《しょうゆ》さしまで用意してあった。

「箸はなかけん手でつまんで」

勧められ、私は言葉に甘えた。醬油をたらされたチヌの刺し身は、白身が光っていて、いかにもうまそうだ。

頬ばると、こりこりとした歯応えとかすかな甘みが口に広がった。

「おいしか」

思わず声がでた。

「どれどれ」

関口も手をのばした。

「うん、釣りたてだからちっと硬かばってん、うまか」

片桐が嬉しそうに笑った。

「この釣りたてってのは、釣りばやっとらんば食えん」

その通りだ。だが自分はもし釣れても、さばく道具も技術もない。そう考えると、釣れないのもあたり前のような気がしてきた。

関口はそれからさらに三尾もアジを釣りあげたが、私にはいっこうに当たりがなかった。

日が完全に海中に没した。

「そろそろ引きあげるか。カンテラばもってきとらんけんね」

片桐がいって、私は頷いた。残照の光を頼りに道具を片づけた。

「ありがとうございました」

もう少し残って釣りをつづけるという関口をそこに残し、私と片桐はメガネをくぐった。

「いや、おもしろかった。ただ、私は釣れても、片桐さんのように、魚をさばけない」

「なんだ、そげんことはタヌキに頼めばよかと。さっきくらいのチヌをもちこんで、食べきれんぶんは商売に使ってくれといえば、大喜びでおろしてくれる」

片桐はこともなげにいって、腕時計をのぞいた。

「おう、こんな時間か。道具を片づけたら、ひとつ風呂浴びようや。潮風にあたると体がべたつくけんな」

午後七時を回っていた。片桐の住居は丘の上の6号棟にある、独身の職員寮だ。

「風呂は？　31号ですか」

共同浴場は、鉱場を別にして、8号棟、31号棟、61号棟の三ヵ所にあった。このうち丘の上の8号棟は職員とその家族専用だ。

「そうだな。先いっててくれ」

片桐が住む6号棟へは、正面の地獄段を登っていく。

私は頷き、片桐と別れて22号棟へと歩きだした。一度自室に戻り、風呂の仕度をしなければならない。

派出所の入った21号棟の前を通るとき、習慣で階段の上を見た。岩本巡査の姿がない。奥にいるのか、あるいは外勤詰所に顔をだしているのかもしれないと思った。夜九時には、交代することになっている。

部屋で洗面器と石鹸《せっけん》、タオルをとり、31号棟に向かった。地獄段からは61号棟のほうが近いのだが、片桐は新しくできたほうの31号棟の風呂をよく使っていた。8号棟にある職員専用は、混んではいないのだが、大正時代の建物なだけに、「古くて陰気臭い」というのだ。

その点、31号棟地下にある風呂は、一昨年完成したばかりなので、タイルも新しく清潔感があった。

共同浴場といっても、銭湯ではない。風呂を使うのに一銭も金はかからない。31号棟は、一階に郵便局と床屋が入っている、新しい建物だった。だがここの地下浴場は、61号棟の地下浴場に比べると、いつも空《す》いている。その理由は、左隣の30号棟にあった。30号棟は、島で最も古い、大正五年に建てられたアパートだ。

当初は鉱員住宅だったのだが、新しい鉱員住宅が建てられるにしたがい、下請けの組夫にあてがわれる住宅になった。彼らもまた共同浴場を使用する。近いので、当然31号棟の地下浴場にやってくる。

組夫には独身者が多く、中には粗暴な雰囲気を漂わせているのもいる。鉱員の家族、特に女性や子供は、それを嫌がって、31号棟の共同浴場にはほとんどやってこない。それが空いている理由だ。

私が入っていくと、浴槽に三人の男が入っていた。顔や腕の日焼け具合で、すぐに組夫とわかった。職員ではない。職員でこの風呂を使うのは自分くらいだと、片桐がいっているのを聞いたことがあった。

鉱員あがりで職員になった片桐は、組夫に対しては強い差別意識をもっている。にもかかわらず、組夫専用に等しい、この31号棟地下の浴場を愛用するのは奇妙だと思ったことがあった。

それを以前、私は訊ねた。

「あなたは組夫のことをよくいいませんが、彼らがいく共同浴場にばかり、いきますね」

「それはよ、できたばかりの風呂を、組夫連中にばかり使わるっとが、くやしかからだ。会社もこうなるとは思っとらんやったろうな」

31号棟が建つ前、ここには木造の商店街があったのだ、と片桐は教えてくれた。それが三年前の台風ですべて押し流されてしまった。西側の護岸がすぐうしろにあるような立地なのだから、木造の建物ではひとたまりもなかっただろう。

その跡地にくの字をした横長の31号棟が作られた。ただ、この建物の二階と三階のあいだには、ベルトコンベアが通っていて、トンネルの向こう側の鉱場からボタが排出されている。

ボタというのは、石炭とともに掘りだされた石で、産業用の価値はまるでない。積んでおいても場所を塞ぐので、この島では海に捨てている。

ベルトコンベアは日夜稼働し、島の西側の海にボタを吐きだしつづけていた。それを操作するのは組夫の仕事だ。

体を洗った私が浴槽に入っていくと、つかっていた二人が立ちあがった。ひとりは背中に筋彫りが入っている。

筋彫りとは、色を入れる前の、刺青のいわばデッサンのようなものだ。金か、根性か、その両方か、がつづかず、刺青を途中でやめてしまったようだ。極道の世界では、筋彫りだけしか入っていない者はひどく馬鹿にされる、と聞いたことがあった。

刺青は、筋を彫ってから、色をのせていくのがかなり痛いらしいのだ。したがって筋彫りでやめてしまうのは、痛い思いを嫌った、根性のない人間だと自ら白状しているに等しい、と。

浴槽に残ったひとりは、細面でひどく狷介《けんかい》そうな顔をした男だった。目を閉じているが、日焼けした額や目元に寄った皺《しわ》が、気難しげに見える。年は四十半ば過ぎ、というあたりだろうか。

広くなった浴槽で、私は手足をのばした。

そこへ、浴場の扉を開け、片桐が入ってきた。

つかっていた男が目を開いた。鋭い目つきだった。もしかするとこの男の体にも刺青が入っているかもしれない、と私は思った。

男は片桐の知り合いでもないようだ。片桐を見やり、それから私に目を移した。

「お巡りさんか」

男がつぶやいたので、私は驚いた。制服を着ていない私をそうとわかる組夫がいるとは思わなかったからだ。

同時に警戒心が芽生えた。警官の顔を覚えようとする者は、やましいものを心に抱いていることが多い。

「あなたは？」

男は答えず、そっぽを向き、立ちあがった。刺青は入っていなかった。ただ足が悪いのか、歩くたびに体が上下に揺れる。

それが先天的な障害によるのか、戦傷などの怪我《けが》によるものなのかは、見ただけではわからなかった。

足が悪いことを除けば、男はたくましい体をしていた。もっともこの島では、職員や公務員の一部を別にすれば、男たちは皆たくましい体をしている。

「知り合いか」

男が脱衣所にでていくと、浴槽に入ってきた片桐が訊ねた。

「いいえ。私の顔を知っていたようなので、名前を訊いたのですが、無視されました」

「組夫だろ。どうせゴロツキだ」

片桐は吐きだした。目を閉じ、気持ちよさげに手足をのばす。

「いい月がでてるぜ、大潮《おおしお》だったんだな」

「大潮、ですか」

「釣りをやるんなら、覚えとかんば。満月と新月のときは、大潮といって、潮の満ち引きの差が一番大きくなるんだ。それだけ、潮の上げ下げが激しくなるけん、魚の食いが立つ」

「そうなんですか。不思議だな、魚も月を見にあがってくるんですかね」

片桐はふきだした。

「そんなわけはないだろう。あいつらが元気になるのは、潮が動いてるときだ。潮が止まっていると、目の前にエサを落としてやっても、見向きもしやがらん」

「潮というのは、魚にとっては、空気みたいなものなのかもしれませんね。我々人間は、空気が淀《よど》んでいると食欲がわかないじゃないですか。それと同じで」

「かもしれんな。魚のことがもっとわかれば、釣りもうまくなる」

「充分うまいじゃないですか、片桐さんは。さっきのチヌなんかすごかった。私は自分が釣った魚が恥ずかしくなった」

「あのちっちゃいメバルは、タヌキのとこに届けといた。明日にでも煮つけにしてくれるじゃろう」

「本当ですか」

「ああ。タヌキに頼んどいた」

「ありがとうございます。楽しみだな」

「あそこはな、アメリカ製のでかい冷蔵庫があって、海がシケても材料がなくなるってことがないんだ。味はたいしたことないがな」

食材のすべてが島外から運ばれてくるこの島では何日も海が荒れると、野菜も魚も底をついてしまうのだ、と片桐は説明した。

風呂をあがると、私たちは寺の前の児童公園で涼んだ。さすがにこの時刻に、遊んでいる子供はいない。

「この前にはな、昔、赤線があったんだ」

煙草を吸っていた片桐が不意にいった。

「えっ、この島にそんなところがあったのですか」

「戦前から、三軒、この島には女郎屋があった。今はプールがある南の端っこに三軒並んでたのが、戦後このあたりに引っ越してきたんだ。それが台風でやられてしまったのと、法律の改正で、商売ができんごとなった。それで畳んじまった」

「働いていた女性たちはどうしたんです」

「それは、ここじゃ暮らしていけんけん本土に行ったんじゃろう」

「そうですよね」

「でも、まあ、こっそりやってるのもいるって話だ」

煙草を地面に落とし、下駄で踏みにじりながら、片桐はいった。

「こっそりやっているとは？」

「テレビだ、電気冷蔵庫だ、洗濯機だって、この島の連中は新しいものに目がなかろう。いくら月賦で買うといったって、亭主の稼ぎには限度があるし、ノソンボ亭主だったら月賦も組めん」

「つまり、夫のある身で売春をしている、と？」

「そういうことだな。亭主がヤマに入ってるあいだなら知れる心配はないし、明け番の客はいくらでもいる」

「でもこの小さな島で男をひっぱりこんでいたら噂になるでしょう」

「自分の家じゃなけりゃわからんさ。買い物籠抱えてアパートに入っていっても、仲のいいのに会わん限り、バレる心配はなか。時間によっちゃ、自分《じぶ》ん家《ち》にひっぱりこんだってわからんかもしれん」

「大胆だな」

私は息を吐いた。売春をしている主婦がいるなどとは、考えたこともなかった。

「必要は、発明の母って奴だ。こんだけ男がいる島で、女郎屋がなくなっちまったら不自由する奴が必ずいる。女に不自由してる男と銭に不自由している女がいれば、なるようにしかならん」

「つまり、そういう女性はひとりではない、ということですか」

「ああ、ひとりじゃなか。顔や名前まで知れとるのは、二人くらいだが、他にも何人かいると俺《おい》は見とる」

「外勤詰所は、その二人を把握しているんですか」

「しとる。だけど勘ちがいせんでくれ。そいつをひっぱってもらいたいわけじゃない。そんなことをして、何の得がある。吐きだし口がなくなって、女を襲うようなのがでてきても困るじゃろう。それに亭主だっていいツラの皮だ。わかっとっても、見て見ぬフリをするのが一番だ。ちがうか」

私は息を吐いた。その通りかもしれない、と思った。同時に、そのあたりの疑問を岩本巡査にぶつけた、着任初日を思いだした。

性犯罪は多くない、痴漢をしてもこの島で逃げおおせるのは難しいからだ、と岩本巡査は答えた。それはその通りだ、と私も思ったが、一方で島内で春をひさぐ女たちがいるという話を教えてくれなかった。

まさか私がその客になるのを警戒したわけでもないだろうが、知らない筈はない。

「岩本さんは知っているんでしょうか」

「もちろんだ。奥さんがやってる書道塾の生徒の中に、そういうのの子供がおる」

「えっ」

私は思わず片桐を見た。片桐は暗がりの中で苦い表情を浮かべていた。

「子供が家におったんじゃ商売がしづらか。塾にいかせりゃ、そのあいだに客がとれるだろう」

私は言葉を失った。生活のためとはいえ、それは侘《わび》しいとしかいいようのない行為だ。まして当の子供が事実を知ったらつらい思いをするにちがいなかった。

ため息をつき、私は空を見上げた。すっかり雲が消え、丘の上、ちょうど鉱長社宅の方角に、大きな丸い月が浮かんでいた。

そのとき、日給社宅のほうから、懐中電灯を手にした一団が近づいてくるのが見えた。

私と片桐は顔を見合わせ、ベンチから立ちあがった。一団は手前にある寺の建物の下を電灯で照らしたりして、何かを捜しているようすだ。

「外勤」という腕章が見えた。先頭にいるのは外勤係のようだ。

「どうしました」

私が声をかけると、電灯の光が向けられた。

「荒巻さんか、そっちは片桐だな」

手をかざし、光をさえぎって声の主を見た。

関根だった。

「何しよっとか」

「ひと風呂浴びて涼んどったんですよ」

片桐が答えた。

「荒巻さん、派出所に戻んな。岩本さんが捜しよる」

関根がいった。声に緊張があった。

「何かあったんですか」

「一時間ほど前に、詰所に届けがあった。17号棟の八階に住んどる中学二年の女の子がまだ家に帰ってきとらんというんだ」

私は腕時計を見た。八時を回っている。

「友だちの家にでも寄ってるのでは？」

「その子は今日五時から、岩本さんの奥さんの書道塾だったんだ。いっしょにいった子は皆、家に帰っている」

「派出所にいきます」

私は片桐にいった。片桐は頷いた。

「我々は手分けして島内を回ってるところだ。片桐も手伝え」

関根の言葉に、片桐は答えた。

「わかりました。鉱場のほうは見ましたか」

「そっちは平内《ひらうち》さんたちが回っている」

平内というのも外勤係だった。

「じゃ、あとで詰所で」

私はいって、派出所に急いだ。中学生といえば、何かと思いこみやすい年頃だ。学校で嫌なことがあったとかで、神社あたりにいるのではないだろうか。親に心配をかけることで、自分をもっとかまってもらいたいという甘えのでる年でもある。

派出所に入っていくと、岩本巡査と千枝子夫人、色白のきれいな娘がいた。十七、八くらいだ。

「荒巻くん」

「今、風呂帰りに関根さんに会いました。帰宅していない子供がいるそうですね」

「そうなんだ」

岩本巡査は頷いて夫人を見やった。夫人は深刻な表情だった。

「わたしの塾の生徒で、浜野ケイ子さんといいます。中学二年生なんです」

「こちらは？」

私は娘のほうを見やった。浜野ケイ子の身内だろうか。

「あっ、この子は尾形忍《おがたしのぶ》さん。塾を手伝ってくれている、T島高校の三年生です。今日はわたしがちょっと具合が悪かったので、塾のあとのほうを忍さんに見てもらったんです」

忍は頰を赤らめ、小さく頷いた。

「尾形さんは、60号棟の鉱員の娘さんだ。とても成績がよくて、書道もできるので、嫁が塾を手伝ってもらっている」

「お手伝いだなんて、そんな。わたしなんか何もできんとに」

娘は今にも消え入りそうな声でいった。

このH島には中学までしか学校はない。そこで義務教育を終えた者は島内か本土で働くか、T島にある高校に通う、という道を選ぶことになる。中学を卒業した子供の半数が高校に進んでいる、と聞いていた。

尾形忍という娘を、私が見たことがないのは当然だった。T島高校に通うためには、早朝の定期船に乗らなければならない。その時間、私はたいてい派出所にいて仮眠をとっている。

「そうですか。私は岩本巡査の同僚で荒巻といいます」

忍は小さくこくりと頷いた。

「荒巻くんは、この四月に赴任してきたばかりなんだ」

「そうなんですか。よろしくお願いします」

「いいえ、こちらこそ」

いいながら、頰が熱くなるのを感じた。こんな美しい娘と言葉を交わすのは初めてだった。セーターにチェックのスカートをはき、素足で下駄をはいている。髪はふたつに編んで、うなじにたらしていた。大きな目に長いまつげをしていて、鼻筋がすっと通っているのは、まるで人形のようだ。なのにそうは見えないのは、目の中に浮かんでいる理知的で、どこか大人びた表情のせいだ。

「それで、問題の生徒さん、ええと――」

忍に見とれていたせいで、聞いたばかりの名を忘れてしまった。

「ケイ子さんです」

忍が上目づかいで私をにらみ、そのときだけは少し大きな声をだした。私は恥ずかしくなった。

「申しわけない。そのケイ子さんに、何かかわったようすはありませんでしたか」

「今日は、少し早くお教室が終わったんです。いつもは六時までなんですけど、次の課題がなかったので」

千枝子夫人があとをひきとった。

「いつも最初の三十分は、前の回の課題をおさらいして、あと三十分を新しい課題にあてるんです。でも今日は、わたしが早退《はやび》けしてしまったので、新しい課題がだせなくて」

「具合が悪くなられたのですか」

「家内はひどく血圧が低くてね。たまに起きあがれんくらい、具合が悪くなるときがある」

岩本巡査がいった。

「それは大事になさって下さい。すると塾は五時半で終わったんですね」

私は忍に目を戻した。忍は頷いた。

「ええ。今日は、小学生と中学生の女の子の生徒の日なんです」

「男の子は、また日がちがうのですか」

「男の子と女の子をいっしょにすると、男の子は照れてしまうて、ふざけあったりすることが多いんです。だから男子と女子の日を分けています」

千枝子夫人がいった。

「尾形さんも男子に教えるんですか」

「ええ。わたしなんかよりよほど厳しくて、しっかりしてます。やんちゃな中学生の子も、尾形さんに叱られるとしゅんとして」

「先生、そんな」

忍は真っ赤になった。

「わたしがすごく恐いみたいです」

千枝子夫人は笑い声をたてた。

「ごめんなさい。そんなことはないわよね。ただ尾形さんはいつも凛《りん》としているから、男の子たちも騒ぎにくいのよ」

私は感心して忍を見つめた。頰を染めてうつむく、この美しい娘にそんな気迫があるとは、とても思えない。

「尾形さんは、お母さんが二年前に腸チフスで亡くなって、それからはお父さんのお弁当まで作ってあげてる、しっかり者なの」

「そんなことありません。高校までいかせてもらったんですから、家のことをやらなかったら罰があたります」

忍は小さく首をふった。もっと忍の身の上を知りたかったが、私は帰らない子供に話を戻した。

「三十分早く終わって、生徒は皆、帰ったのですか」

忍が顔をあげた。

「早く終わる、というと、子供たちは嬉しそうでした。ただケイ子ちゃんだけは、困ったような顔をしていました」

「困ったような顔？」

忍は頷いた。

「皆がさっと道具をかたづけて帰っていったのに、ケイ子ちゃんは教室に残っていました」

私は千枝子夫人を見た。

「教室というのは、お宅ですか」

「そうです。六畳間に長机を並べてやっています」

「生徒は何人いるんです？」

「女子が八名、男子が六名で、それぞれ週に一度やっています」

「中学生の女子は何人です」

　この質問に答えたのは忍だった。

「ケイ子ちゃんを入れて三人です。ケイ子ちゃんが一番年上です」

「するとあとの二人は一年生ということですか」

「はい。職員の子が二人です」

「鉱員ではなくて？」

「中学まで書道をやらせようという親は、鉱員には少ないんです」

　千枝子夫人がいった。私は頷き、忍に目を戻した。

「で、そのケイ子さんが困ったような顔をしていたというのは、具体的にはどんな感じだったのですか」

「荒巻くん、尾形さんをそこまで問い詰めなくてもよかろう」

　岩本巡査にいわれ、私ははっとした。

「申しわけない。つい、職務の癖がでて」

「いいんです。お役に立てるのなら、何でも訊いて下さい。ケイ子ちゃんは、みんなが帰ったあとも、机の前でもじもじしていました。それで、わたしも『どうしたの』と訊いたんです」

「なるほど」

「そうしたら、『わたし、まだいちゃ駄目ですか』って。だから『先生の具合が悪いので、今日は帰りましょう』って、わたしはいいました。するとケイ子ちゃんは頷いて、元気のないようすで、お教室をでていったんです」

「あなたはいっしょにでなかったんですか」

「わたしは、お道具をかたづける用があったので、五分くらい残っていました。教室が終わったら、机とかを壁ぎわに寄せておく決まりですから。それで、隣の部屋に寝てらした先生に声をかけて、帰りました」

「帰りにケイ子さんの姿は見ませんでした?」

「見なかったです」

「ありがとうございました」

「教室が早く終わって困っていた、というのが気になるな」

岩本巡査がいった。

「帰宅しないと届けてきたのは母親ですか」

「そうだ。七時になっても帰らないので、家内のところに訪ねてきた。仲のいい友だちの家にも寄っていない。そこで外勤詰所のほうに届けてきたんだ」

「父親は？」

「二番方で、四時前には家をでていっている。帰ってくるのは真夜中過ぎだ」

二番方の鉱員の就業時間は、午後四時から午前零時までだ。

「これまでも、そのケイ子さんが家に帰らないという届けはあったんでしょうか」

私は岩本巡査を見た。岩本巡査は首を傾《かし》げた。

「さあ。仮にあったとしても、これほど遅くなることはなかったのじゃないかな。派出所にまで知らせがきたのは初めてだから」

外勤詰所の段階で止まっていた、ということだ。夫婦喧嘩の仲裁すらもちこまれる外勤詰所には、この浜野ケイ子という娘の〝家出〟は最初ではないかもしれない、と思った。

「もしかすると、今までにもそういうことをしていて、どこか隠れる場所があるのかもしれませんね」

私はいった。いくら小さな島といっても、建物と建物のすきまや、鉱場の裏手など、人があまりこないような場所はある。そんなところにこもっているのかもしれない。

「ケイ子ちゃんはそんな子じゃないと思います」

忍がいった。

「家出をして、親を心配させるような子じゃありません」

私を見る目が険しかった。私は気まずくもあり、彼女を怒らせてしまったのかと、内心がっかりした。

岩本巡査が千枝子夫人を見た。

「どういう生徒なんだい？」

「おとなしい子です。教室を始めたときからの生徒で、まじめに通っていますよ」

「母親は？」

「浜野マスエさんです」

それを聞いた瞬間、岩本巡査の顔にちらりと暗い影が走るのを私は見た。

「マスエって、17号棟の？」

「はい」

千枝子夫人は何も気づかないように頷いた。

私はつい先ほどの話を思いだしていた。千枝子夫人の書道塾の生徒の母親に、売春をしている者がいる、と片桐はいった。

行方のわからない子供の母親がそうであるなら、塾が早く終わってしまい、帰宅しづらそうにしていた理由もわかる。

母親は〝商売〟をしていたのだ。

「ケイ子ちゃんのお母さんに何かあるのですか」

忍が訊ねると、岩本巡査は、

「いや、そういうわけじゃない」

と首をふった。そして私にいった。

「詰所にいこうか。何か情報が入っとるかもしれん」

「はい」

岩本巡査は夫人と忍をふりかえった。

「お前はここに残っていてくれ。尾形さんはもう帰りなさい」

二人は同時に、はいと頷いた。

私が制服に着替えるのを待って、岩本巡査は先に派出所をでた。

16号棟に向かう道すがら、私は訊ねた。

「女の子の母親に、何か問題があるとですか」

「ん？　いや、たいしたことではない。噂のようなものを聞いただけだ」

そう答えながらも、岩本巡査の歩みは遅くなった。

「噂？」

岩本巡査は立ち止まった。あたりを見回す。48号棟の地下から誰かでてくるのでは、と気にしているようすだ。

「実は、鉱員の妻の中に、こづかい稼ぎをしている者がいるという噂がある」

「こづかい稼ぎ？　それは――」

「もちろんあくまでも噂だし、それが亭主の耳にでも入ったら、たいへんなことになる」

「売春ですか」

岩本巡査は小さく頷いた。

「浜野マスエにはそういう噂があるのですか」

「そうだ。だが、あくまでも噂だから、他では口外せんように」

片桐から聞いていたことはいわず、私は無言で頷いた。

外勤詰所に入っていくと、その浜野マスエが、外勤係とともにいた。

四十にはまだ達していないだろう。色白で豊満な体をした女だった。そういう目で見てしまうからかもしれないが、鉱員の妻にしてはどこか派手で崩れた印象があった。

「あっ、お巡りさん。ケイ子は見つかりましたでしょうか」

マスエは制服の我々を見ると、すがりつくように寄ってきた。

「いいえ、我々も何か新しい情報はないか、訊きにきたとです」

外勤詰所には、係長の岡倉《おかくら》がいた。M菱の本社からきている人間で、もう五十を過ぎている。M菱の鉱山のあちこちで、鉱員の労務管理をやってきたという、ベテランの職員だ。

「山通りからさっき戻ってきた連中によると、上にはそれらしいのはいなかったそうだ」

山通りというのは、丘の上のH島神社から職員住宅、鉱長住宅にかけての道で、眺めがいいため、若いアベックや物思いにふけりたい者がよく利用する。

「鉱場の捜索はどうなっていますか」

私は岡倉に訊ねた。

「外勤《うち》の人間がふた手に分かれて捜しているが、見つかってはいないな」

外勤詰所には、派出所にあるよりひと回り大きな島の地図と区長連絡表が貼りだされていた。

区長とは、住んでいる住宅別に、五十戸から百戸の〝隣組〟を管理する役割を果たす、外勤係の直下の存在だ。区長が、自らの「区」に住む者の情報を外勤係にあげることで、鉱員の生活事情を会社は把握する。その一番の目的がノソンボ対策であることは聞いていた。

「区長の飯田です」

首に手ぬぐいを巻いた男が進みでて、私と岩本巡査に腰をかがめた。

「お巡りさんにまで迷惑をかけることになっちまって、責任を感じています」

五十くらいだろうか、眼鏡をかけた、いかにもベテランの鉱員といった体つきの男だった。

表によれば17号棟の区長は「飯田英吉」となっている。

「こちらへ」

私は母親のマスエの耳に入らない位置まで飯田を呼び、小声で訊ねた。

「問題の生徒は、これまでも帰宅が遅くなるようなことがありましたか」

「いえ」

飯田は首をふった。暑いというほどの晩でもないのに、額に汗をかき、手ぬぐいでぬぐっている。

「両親の関係はどうです」

「どう、とは？」

飯田は眼鏡の奥でせわしない瞬きをして訊き返した。

「夫婦仲はうまくいっていましたか」

飯田はマスエをふりかえった。その仕草で、聞こえなくても会話の内容を勘づいたのか、マスエが視線をこちらに向けてきた。

「こっちを向いて話して下さい」

私はいった。

「あ、申しわけありません」

飯田は顔を戻した。マスエがじっと私たちを見つめている。

「で、どうなんです？」

「あんまり喧嘩とかは聞かないです。旦那の兵三《へいぞう》はおとなしい奴で、帰ってくると酒飲んですぐ寝ちまいます」

「夫婦の年は？」

「確か兵三が三十九で、女房のマスエが四十です」

「姉さん女房かね」

岩本巡査がいった。飯田は頷いた。

「兵三は、何でもマスエのいうことを聞いていますよ。欲しいもんは買ってやるし」

「奥さんは島の人か」

「いえ。博多のほうから嫁いできたそうです」

「見合いかね」

「詳しいことは知りません。ただ、兵三が島に来たのは、ケイ子ちゃんが生まれてすぐくらいの頃です」

戦後すぐの時期だ。

「兵三さんの勤務はどうなんだ?」

岩本巡査の質問に、飯田は汗をひとしきりぬぐってから答えた。

「ふつうですね。たまにノソンボしとるんじゃないかというときもありますが、それは前の晩に飲み過ぎたような日でして」

「ケイ子さんは、どんな娘さんです?」

私は訊ねた。

「おとなしい子です。声も小さくて、挨拶もぼそぼそっとしとりますが、マスエは中学をでたら高校へいかすんだといつもいっとります」

高校と聞いて、さっきまでいっしょにいた尾形忍のきれいな顔を私は思いだした。

「子供は他には？」

「下に弟がおりましたが、小学校に上がる前にチフスで亡くなっとります」

「わかりました」

手帳から顔を上げると、まだこちらをにらんでいるマスエと目があった。しかたなく私はいった。

「お母さんからも話を聞かせて下さい」

「話なんかしたって、ケイ子は見つからんです。捜しにいくのが先じゃなかとでしょうか」

かみつくような口調だった。すがりつくようにした最前とは打ってかわっている。

「まあまあ落ちついて。お巡りさんも仕事なのだから」

岡倉がなだめた。マスエの目はぎらぎらと光っていた。

「ケイ子さんのいき先に心当たりはありませんか」

「そげなところ、とっくにいきました。16号のチエちゃんか、59号のカツコちゃんとこかと思って。どっちにも今日はきてないって」

「今日は書道塾が早く終わったんです。ご存じでしたか」

私がいうと、マスエはけげんな顔をした。

「え？」

「いつもは六時までなのが、今日は五時半で終わったんです」

マスエは岩本巡査の顔を見た。

「本当ですか」

「家内の具合が悪くてね。早退けになったんです」

マスエは床を見た。

「そげんこと、知らんかった」

「お嬢さんは早くには家に帰りたくない事情があったようですが、心当たりはありますか」

私がいうと、マスエは顔を上げ、私を正面からにらんだ。

「何ですか、それ」

「お母さんと口喧嘩をしたとか、そういう覚えはありませんか」

マスエの体から力が抜けた。

「いや、別に、そげんことなかったです」

詰所にいた外勤係たちが目を見交わした。

「ケイ子さんが友だちとかと、よくいっていた場所はありますか。年頃ですから、お喋りをしたり、物思いにふけりたいようなときもあったでしょう」

私は訊ねた。

「そうですねぇ」

マスエは再び床に目を落とした。

「たまに、学校の裏手の船着場に、いっとったみたいです。ぼんやりしてきた、と帰ってからいうのを聞いたことはあります」

「スベリかね」

岡倉がいった。

「はい」

釣り船がおかれているあたりだ。

「見てくるかね」

岩本巡査が私を見た。私は頷いた。釣りをしていたメガネ奥の船着場とは、ちょうど島をはさんで反対側にある。

「じゃ、私もいこう」

岩本巡査はいって、懐中電灯を手にした。

詰所を二人ででた。潮降り街を抜け、右に折れる。鉱場を別にすれば、学校の運動場は、島で最も広々とした区域だ。

「スベリというのは何です？」

私の質問に岩本巡査が答えた。

「いけばわかるが、運動場の奥の船着場には階段が作ってあってね。潮の高さに合わせて船に降りられるようになっている。ただ大きな船は接岸できんので、行商の船が着いたり、そこから釣り船をおろすくらいだ。あと、仏《ほとけ》さんがでたときは、N島の火葬場にそこから船でもっていく」

それを聞いた瞬間、悪い予感がした。もしかしたら浜野ケイ子は死んでいるのではないだろうか。

夜の運動場はさすがに暗かった。南側にそびえている六階建ての小中学校校舎の窓はまっ暗だ。

運動場の東側のつきあたりの防潮堤に切れ目があり、海に向かって階段がのびている。釣りをしていたときより潮が上がってきたのか、防潮堤に打ち寄せる波の音が大きい。

階段は途中で右に折れるカギ型をしており、先は海中に没していた。角まで私は降りていった。波がすぐ数段下まで押し寄せ、階段を洗っている。

「すべりますね」

靴底にぬるついた感触があった。いつも濡《ぬ》れているせいで苔《こけ》のようなものが貼りついている。

「ノリがつくんだ。気をつけんと海に落ちるぞ」

手前から岩本巡査がいい、懐中電灯の明かりを海に向けた。

黒々とした海面が盛りあがり、船着場となっている階段に次々と押し寄せている。

「このあたりは潮が速くてね。よほど海がよくないと、船を降ろすのもたいへんらしい」

そのせいでメガネ側と異なり、釣り人もいないのだろう。

「電灯を貸して下さい」

岩本巡査からうけとった懐中電灯を、階段とその周辺に向けた。だが人影はなかった。

「ここにきていたとしたら、あやまって海に落ちた、ということもあるな」

背後の段上から、岩本巡査はいった。

「おーい、誰かいるかぁ」

私は叫んだ。応える者はいなかった。波音だけしかしない。

背中がぞくぞくするのを私は感じた。すぐ背後は五千人からの人間が働き暮らす土地なのに、正面のまっ暗な海には、まるで生きものの気配がなかったからだ。

「おーい、いないのかあっ」

もう一度叫び、私は階段を戻ることにした。階段を登り、防潮堤の切れ目をくぐって運動場にあがると、なぜかほっと息が洩《も》れた。左手に、黒々と横たわった小舟が何艘かある。校舎と防潮堤のすきまにおかれているのだ。

私と岩本巡査は、そうした小舟の周辺も捜索した。

浜野ケイ子はいなかった。

念のため、運動場の周辺を捜索してから、私と岩本巡査は外勤詰所に戻った。

詰所には、鉱場一帯を捜索してきたという、関根や片桐たちが戻っていた。浜野ケイ子は見つかっていない。

母親の浜野マスエは、詰所にある椅子のひとつにすわりこみ、じっと床を見つめていた。外勤係たちは、少し離れた位置に立ち、誰も話しかけているようすがない。

「スベリはどうでした」

岡倉の問いに、岩本巡査が首をふった。

「まさかとは思うが、足をすべらせて海に落ちとりはせんだろうな」

岡倉は腕組みをした。

「もし落ちたら、あのあたりは潮が速い。あっというまに沖にもっていかれますよ」

聞いていた片桐が低い声でいう。

「だが中学二年にもなる子が、夏の盛りでもないのに、そんな危ない月にあうかね」

岩本巡査がいった。

「家内の話では、おとなしくはあるが、頭の回らない子ではなかったというし」

「すると、どっかに隠れているということか」

岡倉はつぶやいて、マスエの背中を見やった。

「家に帰りたくないようすだったというし」

「そういう年頃かもしれません」

「あるいは、組夫の飯場に連れこまれているとか。組夫の中には、そういう、不心得者がおるかもしれん」

片桐がいうと、岡倉がにらんだ。

「滅多《めった》なことをいうもんじゃなか。疑ってかかって、ちがってておったらどうする。そんなことは今まで一度もないんだ」

「サイレンを鳴らして、区長全員を集めますか」

関根が岡倉の顔を見た。

「やってもいいが、そうすると島中に知れてしまうな」

岡倉は苦い表情になった。

この小さな島では、どんなささいなできごとでもすぐ噂の対象になる。尾鰭《おひれ》がつけば、年頃の娘を抱える家族には住みづらい土地となってしまうだろう。住民の中には、噂話を好む者も多い。

「とりあえず金太郎に連絡をしてみよう。組夫の中に見かけた者がいるかもしれん」

岡倉はいって、島内をつなぐ電話機に歩みよった。下請けの作業員事務所にかけ、小宮山を呼びだしている。

「ひと晩ようすを見たほうがいいかもしれんな。荒巻くん、どう思う」

岩本巡査がふりかえった。私は考えてしまった。

浜野ケイ子の失跡は、この島にきて私が遭遇した、初めての〝事件〟だった。だがこれを果たして事件化してよいものか、判断がつかない。

「これがよその土地だったら、何らかの事件に巻きこまれたと考えてもよいかもしれませんが、この島の中で行方知れずになるというのは、どうでしょう。母親が思いつかないような知り合いのうちに厄介になっているという可能性もありますし」

「家に帰りたがっていなかったというのが気になるな。担任の教師なら、何か知っているかもしれない」

「中学の先生には、さっき電話をした。おっつけ、こっちにくるだろう。金太郎も、ここにくるそうだ」

電話を終えた岡倉がいった。

少しすると、白いワイシャツとズボンに運動靴をはいた、岩本巡査と同じ年くらいの男が詰所にやってきた。H島中学の教諭で、伊東と名乗った。

伊東を見るとマスエが立ちあがった。

「先生――」

だが伊東は目を合わさず、岡倉のほうを見た。

「ケイ子さんの行方はまだわかりませんか」

「いちおう、屋外の主だったところは調べたんですがね。見つかっておりません」

伊東は困惑したような目を、私と岩本巡査に向けた。

「お巡りさんまできているというのに、浜野さんはどこへいったんでしょうね」

「先生は、ケイ子さんと親しくしている生徒をご存じですか」

私は歩みより、訊ねた。

「仲がいいのは、山本千恵と杉崎克子ですね。小学校の頃から同じクラスらしくて」

「どっちの家にもいっていないんです」

マスエがいい、伊東は初めて目を向けた。

「学校では特にかわったようすはありませんでしたがね」

「思い詰めているような節はありませんでしたか」

私が訊くと首を傾《かし》げた。

「さあ。正直、あまり目立つ子ではなくて、授業でも積極的に手をあげるようなこともありませんし」

激しく瞬きをしている。

「今おっしゃった二人の他に、仲よくしている生徒はおりませんか」

伊東は上目づかいで私を見、首をふった。

「実はあまりよく知らんのです。今年から、私は担任になったので。校長に連絡をとりますか」

何か責任を問われるのではないかと、恐れているような表情だった。

「ここ何日かで、他の生徒といい合いをしたとか、そういうことはありませんでしたか」

「私の見た限りではありませんでした」

「今日は家内の書道塾でしてね。ケイ子さんもきていたが、三十分早く終わったんです」

岩本巡査がいうと、伊東は再び激しく瞬きをした。

「はあ」

「それで家に帰るように師範代の子がいったのですが、帰りたがらんそぶりを見せたようです」

伊東の目が一瞬マスエに向けられ、すぐにそらされるのを私は見た。

どうやら浜野マスエに関する噂を、この伊東も聞き及んでいるようだ。

「そうですか。私にはわからんですね」

詰所のガラス戸ががらっと開いた。小宮山だった。黒くよごれた作業衣を着けている。

小宮山が入ってくると、全員が口をつぐんだ。入り口に立った小宮山は、その場を見回した。

「コンベアの具合が悪くて、修理のようすを見とったんだが、中学生がどうしたって？」

「うちの娘が帰ってこんとです」

マスエがいった。小宮山はマスエに目を向けた。

「あんた、確か、日給17号の……」

「浜野さんです。行方がわからないのは、中学二年になる娘さんのケイ子さんです」

私がいうと、小宮山は初めて気づいたように、

「新米のお巡りさんか。で、俺《おい》に何だっていうんだ」

と訊いた。

「組夫に心当たりのある者がいないかを訊いてもらいたいんです」

小宮山はわずかに顎をひき、目を細めた。

「心当たりってのはどういうことだ。うちの組の者が、その子をかどわかしたってことか」

「そういうことではなくて、中学生の女の子がひとりで鉱場を歩いてるのを見なかったかと訊いてほしいんです」

私はいった。

「そんなもん、子供がうろうろしてりゃ、危なかけんでていけというに決まっちょろうが」

「そうとは限らんのじゃなかか。あたりに人がおらんのをいいことに、よからぬことを考えたのがおるかもしれん」

関根がいうと、小宮山はさっとふりむいた。

「何ぃ、もういっぺんいってみろ」

「まあまあ。もしそんなことがあれば誰かしら気づく筈だ」

岡倉がいった。

「そんなのわかりませんばい。いっしょになって悪さばしたかもしれん」

片桐が関根の味方をした。小宮山は片桐の襟をつかんだ。

「若造、表にでろ」

「上等だ」

「いい加減にしろ。ここで喧嘩を始めてどうする！」

岡倉が怒鳴り、小宮山は手を離した。岩本巡査が進みでた。

「荒巻くんもいった通り、組夫連中を疑っているわけじゃないとです。ただ見た者がいなかったかどうかを確かめてもらいたいだけで」

小宮山は怒りのこもった目を片桐に向けていたが、やがてふうっと息を吐いた。

「うちの組には確かに半チクな野郎もいるが、そういう出歯亀みてえのはおらん。おったらとっくに俺が背骨をへし折って海に叩きこんどる」

「見た者がいなかったかどうかを」

私はいった。小宮山は大またで電話機に歩みよった。受話器をとると、荒っぽくダイヤルを回し、応えた者に告げた。

「小宮山だ。中学生の女の子がふらふらしてるのを見た者がおらんか、その辺のに訊いてみてくれ」

相手の言葉を聞き、私を見た。

「いつ頃の話だ」

「夕方です。六時前後」

「夕方の六時頃だ」

電話の相手に告げ、ガチャンと受話器をおろした。

腕組みをし、関根と片桐をにらみつける。詰所内に気まずい空気が流れた。

「悪さをした奴が、はい、見ましたというもんか」

片桐が小声で吐きだした。

「何だと」

「そうじゃなかか。俺《おい》がやりましたって馬鹿がどこにおる」

「いいか、おい。かりにそういう野郎がいたとして、コトのあとはどうすんだ。その女の子が、これこれこんな目にあいましたというたら、しょっぴかれるか、袋叩きになるだろうが」

小宮山がいうと、片桐は黙った。

「その通りです。この島にいる限り、逃げられっこない」

私はいった。

「そんな馬鹿はできんでしょう」

「なんだよ、組夫の肩をもつのか」

片桐は肩をそびやかした。

「そうではなくて、冷静な意見だ。そうだろう、荒巻くん」

岩本巡査が割って入った。

「その通りです」

「つかまるのが嫌なら、口を塞いじまえばいい」

片桐がいうと、岡倉が叱った。

「おい、いくら何でも、いっていいことと悪いことがある」

さすがに片桐もいい返さなかった。マスエが怯《おび》えたように小宮山を見ている。

たとえ浜野ケイ子が犯罪に巻きこまれたのだとしても、組夫が容疑者だと決めつけるのは、いくら何でも乱暴だと私も思った。確かに鉱員に比べ、ひとり者の多い組夫には怪しげな風体の者もいるが、婦女暴行は、喧嘩や博打とはわけがちがう。まして犯行を隠滅《いんめつ》するために殺人にまで及ぶとなれば、それは鬼畜の所業である。そこまで凶悪な者が、この島内にいるとまでは思えなかった。

外勤詰所の中に重苦しい空気が淀んだ。

それを破ったのは、浜野マスエだった。

「ケイ子は、高校にはいかんといってて」

全員がマスエを見た。

「中学をでたら本土に就職する、と。あたしは高校にやりたいといっとるんですけど」

私は伊東を見た。

「進路に関し、相談をされたことはありましたか」

伊東はやけに激しく首をふった。

「私はまったく。進路相談会はまだ先です」

「つまり家をでたがってる、ということかね」

関根がマスエに訊ねた。マスエはのろのろと顔を上げ、関根を見た。

「そういうことなんですかね。あたしには、ケイ子の考えてることは、ちっともわからんのですけど」

岩本巡査が咳《せき》ばらいした。

「いちおう、話を聞きたいんで、派出所のほうにきてもらえますかね」

「ここじゃ、駄目かね」

関根がいった。

「人がおおぜいいるし、家庭の事情もあるんで、派出所のほうがいいと思うんですよ」

岩本がいうと、関根は不満げな表情になった。

「鉱員の生活に関しちゃ、詰所が管理することになってる。家族についても、それは同じだ」

「まあまあ、関根くん。岩本さんにとっちゃ、これは職務なんだ。ここまで捜して見つからんとなれば、警察も公に対処しなけりゃならんだろう」

岡倉がいった。

「とりあえず、届けをだしてもらって、もし見つかれば、破棄すればいいことですから」

岩本巡査が関根に告げた。

「書式一切は派出所のほうにありますんで」

そのとき、詰所の電話が鳴った。ジリリというベルの音に、皆がいっせいにふりむく。

「はい、詰所」

受話器をとったのは片桐だった。相手の声を聞くと、いった。

「で、どうなんだ？　なに？　どうしてだ」

かみつくような口調だった。

「いいからいってみろ」

「うちの者か」

小宮山がいった。

「なんでいえんとか、え？」

片桐は険しく、電話の相手を問い詰めている。どうやら小宮山に話したいというのを、今話せ、と強いているようだ。

「かわってやんなさい」

岡倉がいい、片桐はしぶしぶ受話器を小宮山にさしだした。

小宮山は片桐をにらみつけながらうけとった。

「もしもし、小宮山だ」

相手の言葉に、ん、ん、とあいづちを打った。

「わかった、事務所においておけ」

受話器をおろした。岡倉に告げた。

「資材倉庫の近くをうろついている娘を見た者がいるそうだ」

「そいつば連れてこい」

片桐がいうと、小宮山はじろりと見た。

「ただ見たというだけの者を、ここに連れてきて吊るしあぐっとか」

「誰が吊るしあぐっていった」

「そうなるのは見えとる」

またいい合いになりそうだった。そこで私はいった。

「事務所にその人はいるんですね。だったら私がいって、話を聞きます」

「そうしてくれるか」

岩本巡査がいい、私は頷いた。

小宮山が岡倉を見た。

「いいですかい」

「ああ、お巡りさんがいってくれるなら、外勤としちゃ口をだすことじゃない」

「でも誰かいかせたほうがいいんじゃないですか。いっちゃあ何だが、こっちのお巡りさんは新米だ。その野郎が嘘をついても見抜けんかもしれん」

関根が低い声でいった。

「じゃあ、俺《おい》がいく」

片桐が肩をそびやかした。

「お前はやめておけ。喧嘩になるのがオチだ」

岡倉が止めた。そして関根に告げた。

「いってくれ」

関根は頷いた。

「じゃ、いきましょう」

岩本巡査がマスエを立ちあがらせた。私に目配せをし、詰所をでていく。私も小宮山、関根とともに二人のあとから詰所をでた。

「見たというのは、誰なんです」

詰所をでて左へ歩きだしながら、私は小宮山に訊ねた。

「江藤という電気屋だ。コンベアの修理でずっとあのあたりにいた」

「電気屋といったって、技師じゃないのだろう」

関根がいった。

「資格はもってないが、知識もあるし、器用なんで、重宝しているんだ。いちいち文句をつけるな」

小宮山がいらだったように答えると、関根は黙った。

私たちは無言のまま寺のわきを抜け、30号棟のかたわらからトンネルの横にでた。会社事務所にいくには、それが早い。

会社事務所は、できたばかりの建物だった。

職員、鉱員、組夫が頻繁に出入りする。ここには鉱員用と職員用に分かれた風呂があり、鉱員用の浴槽はふたつあった。ヤマからあがってきた鉱員は、まず着のみ着のままで、下洗いの浴槽につかり、炭塵などを落とす。それから裸になって、もうひとつの浴槽で体を洗うのだ。

事務所に入っていくと、小宮山の下にいる組夫が、

「頭《かしら》」

と声をかけた。

小宮山は、組夫の多くから、「頭」、「頭」と呼ばれているのだった。

「こっちです」

椅子もない小部屋に、作業服を着た男がしゃがみ、煙草を吸っていた。腰に、工具をさしこんだベルトを締めている。小柄で前歯がでていて、やけに顔色が悪い。

男はしゃがんだまま、我々を見上げた。

「女の子を見たそうですね」

男は無言で頷いた。

「それは何時頃ですか」

「六時か、六時半くらい」

私の問いにぶっきらぼうに答えた。

「どこで見たんです?」

「変電所からでてきたら、倉庫のあたりをうろついとった」

「何をしているようすでした」

「わかんね。びっくりした。あんなとこに娘がいたんで」

「どんな服装だったか覚えてますか」

男は瞬きした。黄ばんだ顔にはおよそ表情というものがない。

「セーターにセーラー服のスカート。下駄をはいとった」

「声をかけましたか」

男は黙った。下を向き、吸いさしを床にこすりつけている。

「声をかけたかって訊いてんだ」

関根がいった。男は小さく頷いた。

「何とかけたんです」

私は訊ねた。

「何やってんだ、って」

男は小さな声でいった。

「それだけか」

関根が念を押した。

「あそ、遊ぶかって」

さらに小さな声で男はいった。

「中学生の娘にそんなことをいったのか」

小宮山がいうと、男はちらっと笑みを見せた。

「だって、あんなとこに娘がいるなんて、変じゃなかですか。それに中学生かどうかわからなかったし」

「ふざけやがって」

関根が吐きだすと、男は笑みを消し、陰険な目つきでそちらを見た。

「そうしたら、女の子は何かいいましたか」

私は訊いた。

男は首をふった。

「何も。何もいわんでいってしもうた」

「いっちまったって、どこへです?」

「運動場のほうだ」

「学校の方角にいったということですか」

「海のほうにはいきませんでしたか。スベリのある」

男は頷いた。

「いっとらんと思う」

「それから?」

私は訊いた。男はぽかんと口を開けた。

「それからって？」

「それからどうしたんです。あなたは」

「コンベアんとこ戻ったよ」

「その子とはもう会わなかった？　あとを追ったのではないですか」

「そんなことしねえよ。ぐずぐずしていたら頭《かしら》にどやされるもんよ」

男は語気を強めた。

「本当か。あとを追っかけていって、イタズラしたとじゃなかろうな」

関根がいうと、男は立ちあがった。立ちあがっても、大柄な小宮山の肩あたりまでしか背丈がない。

「そんなことはしねえ」

私は小宮山を見た。

「コンベアのところでこの人に会いましたか」

小宮山は頷いた。

「会った。そもそも変電所にいかせたのが俺《おい》なんだ。調子が悪いのが電圧のせいなのか調べてこいといって」

「それは何時ごろか覚えていますか」

「いかせたのが五時半くらいだから、戻ってきたのは六時か、六時過ぎだろう」

答えて、小宮山はじろりと関根を見た。

「俺もグルになっとるっていいたか顔だな」

「そんなことはなか」

関根は顔をそむけ、いった。私は江藤という電気屋に訊ねた。

「前にもそのあたりで同じ女の子を見たことはありますか」

江藤は首をふった。

「あなたが見たとき、そのあたりに人はいましたか」

「近くにはおらん、コンベアとか貯炭場のところには何人もおったばってん」

私は手帳に写した、島の地図を見た。資材倉庫は、学校の裏手の海寄りにある。近くには圧気機室や清水タンクなどの施設がある。変電所のとなりには、圧気機室があり、坑道に空気を送りこむための羽が回っていてかなり騒々しい筈だ。そのあたりで叫び声をあげても、近くにいない人間にはまず聞こえないだろう。

さらに少し南側には、調子が悪かったというコンベアがあり、石炭を運搬船めがけ積みだしている。このコンベアはよほどのことがない限り、止まらない。

「コンベアは止まっていたんですか」

私は小宮山に訊ねた。

「いや、動いちゃおった。ただ勢いがねえというか、ひっかかるみてえだったんで、調べとったんだ」

「もう直ったんか」

関根が訊くと、小宮山は頷いた。

「具合の悪い歯車があって、それをとりかえさせちょる」

スベリのある船着場から、横に百五十メートルほどいくと、石炭積込桟橋がある。コンベアとクレーンで、桟橋についた船に精炭を積みこむのだ。

聞いた話だが、戦争中、H島の灯火を軍艦のそれと見誤ったアメリカ軍の潜水艦が、そのあたりに魚雷を撃ちこむという〝事件〟もあったらしい。

いずれにしても江藤が少女を見かけたのは、イタズラ好きの男の子でもあまり近づかないあたりだ。小さな島だが、それだけに子供たちは、遊んでよい場所と、そうではない場所を心得ている。大人たち、ましてや組夫に叱られるような区域には足を踏み入れない。

「もう、よかですか」

江藤が小宮山に訊いた。すがるような目をしている。小宮山が私を見やった。

「けっこうです。ご協力、ありがとうございました。江藤さんの宿舎はどこですか」

「103号」

江藤はぼそっと答え、逃げるように小部屋をでていった。103号は、島の南端、水泳プールのそばにある組夫用の飯場だ。周囲は工場ばかりだった。

「見たっていうだけで、結局、手がかりにはならなかったな。あいつが嘘をいってい
るなら話は別だが」

関根が腕組みをした。小宮山は黙っている。

「俺だったら、あいつをしょっぴく」

「いい加減にしろや。組夫ばかりが悪さをするわけじゃねえだろうが」

小宮山がいうと、関根は無視して私を見た。

「お巡りさんはどう思うんだ」

「彼がまったく怪しくないとはいいませんが、もし何かをしたのなら、女の子を見たと、自分からいうのは変ではありませんか。それに、何かをして、疑われたくなくていっているのだとしたら、運動場のほうではなく、スベリのほうにいったという筈です」

「スベリに？」

私は息を吐いた。

「これは最悪の場合ですが、もしイタズラをして、バレるのが恐くなり、さらに凶行に及んだとしましょう。女の子を海に投げこむ他、隠す手段はありません。もしそうしたのなら、私なら、スベリのほうに歩いていった、といいます。あとあと遺体が上がれば、足をすべらせて落ちたのだと人は思う」

「なるほど。新米だが、さすがにお巡りさんだ」

小宮山が頷いた。

「江藤さんは運動場の方角に歩いていった、といいました。つまりそれは、海の近くにいたが、町のほうに戻ったということです」

運動場から65号棟の横を抜ければ、そこはもう潮降り街だ。浜野ケイ子が住んでいる17号棟も近い。

「じゃあなんで家に帰っていない」

関根がいった。

「それが問題です。住宅のどこかにいる、と考えるのが自然なのですが、知り合いのところにはいないようだし」

「上をもう一回、見てみるか」

関根の言葉に私は頷いた。山通りと呼ばれる、丘の道、さらに神社、貯水タンクと、隠れられそうな場所はある。

「私は一度、派出所に戻りますので」

「わかった」

関根はひと足先に事務所をでていった。私がいこうとすると、小宮山が止めた。

「お巡りさんよ」

「はい」

「さっきは詰所で悪かったな、かみついて。あんたも外勤の連中といっしょで、組夫をゴロツキ扱いしとるんかと思ったもんで」

私は小宮山を見直した。口調は荒っぽいが、本心からそう思っているようだ。

「いいえ。何ごとも予断をもってはいかん、というのが、我々の職務です」

小宮山は頷いた。

「あんたがどっちの味方でもないってのは、ここじゃ珍しいことなんだ。鉱員とちがって組夫は流れ者だって目で見られている。実際、よその土地でしくじって流れてくるのも多いしな。だが、俺《おい》が目を光らせてるうちは、島の中で妙なイタズラはさせねえ。ここを追んだされたら困る奴らなんだ。だから俺のいうことは聞く。何かあったら、まっ先に俺にいってくれんか」

「わかりました」

私は頷き、思いついた。

「小宮山さんは、浜野マスエさんについて何か聞いたことはありますか」

「詰所にいた母親か」

「ええ」

「客をとっとるんだろう」

私は小宮山を見つめた。

「俺は客になったことはねえ。だが組夫の中にも、客になったのはおると思う。30号にはときどき出入りしとったって話だ」

鉱員、組夫の別なく、マスエは客にしていたということだ。

「何か、それにからんだもめごととかはありませんでしたか。客どうしが喧嘩になる、とか」

「俺は聞いたことはねえ。あれの旦那も、ときどき鉱場で見かけるが、おとなしくて、いつもぼんやりしてる。嫁があんなことをしてるのを知っとるか知らんかはわからねえ。ただ、知っていても、何もいいそうもねえ野郎だな」

鉱員、組夫といっても、気の荒い者ばかりではないということだ。

「そうですか」

「あの女房は、いいタマだ。電気冷蔵庫だ、テレビ受像機だって、新しいものをいつもまっ先に買うって話を、16号や59号で聞いたことがある」

16号棟には電器屋があり、59号棟には洋服屋がある。

「日曜日にはよく、本土までいってるしな。稼いだ金で買い物しているのだろう」

同じような住宅に住み、亭主は皆同じ仕事をしている。なのに、というか、だからこそ、女の見栄というものをはりたくなるのかもしれない。娘を高校にいかせるというのも、そのひとつなのだろうか。

「人とちがうことをしたくなるんよ。こういうところにいるとな」

小宮山はいった。

「女とは限らねえ。男でも、そういうのはおる。さすがに男が、島の中でこづかい稼ぎをするのは難しか。せいぜいが小博打くらいだ」

「賭博に関しては、あまり目くじらをたてない、ということをいわれました」

私はいった。

「そりゃあそうだ。息抜きがわりのイタズラまでとやかくいわれたら、それこそやっちゃおられん。それに誰かひとりをお縄にしたら、やっとった奴全員をお縄にせんば不公平だってことになる。そうなりゃキリがねえ。組夫や鉱員だけじゃなくて、職員にもそういうのがいるんだからな」

私は黙っていた。この島は、本土とは確かに事情が異なる。本土とまったく同じように職務を遂行する、というわけにはいかないだろう。

だが、あらゆる犯罪を大目に見るつもりはなかった。もし浜野ケイ子が、犯罪の被害者になっているのだとしたら、それは決して見逃してはならないことだ。

「まあ、いいさ」

私が無言でいると、小宮山はそこから何かを感じたようにいった。

「今はそんなつまらねえ話をしているときじゃねえ。俺は、組の連中にもう少しあたってみる。何かわかったら、派出所に連絡を入れるけんな」

「よろしくお願いします」

私は告げて、頭を下げた。

派出所に戻ると、岩本巡査と浜野マスエが机をはさみ、向かいあっていた。マスエのかたわらには、千枝子夫人がいる。

夫人を同席させたのは、岩本巡査の配慮かもしれないが、賢明なことだと私には思えなかった。

「ご苦労さま、どうだった？」

岩本巡査は机に広げた書類から頭を上げ、訊ねた。

私は江藤の話をした。

「ケイ子さんは、鉱場の外れから、運動場のほうへ歩いていったそうです。それが六時過ぎ、だいたい、六時から六時半のあいだだったようです」

私は報告した。

「すると、書道塾のあと、すぐに鉱場のほうにいったということだな」

「五時半に、22号棟の岩本さんのお宅をでていったわけですから、だいたいの時間は合っています。資材倉庫付近でぼんやりしていたところを、組夫に声をかけられ、不安を感じて、町に戻ったのかもしれません」

「その後は？」

「まっすぐ家には帰らず、どこかに寄った。今もそこにいるとか」

私はいって、マスエを見た。

「夕方、ケイ子さんが家に帰りたくないといっていた理由に心当たりはありますか」

マスエは無言で目を動かした。岩本巡査と千枝子夫人を見比べている。

「でがけにケイ子ちゃんを叱ったとか、そういうことはありませんでした？」

千枝子夫人がいった。するとマスエは小さく頷いた。

「そう、かもしれません。高校にいきたくないといったんで、怒ったんです」

「なぜ、高校にいきたくないと？」

私は訊ねた。

「さあ。あたしにはわからんです。最近のケイ子は、逆らうようなことばかりいって」

「年頃だからですよ」

千枝子夫人がいった。

「もう少し大人になれば、またかわってきます」

私は床を見つめた。これでは事情聴取にならない。答えているのはマスエではなく、千枝子夫人だ。

だが、日頃からお世話になっている千枝子夫人に、この場を外してくれとは、私にはいえなかった。

「お前から見て、ケイ子さんにかわったようすはなかったのか」

岩本巡査が夫人に訊ねた。

「そうですね。わたしも今日は具合が悪かったから。いつもとちがうようには見えませんでした」

「書道塾で仲よくしていた子はどうでしょう」

私はいった。

「ケイ子ちゃん以外の中学生は、二人とも年下で、職員の子なんです。だから――」

夫人はいって、言葉を濁した。私は岩本巡査を見た。

「鉱員の子と職員の子は、いっしょには遊ばないものなのですか」

「いちがいにはそうとはいえない。小学生の、特に男の子などは、親の職業とは関係なく遊んでいる。だが中学生くらいになると、子供によっては、父親の立場のちがいを意識することもあるようだ。なあ」

夫人を見る。

「そうですね。女の子はやはり男の子よりませていますから」

「すると、いっしょに塾に通っていた職員の娘の家にはいっていないと」

「いったとしたら、塾が終わってすぐいっしょにいったのではないかな。ひとりでふらついたあと、訪ねていくというのはどうだろう」

岩本巡査のその言葉には、頷かざるをえなかった。

確かに鉱場の外れをひとりでうろついたあと、改めて丘の上の職員住宅を訪ねていくとは考えづらい。

「でも、なぜそんなところにいたのでしょう」

千枝子夫人がいった。

「家に帰るに帰れない事情があり、時間をつぶしていたのでは」

私はいった。

「帰るに帰れない事情？」

「ええ」

私はマスエを見つめた。マスエは無言だった。

岩本巡査が咳ばらいをした。

「いずれにしても、大事なのは、ケイ子さんが今どこにいるかだ。もしかすると、お母さんがここにいるあいだに帰宅しているかもしれない。家の鍵はかってきましたか」

「いいえ」

マスエは首をふった。

「それなら、書類は作ったことだし、一度戻ってみてください。帰っていれば、騒ぐこともない」

「はい」

マスエは頷き、私をうかがった。千枝子夫人がここにいる限り、これ以上つっこんだことを訊くわけにはいかない。しかたなく、私も頷いた。

マスエが派出所をでていくと、岩本巡査は私をねぎらった。

「組夫の件はご苦労さまでした。問題はなかったのかね」

「ええ。特には」

岩本巡査は頷いた。

「まあ、中学生の女の子が家出をしたくらいで、そう大騒ぎすることもないと思う。今夜、父親の仕事が終わる前に、帰ってくるのじゃないかね」

私は千枝子夫人を見やった。ようやく岩本巡査は気づいた。

「とりあえず、お前も戻っていなさい。今日は、私もここに詰めるから」

「はい。それじゃ荒巻さん、ご苦労さまです」

夫人はいって腰をかがめた。

「いえ、ご苦労さまでした」

私も敬礼した。夫人がでていくと、私は岩本巡査を見つめた。

「母親は、本当に心当たりがないのでしょうか」

岩本巡査は目をそらした。

「その件だが、ここでおおげさにするのもどうかと思ってね」

「娘が帰宅したくないと考えた理由は、それではないのですか」

「かもしれん。だが、そうだとして、娘を捜す役に立つかね。客をとっていた、その客が誰なのか、そんなことを問いつめたところで娘の居どころはわかりはせんだろう」

「どうでしょうか。帰宅したところ、家からでてきた客と鉢合わせした。それでまたどこかへいってしまったのかもしれない。あるいはその客が連れ去ったとか」

「連れ去ったのなら、誰かが見とるだろう」

「浜野ケイ子が行方不明になっているというのを、まだ区長と外勤係以外は知りません。見ていても、それを妙だとは考えていないのではないでしょうか」

岩本巡査は渋い表情になった。

「それはその通りだが、騒ぎたてて、ひょっこり娘が帰ってきたら、そのときがかわいそうではないかね。母親の客が連れていったからといって、まさか娘にまではちょっかいはださんだろう。むしろやさしくしてやっているかもしれん。鉱員どうしは、互いの家族をよく知っているからな」

私は息を吐いた。

第三章　不穏

夜が明けた。浜野ケイ子が見つかったという知らせはなかった。

午前八時のサイレンを聞いて、私と岩本巡査は外勤詰所におもむいた。浜野ケイ子が〝失跡〟したという事実を区長を通じ、島内に明らかにして、証言を求めるべきだ、と私が主張し、岩本巡査がそれをうけいれたからだった。

外勤詰所には、係長の岡倉や区長の飯田がすでにきていた。夜勤の外勤係も帰宅せず、詰所に残っている。

区長の飯田が私と岩本巡査を見ると近よってきて小声でいった。

「きのうの夜は、あれからひと騒動でした。亭主の兵三が帰ってきて、ケイ子ちゃんが家出してるというのを聞いて、えらく怒りましてね。あんな兵三を見たのは初めてです。ほっておいたらマスエを半殺しにしちまったかもしれない」

「暴力をふるったんかね」

岩本巡査は眉をひそめた。

「実際は、平手打ちを二、三発くらわしたところで、あたしや隣近所の者が止めに入ったんですがね。そのあと兵三はひとりで島の中を捜して歩いていたようです。朝方、見つからずに戻ってきましたが」

「マスエは？」

「ふてくされてました。あのようすじゃ、ケイ子ちゃんが戻ってきたら、相当とっちめられるのじゃないですかね」

岡倉が私たちのそばにきた。

「明るくなったところで、もう一回、捜させてみたが、やっぱり見つからないねえ。誰かの家にいるにしても、ひと晩を明かすってのはどうだろうな」

私たちは頷いた。同じ島内とはいえ、中学生の娘が他人の家で断りもなく一夜を明かすとは思えなかった。たとえ島内のどこにいようと、〝帰れないほど遠い〟場所など、存在しないのだ。

詰所の電話がけたたましく鳴った。徹夜明けで目を赤くした片桐が受話器をとった。

「はい、詰所――。何ぃ！」

大声をだした。我々のほうを見て、いった。

「スベリについた、行商の船が、土左衛門をあげたそうです」

詰所内がどよめいた。岩本巡査が訊ねた。

「仏さんはどこだ」

「とりあえず、学校の裏手に寝かせてあるそうですが」

通報してきた者に訊ねた片桐は答えた。

「学校の裏手はまずい。子供たちが登校する時間だ」

岡倉がつぶやいた。関根が貼りだされている島内地図を見上げた。

「資材倉庫はどうです。あそこまでもっていけば、子供たちからは見えない」

岡倉は頷き、岩本巡査をうかがった。

「いいですか、仏さんを動かしても」

岩本巡査は迷ったように私を見た。本来なら、発見された場所から死体を動かすのは、現場検証の重要性を考えると望ましいことではない。

だが、遺体はもう水から引き揚げられているのだ。安置場所をどうするかという問題でしかない。

「その土左衛門は男か女か」

関根が片桐に訊ねた。

「若い女だそうです」

「しかたありません。倉庫のほうに運んでください」

岩本巡査がいい、片桐は指示を伝えた。

「いきましょう」

私は岩本巡査にいった。そして岡倉に告げた。

「病院からお医者さんをひとり、呼んでください」

「今さら医者を呼んでどうするのかね。土左衛門なのだろう。呼ぶなら坊さんじゃないのか」

「検死をしていただきたいんです。溺れ死んだのか、それとも別の理由で死んだのか」

「別の理由ってあんた――」

岡倉が眉根を寄せた。

「とにかくお願いします」

「うん、確かにそれは必要だ」

岩本巡査がいったので、岡倉は片桐に顎をしゃくった。

「おい、病院に電話しろ。何科の先生にきてもらえばいいんだ？」

「外科の先生に」

「外科の先生だ」

片桐が医師を呼びだす声を聞きながら、私と岩本巡査は詰所をでた。

65号棟のわきを抜け、学校の裏手にでると、すでに人が集まっているのが見えた。中には、ランドセルを背負った児童の姿もある。

「子供たちは学校にいって。こんなところにいちゃ駄目だ」

岩本巡査が声を張りあげると、驚いたように人々がふりかえった。子供たちの顔には、怯えと、それを上回る好奇心が浮かんでいた。

だがめったに大声をだすことのない岩本巡査の権幕《けんまく》に恐れをなしたのか、小走りで運動場に入っていく。

残ったのは、そのあたりで作業をしている組夫らしき連中が七、八人だ。

「どいた、どいた」

いっしょにきた関根が彼らをかき分けた。

ほつれた黒い髪とまっ白な肌が見えた。土左衛門はムシロに寝かされ、その上にさらに一枚ムシロがかけられていたが、顔の上半分がのぞいているのだった。

「倉庫のほうに移しますぜ。いいですか」

関根が私たちにいって、あたりの男たちに指示をした。

「おい、ムシロのそっちもて。仏さんを倉庫にもってくんだ」

男たちがムシロの四隅にとりついた。どこかへっぴり腰で、土左衛門をもちあげる。

私はあたりを見回した。少し離れた場所に、干物を詰めた籠を足もとにおいた男女がいた。二人とも五十くらいだろうか。青ざめた顔で、運ばれていく土左衛門を見ている。

「発見したのは、あんたたちですか」

私は歩みより、訊ねた。

「へい」

よく陽に焼けた男が頷いた。

「どこからこられた?」

男が答えた。二人はN半島の西岸にある黒浜の漁師夫婦で、自分らで獲《と》って作った魚の干物を、月に二、三度、小船で売りにくるのだという。小船は漁に使っているものので、潮のいいときを見はからって、スベリに着け、上陸する。

今朝も七時過ぎに、島の近くまできたが、潮が落ちていて、接岸するのが難しく、上がるのを待っていた。

そのときに、島から二十メートルほど離れた海面に浮いている土左衛門を見つけたのだという。

「どういう風に浮いていました？」

私は訊ねた。

「こう、うつぶせになって、両手がのびてました。髪がばあっと広がってて、最初は海草かと思ったんですけど、なんか白かもんが見えて、それがセーターの柄だったとです」

「引き揚げは二人で？」

漁師は頷いた。

「土左衛門は、何回か、あげたことがあります。漁師仲間には、嫌がって、触らねえのもいますが、俺《おい》は弔《とむら》ってやらんないと、化けてこられるような気がして。嫁に櫓《ろ》をこがせて、俺がひっぱりあげました」

「何か気づいたことはありますか」

「新しい仏さんだってことくらいですかね。恐いんで顔はあんまり見らんやったとですが、腕をもったとき、身がしっかりしとりましたけん。長いこと漬かってた仏さんだと、ずるっと皮がめくれちまうことがあるとです。それに臭いもなかった」

私はメモをとった。

「今日はこのあとどうします？」

「さあ。商売にはならんので、どうするか今、嫁と話してました。土左衛門をのっけた船でもってきた干物なんか、誰も買っちゃくれんでしょうし」

弱った顔で漁師はいった。かたわらの嫁は人見知りする性格なのか、ずっと下を向いている。

「だが売れんと困るでしょう」

別に同じ籠に土左衛門が入っていたわけではないのだから、気にすることはないと私は思った。とはいえ、独り者の私が、籠いっぱいの干物を買っても始末に困る。

「これまでも、島の周りで土左衛門をあげたことはありますか」

「初めてです。たいていは戦争中で、黒浜の海でした」

漁師は答えた。

「わかりました。もう少し、島に残っていてもらえますか」

私は頼み、その場を離れた。

資材倉庫の戸が開けられ、入り口の土間に土左衛門は寝かされていた。かたわらに岩本巡査がしゃがんでいる。

私は手袋をはめた。

遺体にかけられたムシロははがされ、紺のスカートと白地に赤い柄の入ったセーターを着ているとわかった。

岩本巡査が、遺体の首を動かした。

額から顔にかけてはりついた髪を、手袋をはめた指先で寄せる。

「こりゃあ……」

うしろからのぞきこんでいた関根がつぶやいた。

遺体は目を閉じていた。口はわずかに開いている。血の気のない肌と青ざめた唇を別にすれば、眠っているようにも見えた。

「区長を呼んでこい」

誰かがいうのが聞こえ、私は関根をふりかえった。

「浜野ケイ子ですか」

「たぶんそうだと思うが、今、区長に確認させます」

私は見えている浜野ケイ子の体を検分した。顔や首に、目立つ傷はない。

「やっぱり海に落ちとったか」

関根がつぶやいた。

そこへ白衣を着た男が、片桐に連れられて到着した。H島病院外科医の宮村《みやむら》だと、片桐が紹介した。三十くらいの若い医師だ。

「ご苦労さまです」

宮村医師はいって、遺体にかがみこんだ。

「先生、検死をお願いできますか」

「え？　いや、まあ、わかりました。けれどここじゃ無理だな。洋服も脱がさなけりゃならないし」

宮村医師はとまどったようにいって、あたりを見回した。

「じゃ病院のほうにもっていったほうがいいですか」

「そうですね」

「誰か、リヤカーもってこい。仏さんを病院に運ぶ」

関根があたりの組夫に命じた。

区長の飯田がきた。飯田は遺体をひと目見るなり、深いため息を洩らした。

「ケイ子ちゃんだ」

両手をあわせ、なんまんだぶ、なんまんだぶ、とつぶやく。それを見て、急にあたりの男たちも手をあわせた。

「マスエと兵三を呼びますか」

訊ねた飯田に私は首をふった。

「先に検死をおこないたいので、仏さんは病院に運びます。親にはそちらにきてもらいましょう」

「いやあ、がっくりくるだろうな。二人とも大事にしておったから」

がらがらと音をたててリヤカーがやってきた。そのリヤカーを引いている男に、私は見覚えがあった。

昨夜、31号棟の風呂で会った、鋭い目つきの男だ。湯につかっている私を見て、

「お巡りさんか」とつぶやいた。

あなたは、と訊いた私には返事をせず、浴槽をでていった。

男はだが私には目もくれず、ムシロの上に横たわった浜野ケイ子の遺体を見つめた。

「死因は」

低い声で訊ねた。

「それをこれから病院のほうで調べます」

宮村医師がなにげなく答えた。

「なんだ、お前、仏さんを知っとるのか」

片桐が男をふりかえった。

「いや」

男は首をふった。

「じゃなんでそんなことを訊くんだ。怪しかな。海に浮かんでたのだから溺れたにきまっとるだろうが」

片桐が男に詰めよった。

「海に浮かんどるからって、溺れ死んだとは限らんだろう」

男がいい返した。

「何がいいたかとか、お前」

「別に」

男はそっぽを向いた。その拍子に私と目が合った。

「それはこれから病院で先生に調べてもらいます。あなた、名前は？」

私はいった。

男は一瞬迷い、

「長谷川《はせがわ》」

とだけ、答えた。

「長谷川何さんですか」

「関係ないだろう。俺《おれ》はリヤカーもってきただけだ」

「きのう、31号棟の風呂で会いました」

「覚えてる。長谷川孝夫《たかお》ってんだ」

字を聞き、私は覚えた。

「ようし、じゃあ申しわけないが、仏さんをリヤカーにのっけてくれ」

岩本巡査がいった。

長谷川が率先してムシロにとりついた。とりつきながらも、しげしげと遺体を観察している。そのさまは異様ですらあった。片桐もそれに気づいた。

「お前、どけ」

片桐は長谷川を押しのけた。

「何だよ」

「何だよじゃねえ。妙な目つきで仏さん見やがって。気味の悪い野郎だ」

長谷川はいい返さず、ひきさがった。別の組夫がムシロにとりつき、遺体はリヤカーに移された。

病院は運動場の西側にある。が、遺体をのせたリヤカーが運動場を横切れば、嫌でも児童生徒の目につくことになる。

私は岩本巡査と相談し、65号棟と学校のあいだの道を抜けて病院に運ぶことにした。組夫たちは作業に戻らせ、リヤカーを引くのは、片桐と関根に任せた。

宮村医師に先導してもらい、病院へと向かった。

浜野ケイ子の遺体が見つかったという噂は、あっというまに広まっていた。島の北の端にある病院の前には、二十人近い人間がいて、私は驚いた。大半は鉱員とその家族だ。

「ケイ子、ケイ子！」

その中からとびだしてきたのはマスエだった。リヤカーにとりつき、ムシロをはがそうとする。

私は止めた。

「奥さん、落ちついて」

「ケイ子に会わせて」

「あとで。これからお医者さんが検死をしますから」

「検死って何です」

マスエは私をにらんだ。目が血走り、髪が乱れている。昨夜感じた派手な雰囲気はみじんもなかった。

「どうして亡くなったかを調べてもらうんです」

「調べるってどうやって。注射したりするんですか」

「いやいや。ただ、体のあちこちを調べるだけです」

宮村医師がいうと、今度はそちらを見すえた。

「ケイ子を裸にするんだ。そうでしょう」

宮村医師は困ったような顔をした。

「それは調べるわけですから」

「裸にして何をするんだ!?　この出歯亀医者！」

マスエは金切り声をあげた。

マスエは今にも宮村医師につかみかかりそうで、私は割って入った。

「奥さん、これは必要なことなんです」

「許さないよ！　ケイ子がかわいそうじゃないか。水の中でずっと寒い思いをして、その上裸にするなんて」

「マスエさん」

声にマスエはふりかえった。岩本巡査の千枝子夫人だった。千枝子夫人は目に涙をためている。二人は親しいようだ。

「こらえてあげて。これは主人たちの仕事なんです」

マスエがわあっと泣き声をあげてしゃがみこんだ。千枝子夫人がその背中をさすった。

奇妙なのは、あたりには鉱員の妻らしき女が何人もいるのに、誰ひとりマスエを慰めようとしないことだった。遠巻きにし、ただ無言でマスエを見ている。

彼女らはいたましそうな顔はしているものの、マスエに対して同情しているようすはない。

「兵三はどうした、兵三は」

岡倉が彼女らに訊ねた。

「さっき食堂に入っていきましたよ」

妻たちのひとりが答えた。

「きのうから何も食べてないって」

私は宮村医師にいった。

「今のうちに。先生、お願いします」

だが宮村医師はひどく気まずそうな顔をして、泣き崩れるマスエを見つめていた。

「参ったな。診察を出歯亀だなんて。こんなこと初めてですよ」

「先生、母親は動転しとるんですよ。気にせんで下さい」

関根がいった。

「それはそうだろうけど、公衆の面前であんなことをいわれては、医師として——」

私は宮村医師の肘に触れた。

「先生までいっしょになって興奮しないで下さい」

宮村医師は我にかえったように私を見た。

「そうだった。どうも、こういうことはめったにないんで。失敬」

病院の玄関に担送車が運ばれていた。私たちは力を合わせ、ムシロごと浜野ケイ子の遺体をそれにのせた。

「じゃ、検査のほうをよろしくお願いします」

私はいった。

「お巡りさんは？」

「仏さんの父親に会ってきます」

岩本巡査が私を見た。

「検死には立ちあわんのか」

「岩本さん、お願いします。私が立ちあうより、そのほうがいいと思います」

泣いているマスエと慰めている千枝子夫人のほうを目配せして、私はいった。

「わかった。じゃ、事情聴取は任せる」

岩本巡査が宮村医師や担送車を押す看護婦らとともに病院の中へと入るのを見送って、私は南へと歩きだした。

潮降り街を抜け、16号棟の前までくると、いつもの島の繁華街に戻ったようで、私はほっとした。行商の露店や購買部などをのぞく主婦がいきかっている。

私は18号棟にある厚生食堂をのぞいた。食堂は、八時にヤマからあがった三番方の客もあらかたひけて、閑散としている。見回したが、浜野兵三らしい男の姿はなかった。

隣の17号棟にある自宅に戻ったのだろうかと考え、その17号棟にタヌキの定食屋があったのを思いだした。

定食屋に入っていくと、前かけをかけたタヌキがちょうど厨房からでてきたところに会った。

「ああ、お巡りさん。魚、預かってるよ」

いわれて一瞬、何のことかわからなかった。

「魚?」

「片桐さんがきのうおいてったメバルだよ。チヌは食っちまったんだろ。メバルは煮つけてあるから、いつでもだせる。今、食べるかね」

すっかり忘れていた。メガネの先で釣りをしたのは昨夜の話だ。それから、ずいぶん長い時間がたったような気がする。

「あ、それはあとでいただきます」

私は答えて店内を見渡した。端のテーブルに男がひとりいた。銚子が二本ほど立っている。ワイシャツにゲタばきという風体から、鉱員だと見当をつけた。

歩みよっていき、男の前に立った。色白で四十くらいだが、年のわりに髪が薄い。かなり酔っているようで、私に気づいたようすもなく、首をゆらゆらと揺らしている。

「浜野兵三さんですか」

男はとろんとした目を私に向けた。

「あんたさんは」

「派出所の者です」

制服姿の私を見ても警官だと気づかないようでは、かなり酔っているようだ。おそらくここにくる前も飲んでいたのだろう。

「ああ」

兵三はつぶやいた。

「ケイ子、ケイ子が見つかったんですか」

舌がよく回っていない。

「ええ。派出所でちょっと話をうかがいたいんですが、こられますか」

兵三は瞬きした。

「ケイ子はどこにいたんです」

私は沈黙した。遺体が見つかったのを、誰も父親には知らせていないようだ。

「ケイ子は、どこにおるんです」

「今は、病院です。とりあえず派出所のほうにきてもらえませんか」

兵三は頷き、のろのろと立ちあがった。タヌキのほうを見ていった。

「オヤジ、勘定」

「あとでいい。あとで」

タヌキはいった。兵三はこっくりと首を傾けた。

「すまねえな」

しゃっくりをした。そのようすを見て、事情聴取になるかどうか不安になった。

私は兵三の腕をとった。

「いきましょう」

21号棟の派出所までは、すぐだった。派出所に入ると、私は兵三を椅子にすわらせた。

「お巡りさん、水を一杯くれるかい」

「ああ、いいですよ」

私はコップに水をくみ、兵三の前においた。兵三はそれをごくごくと飲み干した。

「だいぶ飲んでいるんですか」

「いやいや、たいしたことはねえ」

兵三は手をふった。

「で、何の話です？」

「ケイ子さんのことです」

私は兵三の向かいにすわった。兵三の赤らんだ顔からわずかに酔いが抜けていた。

「あいつはどこにいたんです」

「お気の毒ですが、今朝、海に浮かんでいるところを見つけました」

兵三はすぐには何も答えなかった。瞬きをくり返し、私を見ている。

やがて、小さな声でいった。

「死んどったんですか」

「ええ」

兵三は私から目をそらした。無言で派出所の壁や天井を見ている。

「なんでや」

つぶやいた。私は無言だった。

兵三の目が私を向いた。酔いは消えていた。

「身投げですか」

「わかりません。事故かもしれない。ただきのう、ケイ子さんは、書道塾が早く終わったのに家に帰りたがらなかったそうです。心当たりはありますか。強く叱ったとか」

兵三は途方に暮れたように首をふった。

「きのうの朝は、会っとりません。俺《おい》が寝ているあいだに学校いきましたから」

「このところ、ケイ子さんに何か、かわったようすはありませんでしたか。進路について思い悩んでいるとか」

「さあ。俺は何にも」

いって、兵三はごくりと喉を鳴らした。

「昨夜、仕事から戻ってきて、奥さんと喧嘩になったそうですが」

兵三は黙りこんだ。

「ケイ子さんのことが理由ですか」

兵三は私の顔を一瞬見やり、目をそらした。

「あいつに訊いて下さい」

やがていった。

「あいつというのは、奥さんですか」

兵三は頷いた。

「きのうの夕方、ケイ子さんが資材倉庫のあたりにいるのを見た人間がいます。なぜそんなところにいたのか、心当たりはありますか」

兵三は首をふった。

「俺は」

いって、言葉を切った。

「俺は何です？」

「俺は、ケイ子のことは、マスエに全部任せてた。女は、よくわかんねえ」

不意に拳で目をぬぐった。涙を流しているのだった。

「娘だからよ、何か考えてても、男の俺にはわかんねえんだって、マスエがいうんだ。だからマスエに――」

「それなのに娘さんが帰ってこないんで、きのう喧嘩になったのですか」

「あいつは『あたしのせいじゃない』っていいやがった。何か俺がいうと、すぐに自分のせいじゃねえっていいやがる。だけど、それなら誰のせいなんだよ」

私は黙っていた。兵三は言葉をつづけた。

「マスエはよ、ケイ子を高等学校にやるって聞かねえ。俺が見たとこじゃ、ケイ子は別に勉強が好きでもねえし、本土で働きたがってるようだった。けれどマスエは、高等学校にいかせるんだ、その金は工面するからと」

「どうやってですか」

「え？」

「ケイ子さんを高校にやる金はどう工面すると？」

「親戚が博多にいて、これまでも金を送ってきたんだ。あいつのことを子供の頃かわいがってた爺《じい》さんで身上《しんしょう》もちなんだ」

「会ったことはありますか」

「俺はねえ。亭主が鉱員をやってるてのが気に入らねえんだと。あいつくらい器量よしなら、もっといい男と所帯がもてたのにっていわれたらしい」

「マスエさんがそういったのですか」

「そうだよ」

私は手帳に、博多の親戚と書きつけた。

「ケイ子さんはこれまでも、家に帰ってこないこととかありましたか」

「ねえ。あいつが黙ってりゃ別だけど」

兵三はいって、急に顔を両手でおおった。

「なんで病院なんかにいるんだよ。助かるのかい」

「いえ。検死を、その、どうして亡くなったのかを医者にみてもらっているんです」

顔をおおったまま兵三は頷いた。

「わからねえ。ケイ子が身投げするくらい悩んでたなんて、俺にはわからねえ」

「身投げしたとは限りません。スベリのところで海を見ているうちに、あやまって落ちたのかもしれない」

「あいつは泳ぎが下手で、海を恐がってた。スベリなんかに近づくわけねえ」

「そうなんですか」

兵三は手をおろした。目もとが涙でぐしょぐしょだった。

「N島にだって、いったことはなかった」

N島は、本土とここH島のあいだにある島だ。砂浜のないH島とちがって海水浴場があり、夏、子供たちがいくと聞いたことがあった。

「でもプールの授業をうけておられたのでしょう」

島の南端には水泳プールがあり、児童、生徒はそこで夏場、水練の授業をうけているという。

「けど駄目だった。おっかなくて顔を水につけられないんだ。そんなのがのこのこスベリなんかにいくかよ」

私は息を吐いた。悩みをもち、ひとりでもの思いにふけりたいと考えても、この島でそうなれる場所は少ない。たとえ泳ぎが苦手で水が恐くとも、スベリは、数少ないそうした場所だった。

「ケイ子さんが身投げをしたと考える理由はあるのですか」

兵三は無言だった。が、兵三がこれを事故だと思っていないのは確かなようだった。

「マスエさんとケイ子さんの仲は、うまくいってなかったのですか」

「わからねえよ。女どうしだからよ、すごい勢いで悪口をいいあってたかと思ったら、二人で台所できゃっきゃ笑ってるときもあって」

中学二年といえば、もう男親には理解できない部分をもち始めておかしくはない。とはいえ、兵三以上に、私にそんなことがわかるわけがなかった。

「わかりました。マスエさんにもお話をうかがってみることにします」

私がいうと、兵三はのろのろと顔を上げた。

「病院に連れていってくれよ、お巡りさん」

「いいですが、検死が終わるまで、私もケイ子さんには会えません」

「マスエはいるのだろう、病院に」

「先ほどはいました」

兵三は暗い目になって床を見つめた。

「あいつはまたいうさ。自分は悪くねえって」

マスエと会えば、また夫婦喧嘩になるかもしれない。だが、いくなとは、私にはいえなかった。

「とにかく、いってみましょう」

私は立ちあがった。兵三が隠しごとをしているとは思えない。身投げにせよ、事故にせよ、ケイ子がなぜスベリにいたのかは、マスエに訊くより他なさそうだった。

病院の前の人だかりはなくなっていた。玄関に近い待合室に入ると、マスエと千枝子夫人、そして区長の飯田がすわっていた。

兵三の姿を認めてもマスエは何もいわなかった。ただ無言で一瞥《いちべつ》し、すぐに視線をそらした。兵三は、三人から少し離れた椅子に腰をおろした。

区長の飯田が立ちあがった。兵三の前にいき、

「飲んどるのか」

と訊ねた。

「少しだけです」

兵三が力なく答えた。私はマスエを見た。固い表情を浮かべ、病院の壁に目を向けている。確かに、責められるのを拒否しているかのようだ。

やがて、岩本巡査が待合室に現れた。私を見つけると、手招きする。

「終わりましたか」

歩みよった私は小声で訊ねた。岩本巡査は頷いた。

「溺死だと、先生はいっている」

「今はどこです」

「そこの手術室だ。看護婦がきれいにしてやっている」

「いいですか」

私は訊ねた。岩本巡査は頷いた。

手術室に入ると、手術台に寝かされたケイ子の姿が目に入った。看護婦の手で浴衣《ゆかた》に着替えさせられている。

宮村医師がかたわらにいた。

「先生、いかがでした」

「溺死ですな。胸を押したら、口から水がでてきました。肺に水が入っているからでしょう」

「他に外傷はありませんでしたか」

「手や足に、少しひっかき傷がありましたが、海に落ちてから岩などにぶつかってできたものだと思います」

「他は？」

「他？」

「つまり、暴行とかをされていたようすはありませんでしたか」

「いや、それは……なかった、な」

宮村医師は不安げに看護婦をふりかえった。

「ない、と思いましたけど」

四十くらいの看護婦が答えた。

「調べなかったのですか」

「ざっとは検分しました。局部から出血しているとか、そういうようすはなかった」

出血したとしても、海につかっているうちに洗い流されてしまったかもしれない。

だが、もう一度、局部を調べろとはいいにくい雰囲気だ。

私は頷き、浜野ケイ子の遺体の前に立った。着替えをすませた看護婦が、髪をすいてやっている。浴衣の合わせ目からのぞく肌が蠟《ろう》のように青白い。

看護婦が手を止め、私をにらんだ。

「何でしょうか」

「いや。遺体に何か異常はないかと思って見とったのですが」

「お亡くなりになったといっても、娘さんです。あまりじろじろ見たら、かわいそうでしょう」

看護婦はいった。白衣の胸に「村崎」という名札をつけていた。

「誤解のないように。職務として検分しているのですから」

私は思わずいった。村崎看護婦はもう何もいわなかった。

村崎は櫛でケイ子の髪を分けた。中央で二つにし、編んでやろうとしているようだ。

「あら」

その手が止まった。髪を指先で探っている。

「どうしました」

私は訊ねた。が、村崎は、

「別に」

といったきり、編む作業をつづけた。ケイ子はやがて髪をふたつ編みにされた。

なぜ手を止めたのか、答えを得られないまま、私は手術室をでる他なかった。

「ケイ子に会えますか」

兵三が訊ねた。私が答えるより早く、岩本巡査がいった。

「いいですよ」

兵三がのろのろと手術室に入っていった。マスエはその場を動かなかった。じっと病院の床を見つめている。

「娘さんに会ってやらんのですか」

岩本巡査はいった。

「あたしのせいじゃなか」

マスエはつぶやいた。

「誰もあんたのせいだとはいっていません」

岩本巡査がいうと、マスエはきっとにらみつけた。

「でも腹の中ではそう思っとる」

「マスエさん」

千枝子夫人が小声でいうと、マスエは黙った。

「事故なのか自殺なのかはわかりませんが、家に書きおきのようなものはなかったのですね」

私は訊ねた。千枝子夫人が私を見た。とがめるような目だった。

「ないとすりゃ、発作的な身投げかもしれんな」

それをとりなすように岩本巡査がいった。

「兵三さんの話では、ケイ子さんは泳ぎが苦手で、水にはあまり近づかんかったそうです」

私がいうと、岩本巡査は頷いた。

「まあ、だが、弾みということもある」

兵三の叫び声が聞こえた。

「ケイ子！　ケイ子！」

お父さん、という村崎の声がした。私と岩本巡査は顔を見合わせ、手術室に入った。

兵三がケイ子の肩をつかみ、激しく揺すっていた。

「ケイ子、目を開けろ。ケイ子」

ぐらぐらと首が動いている。

「あんた！」

マスエだった。手術室に入ってくるなり、兵三を押しやった。

「どいて」

兵三はされるがままだった。マスエはケイ子にかがみこみ、額をなでた。

「ごめんよ、ケイ子。寒かったろう。早くうちに帰ろうね」

ささやきかけた。見ているのもつらい光景だった。

兵三はケイ子の足に顔を伏せ、泣きだした。

岩本巡査が息を吐き、私を見やった。

「今日のところは帰そう」

「そうですね」

手術室をでた岩本巡査が、飯田に告げた。

「遺体を引きとらせて下さい。落ちついたら改めて話を聞きますんで」

飯田は瞬きをくり返した。

「結局のところ、身投げだったんですかい」

「はっきりせんのです。足を滑らせたのかもしれない」

「じゃあ」

飯田はいって、考えこんだ。

「事故ってことにしてやっていいですか。人の口がいろいろとありますんで」

「かまわんでしょう」

岩本巡査は答え、私を見た。私も頷いた。

「いいのではないですか」

浜野夫婦らをそこに残し、私と岩本巡査は病院をでた。

「皮肉なもんだな」

派出所に向かって歩きだしながら、岩本巡査はいった。

「仏さんは、スベリからでる船で火葬場に運ばれる」

「本土の火葬場で焼くのですか」

「いや、N島に焼き場があるので、そこにもっていく。葬式は島の寺でやるが」

寺というのは、映画館の向かいにある泉福寺だ。

「いちおう宗派はあるが、島でひとつだけの寺なので、仏さんが何宗であっても、葬《ほうむ》ってくれる」

岩本巡査の言葉に私は頷いた。

派出所に戻ると私は茶を淹《い》れた。

「本部にだす報告書は、事故ということにしますか」

「そうだな。遺書や書きおきの類《たぐい》がない以上、自殺とは断定できない」

私の問いに岩本巡査は答えた。

「マスエの事情聴取ですが、どうします」

「病院で少し話をしたが、自分には落ち度がない、というようなことしかいっていなかったな」

「つまり、自殺だとしても、思いあたる節があるとは認めないということですね」

茶をすすり、岩本巡査は頷いた。

「きのうの夕方、客をとっていたとすれば、ケイ子が家に戻れなかったのはそれが理由だ。自殺にしろ事故にしろ、そのことを認めたら、マスエはこの島で暮らしていかれなくなるだろう」

私は無言で頷いた。ケイ子が死んだことは、今はおそらく島中に広まっている。そして母親のマスエが客をとっていたことも、これまで以上に多くの人間に広まるだろう。人の噂とはそういうものだ。

「亭主の耳にもいずれ入りますね」

岩本巡査は苦い表情で私を見た。

「兵三が逆上しないといいが」

私は息を吸いこんだ。

「きのうの夕方、ケイ子を見かけた組夫の話では、資材倉庫付近から運動場のほうに歩いていったといいます」

「それは聞いた。町に戻ったと思ったのだが」

「ええ。鉱場の外れで時間を過ごすつもりだったのが、組夫に声をかけられ、恐くなった。そこでしかたなく家に帰った。ところが家ではマスエが客をとっている最中だった。ケイ子はいたたまれず、家をとびだした。それで身投げしたのかもしれません」

私はいった。

「マスエはそれに気づいとったのかな」

岩本巡査は私を見た。

「だとしても、決していわなんでしょうね」

「そうだな。自分が死なせたと認めるようなものだ」

私はマスエが憐れになった。客をとるのは決してほめられることではないが、それで得た金を、マスエは家族のためにつかっていた。ケイ子を高等学校にやりたいというのも、その表れだった。だが、それが理由で娘は身投げをしてしまった。

マスエは、この先一生、誰にもいえない悔悟を抱えて生きていくことになる。

「岩本さん、休んで下さい」

私は大きく息を吸い、いった。

「二人ともきのうは寝ていない。夜のことを考えると、どちらかが寝ておいたほうがいいです。千枝子さんもそのほうが安心します」

岩本巡査はわずかに考え、頷いた。

「そうだな。千枝子も昨夜は一睡もしておらんようだし、そうさせてもらおうか」

岩本巡査が帰宅すると、私は派出所の椅子にすわった。不思議と眠気はなかった。興奮しているのかもしれない、と思った。

だがそれも昼を過ぎるまでだった。買ってきたパンで昼食をとると、さすがに激しい眠気がおそってきた。

私は机の前から、派出所の外へと立った。すると、近づいてくる者がいた。

「あのう」

籠を背負った二人連れだ。

「あたしらですが、もう帰ってよかでしょうか」

ケイ子の遺体を発見した漁師夫婦だった。

そういえば、商売にならないから帰るといったのを、残っていてくれと頼んだのは私だ。

「ああ、申しわけない」

私は思わず敬礼して、いった。

「もう、帰られてけっこうです。ご協力ありがとうございました」

「いいえ。あと、これなんですけど……」

漁師はいって、籠から新聞紙の包みをとりだした。

「お巡りさんのところで、よかったら食っちゃもらえませんか。やっぱり売れなかったもんで……」

干物だ。

「いや、只《ただ》でもらうわけにはいかんので」

私は財布をとりだし、もちあわせの金を押しつけた。漁師は売れ残りなのだからといって恐縮したが、渡した金ではとうてい足りない額の枚数だった。

それでも漁師夫婦は頭を何度も下げ、去っていった。

彼らが見えなくなると、私は受けとった包みを手に17号棟へと向かった。いくら干物でも、部屋においておいたら傷んでしまう。タヌキの食堂に預けておこうと思ったのだ。

「あれから聞いたが、たいへんだったたな」

客がとぎれたのか、テーブルにつき天井近くにおいたテレビジョンを見ていたタヌキがいった。

「若いのにかわいそうなことだ」

「まったくです。あのう、これなんですが」

タヌキは私がさしだした包みを見つめた。

「なんだい、干物まで作ったのかい」

「いえいえ。仏さんを見つけた漁師がおいていったんです。売れ残ったらしい。もったいないんで、私が食べようかと思って」

タヌキはまじまじと私を見つめた。

「だって、あれだろ。仏さんをのっけた船でもってきたのだろう。縁起でもねえ」

「別に仏さんが抱えていたわけじゃないのですよ。きたないものでもないし」

「これを店でだせってのか」

「いやいや、私が食べますんで、預かってもらえませんか。冷蔵庫をもっていないので」

タヌキは息を吐いた。

「参るな。そんなものを持ってこられちゃ」

「駄目ですか」

「駄目とはいわない。けれど、うちで預かってるのは内緒だぞ」

いいながら、タヌキは干物の包みをうけとった。私は頭を下げた。

「感謝します」

「いや、いいんだが。ヤマで働いてる連中は、あれで縁起をかつぐんだ。だから内緒にしてほしいってだけだ」

タヌキはぶっきらぼうにいって、厨房に干物をしまった。

「あんたがきたら、焼いてだしてやるよ」

「すみません」

「で、結局、身投げだったのかい」

「そういう噂になっているのですか」

「うちにきたお客は皆、そういってたな。母親がふしだらだからだとか」

私は首をふった。

「事故のようです。たぶん足をすべらせたのだと思います」

「そうか」

タヌキは少しほっとしたようにいった。

「事故か。だが身投げよりはマシだ。若い娘が身投げなんて、聞くほうも嫌なもんだ」

「亡くなった浜野ケイ子さんをご存じでしたか」

私はタヌキに訊ねた。たれた眼を細めてタヌキは答えた。

「兵三が二回か三回、連れてきたことがあるな。おとなしい子で、ほとんど口をきかなかった。色の白いのは、ここらあたりじゃ珍しいくらいだったが」

その言葉を聞き、私は浴衣の合わせ目からのぞいていた蠟のような肌を思いだした。

「ひとりで来たことはないのですね」

タヌキは首をふった。

「ないよ。誰かがここで見たっていったのかい」

「いいえ」

私は答えた。そろそろ無人の派出所が気になっていた。

「では戻りますんで。干物の件、ありがとうございました」

派出所に戻った。誰も訪ねてきたようすはない。ほっとして、そのまま外で立ち番をすることにした。腰かけるとまた眠たくなるかもしれない。

四時のサイレンが鳴り、一番方がいっせいに戻ってくると、町はにぎやかになった。だが、それもつかのまで、やがてあたりは暗くなった。

「お巡りさん」

セーラー服を着た人影が私のいる階段の下で立ち止まり、いった。私はどきりとした。

尾形忍だった。

岩本巡査夫人の書道塾を手伝っている高校生の娘だ。

「あ、忍さん」

いってから、名前で呼ぶのはなれなれしかったかと後悔した。

「今、わたし学校から帰ってきたんですけど、ケイ子ちゃん、見つかりました？」

派出所の電球の明かりで、忍の目が大きくみひらかれているのが見えた。

私は言葉に詰まった。忍はまだケイ子の遺体があがったのを知らないのだ。きっと高校の授業を終えて戻ってきた桟橋からまっすぐ、ここにやってきたのだろう。

「ケイ子さんは、亡くなりました」

「えっ」

「朝、スベリの先の海に浮かんでいるのを、行商の船が見つけたんです」

忍は激しく瞬きした。見る見るその瞳がうるんだ。

声をあげて泣きだすのでは、と私は危惧した。が、忍はそうせず、唇をかみしめてうつむいた。涙がぽとぽとと地面に落ちるのが暗い中でも見えた。

「なんで……」

小さな声で忍はいった。

「事故、だと思います。スベリで海を見ていて、あやまって落ちたのかもしれない」

忍は不意に首をふった。

「わたしのせい。わたしがお教室から帰りなさいっていったから……」

私は思わず、

「ちがう」

と声をだした。忍が驚いたように顔を上げた。目をみひらき、私を見つめた。

「尾形さんのせいじゃない。ケイ子さんは家に帰りたくない事情があった。それで島をふらふらしているうちに事故にあった」

「だからわたしがお教室に残っていいっていってあげたら事故にはあわなかったのでしょう」

私は自分がまちがった慰めを口にしたことに気づいた。あれが事故なら、書道塾に居残ることを戒めた忍が、自分に責任があると思うのを否定できない。

「待って下さい。まだはっきりしたことはわからないんです」

忍につらい思いをさせたくなくて、私は口走っていた。

「どういう意味ですか」

私はあわてた。だが一度口にした言葉をひっこめることはできない。

忍は泣くのも忘れたようすで、私をじっとにらんでいる。

滅多な言葉は口にできない。が、忍に自らを責めさせたくなかった。

「自殺や、それ以外の可能性が完全にないというわけではないんです」

「自殺？　どうしてケイ子ちゃんが自殺するんですか。それに、それ以外の可能性って何です？」

忍は矢継ぎ早に訊ねた。

「ケイ子さんは進路のことで少し悩んでいた。中学をでたら働きたいと思っていたのに、親御さんは高等学校にいけといっていたそうです」

「その話は、わたしも少し聞いたことがあります。お母さんが高校にいけといっているけれど、自分はいきたくないって」

私は気づいた。親のマスエや兵三ですら知らなかったケイ子の胸中を知っていたかもしれない人間が目の前にいた。

階段を降り、忍の前に立った。

「それはかなり悩んでいるようすでしたか」

忍は首を傾け、考えこんだ。その真剣な表情を近くから盗み見る幸福に、私は酔った。が、急いで自らを叱咤《しった》した。いったい何を考えているのだ、お前は。

「ええと、悩んではいましたけど、自殺するほどとは思えませんでした。まだ中学生だし」

「他に、悩みとかつらい思いをしていると打ち明けられたことはありませんか」

忍は一瞬私を見やり、目をそらした。

「別に、ないです」

嘘だ、と私は思った。何かをケイ子から聞いていた。が、それを私にいえないと感じている。

が、すぐさま忍は反撃してきた。

「それ以外って何です」

頭のいい子だ。

「それは、誰かにつき落とされたとか、そういう可能性のことです」

さすがに暴行されたという言葉は使えなかった。

「誰がそんなこと、するんですか」

「もちろんわかりません。可能性の話です。いろいろなことを疑ってみないと」

「島にそんなことする人はいないと思います」

忍が強い口調でいった。

「お巡りさんはまだきたばかりだから、そうやって疑っとるのかもしれんけれど、ここにそんな悪い人はいません」

「もちろん、私もそうであったらいいと思っています」

たじたじとなった。

「事故にあったか、自殺したか、どっちかです」

忍は悲しそうにつぶやいた。

「いずれにしても尾形さんが責任を感じる必要はありません。ケイ子さんには、家に帰りたくない理由があったようだし」

忍は目を伏せた。

「わたし、それは……」

黙りこんだ。

「お母さんのことですか」

忍ははっと顔を上げた。

「知っているんですか」

「噂を聞きました。ですが、本人には確認していません。少し落ちついてから、と思っています」

私は苦しい嘘をついた。おそらくマスエ自らが出頭しない限り、こちらから事情聴取をすることはないだろう。岩本巡査にその意志がないのは明らかだ。

「知っているのなら、いいんです」

忍は顔をそむけた。

「ケイ子さんも知っていたんですね」

忍は横を向いたまま、小さく頷いた。

「見ちゃったっていってました。家に帰ったら、知らない男の人が、その、いるのを」

忍の顔が赤く染まった。

「わかりました」

あわてて私はいった。これ以上話せというのは、高校生の娘には酷だ。

「とにかく、調べはつづけますから。尾形さんは、自分を責めないで下さい」

忍はこっくりと頷いた。そして、

「ありがとうございます」

といった。

「何いっているんですか。私は、お礼をいわれるようなことは何も、していません」

「お巡りさんは、わたしのことを気にして下さったでしょう」

今度は、私の顔が熱くなった。

「いや、そんな、別にそんなことは」

私はしどろもどろになった。

尾形忍は突然、ぺこりと頭を下げた。

「じゃ、帰ります。お仕事ご苦労さまです」

「とんでもありません」

私は思わず敬礼しそうになった。しかしそうしても、忍の目には入らなかったろう。

忍は私とは目を合わそうとせず、風のように駆けていったからだ。

忍の姿が見えなくなるまで、私はその場で見送った。自分の中に、忍に対する特別な意識が生まれている。だが、それが何かに結びつくとは思わなかった。私は新米の警察官で、彼女は高校生だ。勤務地で、その顔を見られるだけで幸福な気持ちになれる存在を得ただけで充分だ。

眠気はすっかり消えていた。私は派出所に戻ると、岩本巡査との交代時間を待った。

第四章　後悔

翌日から浜野ケイ子の葬儀が始まった。通夜、告別式とも泉福寺でとりおこなわれた。

葬儀には、鉱員、職員を始め、その家族、学校関係者など、多くの人が参列した。私と岩本巡査も加わった。

告別式が終わると、岩本巡査の言葉通り、ケイ子の亡骸《なきがら》を乗せた船がスベリからN島に向けて出航した。船には、兵三、マスエの他に千枝子夫人やケイ子の担任教師だった伊東や区長の飯田も乗りこんだ。

夕方、お骨《こつ》となったケイ子は、マスエの胸に抱かれて戻ってきた。それを私は、岩本巡査とともにスベリで迎えた。

マスエはすっかりやつれていた。目はうつろで足もともおぼつかず、兵三が手を貸してやらなければ、階段も登れないありさまだった。外勤詰所で見せた虚勢はすっかり消えている。

それも当然だった。マスエが客をとっていたという噂はすっかり島中に広がっていて、ケイ子はそれが理由で自殺した、と多くの者が信じているようだった。区長の飯田や外勤係は、事故だと、ことあるごとにいっていたが、誰も真《ま》に受けてはいなかった。

初七日が明け、その法要が泉福寺で営まれた翌朝、マスエが首を吊っているのを、鉱場から戻ってきた兵三に発見された。自宅の梁に帯締めをかけ、ぶらさがったのだ。

遺体をH島病院に運び、検死をおこなったところ、縊死《いし》にまちがいはなかった。ケイ子のもとに参ります、という内容の短い遺書も残されていた。

憐れなのは、短い間に家族をすべて失った兵三だった。マスエの葬儀後は、働きにでず、食堂や酒屋で飲んだくれる兵三を頻繁に見るようになった。酔い潰れている兵三を外勤係が保護することも再三で、暴れこそしないので、私や岩本巡査が駆りだされはしなかったが、両肩を支えられて連れていかれる姿を見ない日はなかった。

やがて会社が兵三を解雇した、という話が伝わってきた。ノソンボがつづき、その上酒びたりでは、解雇もやむをえないと、組合側も受け入れたようだ。つらい思い出の残るH島で暮らすより、本土に戻って人生をやり直したほうがいい、という意見もあったらしい。

ケイ子の死からひと月後、兵三はわずかな手荷物だけをもち、ドルフィン桟橋から夕顔丸に乗りこみ、島を去った。見送ったのは、ほんの数名だった。

兵三がマスエの求めに応じて買ったテレビ受像機や電気冷蔵庫は、月賦の払いがすんでおらず、電器屋によって差し押さえられた。

子供の死が、こうして家族そのものを崩壊させてしまうのだというのを、私はまざまざと見せつけられた。

ケイ子の死さえなければ、もちろんそれが自殺でなければという仮定だが、マスエも死なず、兵三が解雇されることもなかったろう。

マスエが秘《ひそ》かに客をとっていたのを、兵三はケイ子が死ぬまでは知らなかったようだ。ケイ子の葬儀後、夫婦が激しいいい争いをしていた、という情報が、区長の飯田を通してもたらされた。争いの理由が理由なので、仲裁に入った外勤係までもが、兵三に、「お前も客だったのか」と罵られ、閉口したという話だった。

私は、ケイ子が自殺ではなかったと信じたかった。自殺なら、それは彼女の両親をこれ以上はないというくらい、過酷に追いつめたことになる。そんな結果を、中学生の少女が望んでいたとは思えない。

やはりあれは事故で、それが不幸な偶然から、家族の崩壊をもたらしたのだと、私は考えたかった。

自殺、事故以外の可能性を探るのは、もはや不可能だし、ありえないと私は考えるようにしていた。いくら職務とはいえ、人の死すべてを犯罪と結びつけて疑うのは、自戒すべきだ。

やがて六月になり、衣替えとともに暑い季節がやってきた。H島は海上の孤島なので、夏は涼しいと思いこんでいた私は、それが大きなまちがいであったのを知らされた。

夏に吹く南風は、島の南側にある鉱場施設と中心部の丘でさえぎられ、北西部の居住区にはまったくといってよいほど届かないのだ。それどころか夕方になると、強烈な西日がじりじりと照りつけ、気温を上昇させる。

海上であるため湿度は高く、風が吹き抜けないこととあいまって、町はむし風呂のような暑さに包まれるのだった。

涼を求める人たちは、丘の上のH島神社や島の東西にある船着場へと向かう。そのあたりだけが、密集した建物のせいで谷底のように空気が淀んだ住宅区域とは異なっていたからだ。特に丘の上にあるH島神社の境内《けいだい》には、多くの人が訪れた。そこから眺める夕日は、確かに本土で見るそれとはちがって、雄大だった。

私自身も、夕涼みがてら何度か境内に足を運んだ。若いアベックにとって、数少ないデートの名所にもなっていて、ときには目の毒といいたくなるような光景にでくわすこともあった。

浜野ケイ子の死と、その後の母親の自殺を、島の人々はすっかり忘れてしまっているように見えた。それも当然かもしれない。五千人からの住人がいる以上、毎日のように誰かが怪我をしたり病気になり、平均すれば四日にひとり子供が生まれ、ひと月にふたり以上の割合で人が死んでいるのだ。大きな事故でもあれば、死亡者数ははねあがる。死と隣り合わせの、過酷な労働がこの島を支えている。三人家族の崩壊になど、いつまでもかかわりあってはいられないにちがいなかった。

その日も、日勤を終えた私は、ランニングシャツに着がえ、神社の境内にいた。着任から二ヵ月が過ぎていた。まだ一度も本土に戻っておらず、そろそろ島以外の空気を吸いたいと感じ始めていた。

翌日が非番なので、N市にでもいってみようか。

残照が三ツ瀬と呼ばれている沖の岩礁を黒ぐろと浮かびあがらせていた。周辺がよい釣り場で、近い休みに船でそこにいこうと片桐に誘われている。

島から三キロほど南西の沖合にあるその磯では、大物があがるという話だった。

釣りにはあれからいっていない。だが、またいきたいという気持ちになっていた。

小さなメバルを釣りあげたときの、糸を通して指先に伝わった、あのびくびくという引きを覚えている。確かな生命の手応えだった。

コンクリートの欄干にもたれ、私はぼんやりと海を眺めていた。暗くなってくると、境内のそこここにいる人々が影のかたまりのように見えた。

H島神社には神主がいないので若いアベックも訪れやすい。暗くなってからあまり長くその場にとどまると、そうしたアベックをのぞきにきていると誤解をうけるかもしれない。

むし暑い22号棟の自室に戻るのは嫌だったが、誤解をさけるにはそうするしかないと、私は欄干から体を離した。

薄闇の中を、男がひとり歩いてくるのが見えた。煙草《たばこ》をくわえているのか、顔のあたりで赤い火がぽつんと浮かんでいる。

男の影は、一歩足を踏みだすごとに、大きく揺れた。その歩き方で気づいた。長谷川という、足の悪い組夫だ。ケイ子の遺体をリヤカーにのせたとき、しげしげとのぞきこんで、片桐に怪しまれた男だった。

こんなところにひとりで何をしにきたのか。夕涼みかもしれないが、男ひとりでやってくれば、のぞきの疑いをかけられてもしかたがない。

のぞきといっても、家の中をうかがうわけではないので、法に触れるとはいえない。公共の場所で、アベックの抱擁や接吻《せっぷん》を見ていたからといって、つかまえるわけにはいかないのだ。

だが、長谷川が何をするのかが気になり、私はもう少しその場にとどまることにした。幸い、長谷川は私の姿には気づいても、顔まではわかっていないようだ。

私から四、五メートルほど離れた場所で長谷川は立ち止まった。煙草の火で、顔を海に向けていることはわかる。

じっと動かず、どんどん黒くなっていく水平線に目をこらしているようだ。日が沈み、海と空の境は、判然としなくなっていた。

どうやら、のぞきが目的ではないようだ、と私は思った。少し離れた場所にいるアベックは、欄干にかけ、互いの体をまさぐっている。もしのぞくなら、そちらの方角にいったろう。

「お巡りさん」

不意に低い声で呼びかけられ、私は驚いた。長谷川は、ここにいるのが私だと気づいていたのだ。

私は近づいた。

「あんたは確か――」

「長谷川だよ。31号棟の風呂で会った」

「リヤカーをもってきてくれたのでしたね。資材倉庫に」

「ああ」

長谷川はいって、煙草を足もとに落とし、踏みにじった。

「あのときはご苦労さんでした」

ふん、と長谷川は鼻を鳴らした。

「あの外勤の野郎、人を出歯亀みたいにいいやがって」

「ああいうときは、皆、気が立っています。勘弁してやって下さい」

長谷川は私をすかし見た。

「そういや、あの娘の母親は、首をくったらしいな」

「ええ」

私は短く答えた。長谷川がなぜそんな話を始めたのかはわからなかったが、緊張した。

「亭主はでてったって聞いたが」

「そうです」

長谷川は息を吐いた。

「憐れだな。娘と女房に死なれちまって」

「事故だったんです。スベリで海に落ちた。仏さんは泳ぎが苦手だった」

「身投げって聞いたが」

長谷川が私を見た。

「それはただの噂です」

「他の理由じゃないのかい」

「他の理由？」

「誰かがあの娘にイタズラして、口塞《くちふさ》ぎに海に落とした、とか」

この男は私に探りを入れているのだろうか。

「そう思うわけが何かあるのですか」

「別に。別にない」

長谷川はいって、そっぽを向いた。怪しい、と私は思った。

「じゃあなぜそんなことを?」

「満月だった」

長谷川はいった。

「は?」

「あの日だよ。娘が見つからないって騒いでた晩だ。満月だった」

その言葉で思いだした。風呂場で片桐が、いい月がでてる、大潮だったんだな、といっていた。満月と新月のときは、大潮といって潮の満ち引きの差が大きくなる、と教えられた。

「満月がどうかしたとですか」

「満月のときは血が騒ぐ奴がいるっていうだろう。西洋じゃ特にそういう話が多いらしい」

この男は何をいっているのだろうか。私はどんどん濃くなっていく闇の中で目をこらした。

「満月だったから、不心得者がいた。そういっているのですか」

「不心得者とかじゃない。人殺しだ」

私は黙った。この男はふつうじゃない、と感じた。浜野ケイ子の死因について何かを知っているのか、さもなければ妄想にとりつかれている。

「浜野ケイ子さんについて、何か知っていることでもあるのですか」

「ない」

長谷川は否定した。

「では、満月だったからという理由で、浜野さんが殺されたのかもしれない、と思っている？」

「お巡りさんが調べて、何でもなかったら、そうじゃないんだろう」

いいかたに嫌みがこもっているようで、私は不快になった。だが、その口のききかたは何だ、とは、民主警察の一員としてはいえない。

「浜野さんの遺体には、何も不審な点はありませんでした」

私は語気を強めていった。

「そうかい。だったらいいんだ」

長谷川は答えて、体を動かした。その場を離れ、私から遠ざかった。

大きく揺れながら歩く影は、たちまち見えなくなった。

私は欄干によりかかり、息を吐いた。あの男はいったい何をいいたかったのだろうか。

この境内にあがってきたのは、涼むのが目的ではなかったようだ。

私と話をしたかった、そうとしか思えない。

だが話の内容といえば、およそ奇妙な、満月の晩だから、浜野ケイ子が殺されたのかもしれない、というものだ。あげくに、それを否定することを私がいうと、お前は気付けなかったのだ、というような嫌みを告げて立ち去った。

不審な人物だ。ムシロに横たわった浜野ケイ子の遺体をしげしげとのぞきこんでいた姿が思いだされた。

犯人が、自分に対する嫌疑がどれほど強いものか、あえて試すような言動を司直に対してとる、という話を聞いたことがあった。

若い娘を襲って殺す異常者なら、そういう行為に及んでもおかしくはない。

私は不意に強い後悔を覚えた。浜野ケイ子の死因について、もっと念入りな調査をすべきではなかっただろうか。ケイ子が犯罪の被害にあったという証拠を入手するのは、茶毘《だび》にふされた今、不可能だ。

長谷川という〝容疑者〟を得てから、それを思うのは、あまりに遅い。

長谷川から目を離してはならない、私は強く思った。あの男が殺人者なら、何かしら尻尾《しっぽ》をだす。それをおさえてやる。

翌朝、私はドルフィン桟橋から連絡船に乗りこんだ。日曜日ということで、船は満員だった。本土に渡って買い物をする家族連れや、息抜きに向かおうという鉱員、組夫で、沈んでしまうのではと思うほど混んでいる。実際、私が乗りこんだあと、乗船は制限された。

船内は、楽しみにしているのだろう、はしゃぐ子供やお喋りに余念のない主婦たちで、うるさい。

子供たちも主婦も、N市の浜の町にあるデパートにいくようだ。オモチャや流行の洋服の話をしている。

私はといえば、別にこれというアテはなかった。デパートには興味がないので、昭和館ではかかっていないような映画をみて、何かおごったものでも食べて帰ろうか、ていどの計画しかない。

両親は同じN県でも、日帰りで訪れるには遠い、U市に住んでいる。泊まりがけの休暇をもらえるまでは、実家に顔をだすのは難しい。

約一時間二十分の航程で、連絡船は、湾奥にある大波止に到着した。

接岸した船からは、われ先に乗客が降りたった。最後に近い乗船客だった私は、降りるのも遅くなった。

波止場に降りた人たちは、いっせいに同じ方角をめざし歩きだす。N港からN市の中心部へとつづく坂道だ。途中には県庁がある。

県庁を過ぎてさらに登っていくと、商店街やデパートのある浜の町につきあたる。人々の目的地はそこにちがいなかった。

波止場から坂道に向かって、ぞろぞろと人の列がつづく。

ようやく船を降りられた私は、その人の列を眺めた。自分もそのしんがりについて、とりあえずは浜の町をめざそうと考えていた。

そのとき、坂の途中を、体を揺らしながら登っていく人物に気がついた。

長谷川だった。混みあっていたのでまるで気づかなかったが、長谷川も連絡船の乗客だったのだ。

長谷川は、悪い足で後れをとるのが嫌なのか、激しく体を上下させながら坂を登っていった。せわしないその動きが、私に彼を発見させたのだ。

いったいどこへいこうというのか、私は興味を覚えた。明らかに目的地に急ごうという者の動きだ。

非番なので私は制服を着ていない。尾行すれば、長谷川の目的地がわかるだろう。N市内に住む近親者なり知り合いを訪ねようとしているのなら、長谷川のことを調べるよい機会だ。

私はすぐに腹を決めた。坂を登る列に加わり、長谷川の尾行を開始した。幸いに、特徴ある歩き方で見失う心配はないし、決定的に離されてしまうほどの速度ではなかった。

坂道の、県庁をはさんだ反対側には、県警察の本部がある。いずれは、県警察本部に抜擢されるような功績をあげたいと私は願っていた。長谷川の尻尾をつかまえれば、そのきっかけになるかもしれない。

だが一方で、長谷川が浜野ケイ子を殺害した犯人なら、私にはその重要な証拠を失わせてしまった責任がある。

それを考えると、気が重くなった。しかし今は、そんなことを思っている場合ではなかった。長谷川の尾行に失敗することだけはあってはならない。

意外だったのは、坂を登って浜の町についた長谷川がデパートに入っていったことだ。

ひとり者の組夫が、デパートで何を買おうというのか。

私は用心しながら、デパートの店内に足を踏み入れた。尾行に気づかれてはまずい。

デパートの一階は激しく混みあっていて、私はひと安心した。子供たちの騒ぐ声や売り子の甲高い呼びこみが天井《てんじょう》に届き、反響している。

入り口をくぐり、ショウケースをのぞきこむふりをしながら横目で長谷川を捜した。ショウケースとショウケースのあいだの通路は、体を横にしなければすれちがえないほどの人で埋まっている。いくら特徴のある歩きかたでも、これでは長谷川を見失ってしまうかもしれない。

私は背中に汗がふきだすのを感じた。それほど店内は暑く、また気持ちがあせっていた。

ついにはショウケースをのぞく芝居をやめ、首をのばして店内を見渡した。長谷川は見つからない。奥へと移動する人波に加わった。もしかすると、階段かエレベータで、上の階に登ったのかもしれない。

ひっきりなしに小さな子供が足にぶつかった。迷子《まいご》にでもなったのか、泣き叫ぶ声もする。

これほど多くの人が集まるのを見るのは久しぶりだ。めまいすら覚えた。日曜日のデパートにこんなにも人がいるとは、思ってもみなかった。考えてみると、私自身、デパートを訪れたことは数えるほどしかない。

　この中には、スリや置き引きの常習犯もいるだろう。晴れ着をまとった買い物客の注意が、懐中やバッグからそれるのを虎視眈々《たんたん》とねらっているにちがいない。

　不意に長谷川の横顔が目に入り、私はうろたえた。

　長谷川が立っているのは、ハンカチを並べたショウケースの前だった。女店員に何枚ものハンカチを広げさせ、どれにするか選んでいるようだ。

　ハンカチは女ものだ。

　私はあわてて背中を向けた。するとそこは化粧品の売り場で、集まった女性客を前に、クリームの効用を説いている店員がいた。およそ場ちがいで、さらに汗がふきでた。しかし回れ右することもならず、私は我慢した。

　幸いなのは、女性客の視線がすべて、美顔クリームの説明に注がれていたことだ。

「ありがとうございました」

　という店員の声が、背後から聞こえた。そっとうかがうと、人波をかき分け、出入り口に向かう長谷川のうしろ姿が見えた。

　私はほっとしてその場を離れた。何とか尾行をつづけられそうだ。

　デパートをでた長谷川は、坂を登っていたときよりは歩調をゆるめ、今きた道をさらに先へと進んでいた。

女もののハンカチを買ったこと、その道の先が思案橋《しあんばし》であることから、長谷川の行く先の見当がついた。丸山町にちがいない。

思案橋を渡って、カステラ屋の前を通りすぎれば、丸山町の入り口がある。石畳の遊郭だ。

売春防止法は施行されたが、そのあたりにはまだいくつも娼家《しょうか》が残っている。長谷川は、馴染みの女に土産を買ったのだろう。

私のにらんだ通り、長谷川は丸山町に入っていった。日曜の朝だが、すでに営業している店が何軒もあった。これからあがろうという客と、泊まりがけで遊び、家路につこうという客が、細い坂道をいきかっている。建物の陰に立つ、やり手婆《ばあ》さんが、低い声で客を引いていた。

長谷川が足を止めたのは、梅園通りから一本外れにある「入り船」という娼家の前だった。迷うことなく玄関をくぐる。

どうすべきか。私はその場で立ち止まった。

長谷川の目的が遊びなら、しばらくはでてこない。それまでここで待つのは、いくらなんでも愚かしい気がした。花街で、店にもあがらずつっ立っていれば、誰が見ても張り込みだと気づかれるだろう。それが「入り船」の従業員を通して長谷川に伝わらないとも限らない。

　といって、別の店にあがってようすをうかがう勇気は、私にはなかった。これまで一度も娼家にあがった経験がないわけではない。

　悪所を知るのもまた警察官のつとめだとそそのかされ、先輩に連れられて丸山町を訪れたことが一度ある。

　そのときは相方《あいかた》の女性の顔をちゃんと見る余裕すらなかった。あわただしく、指示されるままに衣服を脱ぎ、気づいたらことが終わっていた。

　実はそれが初めての女性体験だった。先輩はそれを見こしていて、経験豊かな相方をあてがってくれたようだ。

　経験豊かとは、つまりそれだけ年増だということで、正直、感興をそそられるようなものではなかった。以来、二度と足を踏み入れてはいない。

　そうした記憶がよみがえると、不意にひとりでこの場に立っているのが落ちつかなくなってきた。

　やり手婆さんの声をふりきり、早足で坂を下った。梅園通りを抜けて、丸山町の外に出ると、ほっと息をついた。

　自分が情けなかった。せっかく長谷川の馴染みがいる娼家を見つけたというのに、のぞく勇気もわかないとは。

警察手帳をかざせば、娼家の者の協力は得られるかもしれない。が、それは半ば強いた協力であって、長谷川に関し、有用な話が聞けるとは思えない。できれば馴染みの女から、長谷川の人となりを聞きたい。

だがかなりの困難を伴うであろうことは、容易に想像がついた。よしんば長谷川の馴染みをつきとめ、あがったところで、娼妓《しょうぎ》が、客の話をぺらぺら喋るとは思えない。警官という身分を偽って、女の口を開かせるほどの話術は、私にはない。といって、警官であると明かせば、長谷川に私の来訪が伝わる危険がある。

疑われていると知った長谷川が島から逃げだせばそれまでだ。

結局、尾行は実を結ばないではないか。

いや、長谷川が、まだこれからどこかを訪ねる、という可能性もある。訊きこみはその先でもおこなえるかもしれない。

私は自分を奮いたたせた。

そのためには、丸山町をでたあとの長谷川の行動から目を離してはならない。

私はあたりを見回した。長谷川が遊びを終えるまで待っていられるような喫茶店や食堂の類《たぐい》の店を捜した。

あるにはあったが、まだ時間が早いのか開いてはいなかった。しかたなく、すぐそこにある小間物屋の店先に立った。白粉《おしろい》や口紅、ちり紙などを売っている。

「いらっしゃいまし」

怪訝《けげん》な顔で近づいてきた老婆に、警察手帳を見せた。

「すみません、ちょっとの間、客のふりをさせて下さい」

場所柄か、老婆は驚かなかった。

「それはそれは、ご苦労さまです。ゆっくりなすって。お茶でもおもちしましょうか」

「いやいや。けっこうです」

私はあわてて手をふった。私服刑事と思われたようで、面映《おもはゆ》かった。

店の奥に、貸本小説がおかれていた。それを手にとり、ぱらぱらとめくって時間を潰した。大半はチャンバラもので、嫌いではないのだが、さすがに物語に入りこめなかった。

一時間ほどすると昼になった。空腹を感じていた。朝食をとらずに船に乗りこんでいたのだ。

小間物屋の向かいにあるちゃんぽんの店にノレンがでていた。そこに入って空腹を満たそうか。だが食事をしているあいだに長谷川がでてくれば見失う危険がある。

　私は単独での尾行の難しさを思い知った。映画などでは、役者はやすやすと悪漢の尾行に成功しているが、そんな簡単なものではなかった。

　今度は尿意すらもよおしてきた。これには困った。

　意を決した。ちゃんぽん屋にとびこみ、空腹と尿意を解消しよう。その間に長谷川を見失ってしまったら、そのときはそのときだ。

　小間物屋をでた。通りをはさんだちゃんぽん屋に足を向けようとしたとたん、石畳の路地をでてくる長谷川が目に入り、私は回れ右をした。

　長谷川は何の表情も浮かべてはいなかった。馴染みの女と意を達したのだから、もう少しにやけていてもいいだろうに、と思ったほどだ。

　そしてであろうことか、私が入ろうと思っていたちゃんぽん屋の戸をくぐった。

「いらっしゃいませ」

　という声が私の耳に届いた。

　これはある意味、いい機会だ。私は店の奥で番をする老婆のもとにいき、

「ご不浄をお借りしたい」

　と告げた。

すっきりとした身で、小間物屋の店先に戻った。尿意に比べれば、空腹に耐えることなどたやすい。

二十分ほどで、長谷川はちゃんぽん屋をでてきた。満足げに煙草をくわえている。思案橋を渡り、浜の町の方角へ戻っていった。私は尾行を再開した。

浜の町に戻った長谷川が訪ねたのは書店だった。本屋と長谷川のとり合わせに、私はわずかながら驚いた。

本屋の向かいの電柱の陰で張りこんでいると、やがて本の包みを手にした長谷川が現れた。

目に一丁字《いっていじ》もないとまでは思わなかったが、長谷川が読書をするというのは意外だ。

そのあと長谷川が向かったのは、大波止へとつながる坂だった。

このまま、帰りの連絡船に乗りこむつもりなのか。

私は落胆した。本土に渡って、長谷川が会ったのは「入り船」の娼妓だけだ。悪い勘は当たった。長谷川が、連絡船の待合所に並ぶのを見届け、私はきた道を引き返す他なかった。

浜の町の食堂でとりあえず腹ごしらえをした。わざわざ本土に渡った長谷川が、わずか数時間で島に戻るとは、思ってもいなかった。

自分はこれからどうすればよいだろうか。

当初の計画通り、映画を観て、食事をするのか。

とてもそんな気分ではない。映画を観ても、長谷川のことが気になってしかたがないにちがいなかった。

やはり「入り船」を訪ねる他ないのか。

こんなとき、忠告を求められる、先輩警察官がいないのがうらめしかった。親しくしていた先輩は、遠く離れた所轄署勤務で、目と鼻の先にある県警本部に、知り合いはひとりもいない。

のこのこと捜査課を訪ねたところで、巡査風情が刑事の真似をして、と嘲笑されるだろう。浜野ケイ子が殺害されたという証拠もないのに、勝手に容疑者と決めつけた男を尾行したのだ。しかも、何の手がかりもつかんでいない。

自分の行動を冷静に思い返すと、暗い気分になった。何ひとつ、本当に何ひとつ、捜査をおこなったといえるようなことをしていない。

このままではいけない。何かしら本当の捜査となる行動をとらなければ。

私は決心した。「入り船」にいき、長谷川の相方となった女に探りを入れてみよう。警察官が訊きこみにきたことは、固く口止めすれば何とかなるかもしれない。

食堂をでた私は、固い決意で思案橋を渡った。午後になり、丸山町はさっきよりも人が増えていた。梅園通りを歩き、「入り船」の前に立った。ガラスをはめこんだ扉は開いていて、中に着物をきた婆さんがすわっていた。

「いらっしゃいまし」

私は頷き、三和土《たたき》に足を踏み入れた。

「初めてきました」

訊かれてもいないのに、いった。老婆は値踏みするような目で私を見ている。

「さっき、ここにきた客の相方をつとめた女性と話したい」

老婆は首を傾げた。

「どのお客さんですかね」

「足の悪い男だ」

老婆の表情はかわらない。

「いろんなお客さんがおみえになるんで」

私は警察手帳をとりだした。黒い革表紙を見たとたん、老婆の顔は一変した。

「何です。お仕事ならお仕事とおっしゃって下さればよろしいのに。嫌ですねぇ。昼前にみえたお客さんでしょう。はいはい、覚えておりますよ」

大きく口を開け、金歯を見せつけて作り笑いをした。

「キクヨさんのお客さんです。何か、したんですか、あのお客さん」

私は首をふった。

「まだ調べている最中です。ですから滅多なことは、本人を含め、いわないでいただきたい」

「それはもちろん、わかっておりますとも。ただ、キクヨさんですけど、今お客さんについているんです。ちょんの間ですから、そうですねえ、あと十分もすればあがると思うんですけど。そうだ、お部屋でお待ちになりますか」

玄関にいすわられては商売にさしさわると思ったのか、老婆はいった。

「ではそうさせてもらいます。それと、キクヨさんにも今は内緒にして下さい」

老婆はすべて承知している、というように何度も頷いた。

「さ、さ、おあがりになって」

「入り船」は二階屋だった。私が連れていかれたのは、一階の奥にある小部屋で、窓がなく、畳まれた布団が積みあげられていた。そのやけに湿っぽい四畳半で、老婆が去ったあと、私はあぐらをかき、腕を組んだ。

私の来訪を、老婆なり、キクヨという女が長谷川に知らせるとすれば、手紙か電報以外にはない。島には個人用の電話はないからだ。

そう考えると、少し気が楽になった。

天井の上から、ぎしぎしという音が聞こえた。小部屋にこもった湿った空気もなまぐさく感じられる。

悪いことをしているわけではないのに、私はうしろめたい気分になった。そして、こうした場所に慣れることは一生ないだろう、と強く思った。

襖《ふすま》が不意に開き、私はとびあがった。ブラウスにスカートを着た、顔色の悪い女が立っている。年は私くらいだろうか。

「刑事さん？」

丸顔だが、白粉のせいもあって、ほとんど肌に血の気がない。

「キクヨさんか」

女はこっくり頷くと、部屋に入り、横ずわりした。積まれた布団でただでさえ狭い部屋に二人の大人がすわっているのだから、膝が触れあいそうになる。

私は体を引いた。

「ねえ刑事さん、ビール一杯、ご馳走《ちそう》してもらっていい？　あたし喉渇いちゃって」

キクヨははすっぱな口調でいい、私の顔をのぞきこんだ。

「ああ、どうぞ」

キクヨは襖を開け、首だけをねじって、

「お母さん、ビール一本ちょうだい」

といった。はあーい、という返事が聞こえ、先ほどの老婆が、盆にビール壜《びん》とコップをのせて現れた。小さな灰皿もおいていく。

「飲む？　刑事さんも」

キクヨがいい、私が頷くと、コップにビールを注いだ。

「じゃ、乾杯」

私は口だけ湿らせたが、キクヨはコップ半分を一気に飲んだ。

「ああ、おいしか」

スカートのポケットから煙草をとりだし、マッチで火をつけた。

「長谷川さんのこと、調べよっと？」

キクヨのほうから切りだしてくれたおかげで話を始めやすくなった。

「長谷川さんとは長いのか」

「そうねえ。元はユキさんてお姉さんのお客さんやったと。ユキさんが辞めて、かわりにあたしがつくようになったとよ」

「そのユキさんとはどれくらいのつきあいだったんだ？」

「三年くらいじゃない。ユキさんは東京の出身だから、話が合ったみたい」

「話が合った？」

「長谷川さんも東京なのよ」

「そうなのか」

「そうよ。二十一年か二年までいたって。食糧事情があんまり悪いんで、親戚を頼って大分にきたんだって。でもその親戚の世話にもあんまりなれないんで、福岡にでてきて、今は軍艦島で働いているって」

キクヨは自分のコップにビールを注ぎ足しながらいった。

「何したの、長谷川さん」

「それを調べている。長谷川さんの年を知っているか」

「四十八っていってた」

するとご十半ばまで東京にいたわけだ。

「戦争にはいってないのか」

「あの足だからね。いってないのじゃない。生まれつきじゃなくて、怪我のせいらしいけど」

「いつ怪我をしたんだ？」

「若い頃だって。電車にはねられたっていってた」

「東京でか」

「そうなんじゃない。ねえ、何したのよ。本当は」

キクヨはしつこかった。

「東京にいた頃、何をしていたのか、聞いたことはないか」

「さあ。あんまり昔のことといわない」

「その、ユキという昔馴染みが、今どこにいるか知らないか」

「知らなくはないけど、教えたら、刑事さん、ユキさんのところいくでしょう。あたしが叱られちゃう」

キクヨはこずるげな表情を浮かべた。

「大丈夫だ。あんたに迷惑はかけない」

「ううん、そういうことじゃないの。気のきかん人やね」

私は気づいた。キクヨは謝礼を要求しているのだ。警察への協力に見返りを求めるとは、何というあばずれだ、と私は腹が立った。

が、怒ったら、キクヨは何も喋ってくれなくなるかもしれない。

「刑事さんとこうしてる間だって、あたしは客をとれるかもしれないんだよ。そこのところ、わかっておくれよ」

私は財布をだした。二百円をだし、

「これでいいか」

といった。キクヨは上目づかいで私を見た。

「もう一枚、何とかならない？」

「長谷川には決して喋るなよ」

私は釘《くぎ》をさし、さらに百円札をおいた。

「わかってるよ」

キクヨはすばやく百円札をスカートのポケットに押しこんだ。

「本当は長谷川さんにもユキさんがどこいったか訊かれたんだけど、教えると、そっちへいかれちゃうかもしれないからね。知らないっていってるんだ」

「長谷川はあんたにハンカチをもってきたろう」

「ふん、あんな安物」

キクヨは鼻を鳴らした。

「ユキさんは、諏訪町の外れで『雪乃』って小料理屋をやってるよ。まあ、足を洗っても、そう簡単にはいかないだろうけどね」

憎々しげにいった。

腹立たしくはあったが、金を渡したことで、私は話がしやすくなった。

「それで長谷川は、あんたにはどんな風だ」

キクヨはいやらしく笑った。赤く塗った唇が、まるで別の生きもののようで、薄気味悪い。

「助平だね。そんなこと訊きたかと」

「私が知りたいのは、長谷川があんたに乱暴か、とかそういうことだ」

「同じじゃないのさ。何、赤くなってんの」

「からかうな」

私が険しい口調になると、キクヨはぷっと頬をふくらませた。

「別に、ふつうだよ。ふつうの男とやることはいっしょだよ。変態みたいなことをさせろとはいわないし」

キクヨはそして冷たい顔になった。

「もういいかい。長谷川さんの話をこれ以上知りたいんだったら、ユキさんとこいきなよ。あたしなんかとちがって、三年も馴染みだったのだから」

私は頷いた。キクヨにこれ以上口止めする必要はない、と感じていた。金をもらって喋ったとなれば、キクヨも長谷川にあわす顔がない。

コップのビールを飲み干し、キクヨは立ちあがった。

あとを追うように、私は小部屋をでたが、キクヨはふりむきもせず、二階にあがっていった。

「お役に立ちましたでしょうかね」

やり手婆さんがどこからともなく現れ、私の顔をのぞきこんだ。立ち聞きしていたのかもしれない。

私は百円札を一枚、婆さんの手に握らせた。

「あらまあ、お気づかいいただいて、あいすみませんねえ」

「私の職務のことは、長谷川には内緒に」

「もちろんでございますとも」

婆さんは大口を開けて笑った。

「諏訪町の『雪乃』という小料理屋の場所はわかるか」

「はいはい、わかりますとも」

場所を訊き、私は手帳に書きとめた。日曜日は休みだという。同じ建物に住んでいるかという問いには首を傾げた。

「一度町をでたら、縁を切りますんで、詳しいことはわかりません」

「縁を切る？」

「丸山町にいたなんて、誰もいいたくはないでしょうから」

私は気づいた。キクヨの憎々しげな口調もそれが理由だ。娼妓をやめた者は過去自分がそうであったことを隠したいだろうし、いまだつづけている者は、そういう態度を腹立たしく感じるだろう。

いや、やめたというだけで、やめられない女から見れば、許しがたい存在に思えるのかもしれない。

キクヨと話していて、そんな心根に気のつかなかった自分を、私はつくづく子供だと感じた。

人情の機微に鈍感なようでは、まだまだ刑事になど、なれない。私は自分の未熟さをかみしめながら「入り船」をあとにした。

諏訪町は、丸山町とは、思案橋をはさんで反対側にある、料亭街だった。ピカドンを含む戦災をまぬがれたおかげで、寺町通りには今も、江戸末期からつづく古い料亭がある。

話では、坂本龍馬らも訪れたらしいが、平巡査の私にはおよそ縁がない。

「入り船」にいたユキという元娼妓がもった小料理屋は、だがそうした料亭とはまるでちがっていた。小料理屋といえば聞こえはいいが、小さな間口で、バラックのような「一杯飲み屋」に過ぎない。おそらくは、訪れる客も料亭とは異なり、あたりで働く下足番などの男衆だろう。

白い行灯《あんどん》に墨で「雪乃」と書いてあるが、私の目から見ても下手な字だ。行灯の電灯は点っておらず、戸も閉め切られている。二階があるが、出入りできるのは店の中からだけのようで、他の入り口や階段は見あたらない。

鍵のかかった引き戸を揺すり、

「ごめん下さい」

と声をかけたが、応える者はいなかった。住んでいないか、でかけているようだ。

長谷川が、東京の出身というのは、私には意外だった。鉱員や組夫の中には、さまざまな過去を背負って島まで流れてきた者が多い。だがそれでも、東京出身というのは珍しい。

遠くてせいぜいが、大阪や和歌山どまりだ。

私自身、東京など、まだ一度もいったことがなかった。

終戦直後ならともかく、「もはや戦後ではない」といわれてから三年もたった今、長谷川が東京に戻らないでいるのは、きっと相応の理由があるからにちがいない。

そう仮定すると、当然のことながら思い浮かぶのは、長谷川が何か罪を犯して逃げているのでは、という想像だ。

だが長谷川という名が本名であるかどうか不明だし、足の悪い四十八の男というだけでは、調べようがない。

もしかしたらユキが外出先から戻ってくるのでは、と、私はしばらくそのあたりにとどまりようすをうかがった。

だが、「雪乃」に、いつまでも人がやってくる気配はなく、日を改める他ない、と思い始めた。そうして、「金太郎」こと、組夫を束ねる小宮山を思いだした。彼なら、長谷川について、何か知っているかもしれない。

そう思うと、いてもたってもいられなくなった。「雪乃」にユキを訪ねるなら、日曜以外の日にこなくてはならない。夜勤のない平日に、何とか時間をやりくりしよう、と私は決めた。

岩本巡査に話すのは、まだはばかられた。長谷川を疑うのは、つまり浜野ケイ子の死因を疑うことだ。事故で処理した事案に私が殺人の疑いをもっていると知れば、岩本巡査は穏やかな気分ではいられないだろう。

島に戻ったのは夕方だった。行きと同じく帰りの船も乗客でいっぱいだった。本土で映画を観たり、欲しい買い物を果たしたのか、大人も子供も、満ち足りた表情を浮かべている者が多い。

ドルフィン桟橋から上陸した私は、居住区に抜けるトンネルをくぐらず、鉱場の事務所へと向かった。

制服姿でないことも、かえって鉱員や職員、組夫の目を惹《ひ》かず、便利だった。日曜日でも、事務所には職員が詰めている。組夫頭の小宮山の姿もあった。

「小宮山さん」

私が声をかけると、小宮山はつかのま怪訝そうに見つめた。

「お巡りさんか。今日は非番かい」

「ええ。夜勤なんで、本土にいってきたんです」

「羽根をのばしてきたとかい」

小宮山はにやりと笑った。

「ちょっと、お話をいいですか」

「何だい」

「二人で」

私は目配せした。そうしながらも、どう切りだしたものか考えていた。浜野ケイ子の行方がわからなくなった晩、外勤係の関根が、組夫で電気屋の江藤に疑いをかけたのを、小宮山は怒っていた。組夫をゴロツキ扱いすることに腹を立てたのだ。

組夫を束ねる小宮山にすれば当然だろう。確かに組夫の中には、風体からして怪しげな輩は多いが、私はなるべく予断をもたずに接しようと決めていた。

そういう私を、小宮山は「珍しい」と、認めるようなことをいった。にもかかわらず、長谷川についてあれこれ訊けば、やはり組夫を疑うのかと、失望させるかもしれない。

事務所をでて、私と小宮山は近くの倉庫のかたわらに立った。

小宮山が作業衣のポケットから煙草をだし、火をつけた。

「小宮山さんは、今日は休みじゃなかったとですか」

「休みだ。休みだが、家にいてもしかたがないんで、事務所にいた。休みは、事務所も人が少なくなる。何かあったら、ちっとは助けになるだろう。まあ、何もないほうがいいんだが」

「そうですね」

「浜野はかわいそうなことをしたな。娘が身投げしたあげく、嫁が首くくりじゃ、何のためにヤマで汗水たらしてたものだか、わけわからんごとなったろうに。島をでていったあと、ヤケをおこさんけりゃいいが」

「でていくときの姿はつらそうでした」

「まあ、しばらくは酒にでも溺れるしかねえだろう。そいでもって、またやり直そうって気がでてくれれば、もうけものだが」

吐きだした煙が夕暮れの空に溶けていくのを見つめている。

「やはりケイ子さんのことは、事故ではなく、身投げという噂になってるんですか」

「ああ、なってる。尾鰭もついてな。マスエの客に手ごめにされたのが理由だなんて、いってる奴もいる」

私は首をふった。死んでまでそんな噂をたてられる母娘が哀れだった。

「しかたがないさ。この狭いところに何千人て人間がいるんだ。流行歌や映画スターの話なんかより、よっぽどおもしろいと思うのさ」

「そうですね」

「あんたのことも噂になってる」

私は驚いた。

「私の何がです？」

「電気屋の江藤をしょっぴけって、外勤係がいったのを、しなかったろう。組夫連中は、ポリ公にしちゃ話せる奴だっていってるぞ」

しわがれた笑い声を小宮山はたてた。

「まあ組夫に人気があっても、うれしくはないだろうがな」

「実は、その組夫のひとりのことで、うかがいたいことがあります」

私は決心し、いった。小宮山の顔から笑いが消えた。

「誰だ」

「長谷川さんです」

小宮山はしばらく何もいわなかった。やがて、

「あいつの何を知りたいんだ」

と訊ねた。

「小宮山さんがご存じのことを話して下さい」

「何か疑っているのか」

「気になっていることはあります」

小宮山は吸いさしを地面に捨て、地下足袋で踏みにじった。

「偏屈な野郎だ。まわりともあまり馴染みたがらねえ。なのに組夫にしちゃ、長くいる」

「どのくらい、いるのですか」

「もう、七年くらいになるな。七年てのは、組夫にしちゃ長い。たいていは、長くて二、三年で移っていく」

「他に移らない理由は何なのでしょう」

「便利だからじゃないか」

「便利？」

「組夫だろうと鉱員だろうと、この島にいるうちは、住むところには困らねえし、食いものにもありつける。仕事はきついが、慣れちまえば、どうということもねえ。この島を不便だと思うのは、うまいもんを食いてえとか、派手な遊びをしてえという、娑婆《しゃば》っけの強い奴だ。食う寝るところにありつけるなら御《おん》の字《じ》だって奴には、ここは便利なところだ。それに――」

いって、小宮山は言葉を途切らせた。

「それに？」

「人とあんまりかかわりたくない奴にも、組夫の仕事はちょうどいい。一、二年でいなくなる奴が大半なんだから、深くなりようがない」

「長谷川さんはどんな仕事をしているんです？」

「あの体だから、人足はできねえ。ウインチやクレーンを動かしてる。腕は悪くない。ここにきてから覚えたんだが、長くいるんで、運転手としちゃ一番だ」

「昔は何をしていたか、知っていますか」

小宮山は鋭い目で私を見た。

「ほとんど昔のことはいわないな。関東の出身だというのは聞いた。どんな仕事をしていたのかはわからない。足は、昔、電車にはねられたのが理由だといってた」

私は考えていた。

「奴の何を疑っているんだ」

小宮山が訊ねた。

「わかりません。ただ、どこかふつうではないような気がして。満月について、彼が何かいっているのを聞いたことはありませんか」

「満月って、お月さんの満月か」

私は頷いた。

「ないな、別に。それがどうした」

私は迷い、神社の境内で交わした会話を話すことにした。

「長谷川さんは、浜野ケイ子さんの死因に疑いを抱いていて、それが満月の晩だったから、と私にいいました。満月の晩は、血が騒ぐ者がいて、ケイ子さんを殺したのではないか、と」

「奴がそういったのか」

「はい」

「奴がやったのなら、わざわざお巡りに寄っていって、そんな話をするのは妙じゃなかか？」

「犯罪者の中には、犯行がどこまで警察にばれているのか、探りを入れてくる者がいます」

「奴がそうだと？」

「わからないので、調べているのです」

小宮山は、さっきより暗さを増した空を仰いだ。

「俺《おい》にわかるのは、奴は極道じゃないってことだ。一度でもそういう世界に足をつっこんだ野郎なら、俺は匂いでわかる。確かに目つきはよくねえし、愛想もない野郎だが、あれは極道だったことはない」

小宮山は断言した。

「長谷川という名は本名でしょうか」

「そいつはわからねえな。組夫として雇ったときの名前だから、いちおう本名だとは思うが、保険証や米穀通帳見て、確かめたわけじゃなかろうけんな。凶状もちなら、本名は決していわんだろう」

つまり、偽名の可能性が高い、ということだ。

「仕事のないときは、何をしています？」

「あまり酒は飲まねえ。そういや凶状もちもそうだな。酔っぱらって、自分の正体を喋っちまうのを恐がるんだ。本をよく読んでる。どんな本かは知らんが、組夫には珍しい。たいてい、酒か博打だ」

「女はどうです？」

小宮山は私を見た。

「マスエの客だったかってことかい」

私は頷いた。

「そいつはわからねえ。だがマスエの客だったたって野郎をひとりは知ってる。話してみるか」

「ぜひお願いします」

「じゃ、こっちへきな」

小宮山は顎をしゃくった。私はあとをついていった。

小宮山が向かったのは、選炭場のかたわらにあって唸りをあげているベルトコンベアの作業場だった。何人かの組夫が首に手ぬぐいをまき、コンベアから吐きだされるボタをスコップでかき分けている。

「山口いるかぁ」

小宮山が声をはりあげた。

「へい」

作業衣を着た大柄な男がのっそりと進みでた。私より十センチ以上身長が高く、肉もついていて、関取のような体つきだ。

「ちょっとつきあえ」

小宮山がいうと、大柄な男は無言で頷いた。

体つきのわりにおとなしげな顔をしている。小さな目をしばたかせ、小宮山と私のあとについて選炭場の外れにきた。

年齢は二十代の後半というところだろうか。私のことは無視して、小宮山を見つめている。

「山口、お前、マスエの客だったよな」

「えっ」

男はうろたえたように目を大きくした。

「いってたじゃないか。このあいだ首くったマスエを買《こ》うたことがあるって」

小宮山の声にすごみが加わった。

「へえ」

「そのことを、こちらの旦那に話せ。今日は私服だが、派出所のお巡りさんだ」

「いや。俺《おい》は、悪いことは何もしとらんです」

山口は怯えたように私を見やった。

「いや、あなたを何か疑っとるわけではないんです。ただ、浜野マスエさんのことを知りたいと思っとるだけで」

私は安心させようと、いった。山口の瞬きが激しくなった。

「俺は、その、他の奴と同じことしただけやけん。乱暴とかしとらんばい」

救いを求めるように小宮山を見た。

「大丈夫だ。このお巡りさんは話がわかる。組夫だからって、お前に罪をおっかぶせるようなことはせん。本当のことをいいな」

「へい」

首に巻いた手ぬぐいを外し、口もとにあてて、山口は頷いた。今にも泣きだしそうな顔をしている。

「ではうかがいます。浜野マスエさんとはどこで知り合ったんですか」

「仲間に聞いた。17号棟に五百円でさせてくれる女がいるって」

「仲間？」

「シンスケ」

山口は小宮山をうかがった。小宮山は新しい煙草をくわえ、火をつけた。

「もういなくなった組夫だ。大分からの出稼ぎで、今年の正月に国に帰った」

「なるほど」

私は山口に目を戻した。

「それで訪ねていったんですか」

「シンスケの話だと、17号棟の部屋の前に、牛乳の空き壜がおいてある日は駄目で、なかったら、客をとってもいいって印なんやと。で、俺、非番の日にいってみたら、空き壜がおいてなくて」

「何時頃です？」

「昼飯食っていったから、十二時半くらい」

「どうだったんです？」

「ドア叩いたら、『開いてるよ』って声がして、中に入った。最初、俺を見てたまげたごたったけど、シンスケから聞いたってゆうたら、『じゃ、お金』って」

「五百円払ったのですね」

山口は頷いた。

「布団ばさっとしいて、それで……」

「わかりました」

私は話をさえぎった。

「何度くらい、いったんですか」

「四、五度。いったのはもっといったばってん、駄目やったときもあって」

「牛乳壜がおいてあった？」

山口は頷いた。

「近所の人に会ったことはありますか」

「一回か、二回。知らん顔しろっていわれてたから、知らん顔しとった」

「他の客に会ったことは？」

山口は首をふった。

「マスエさんと何か個人的な話はしました？」

「しとらん。金払って、布団しいて、やって帰る。俺もなんか落ちつかんと。家には旦那や子供の服があるし。だから本当は、本土の丸山かどっかにいきたかけど、時間がなかったり、どうにもしたいときは、しかたなくて」

山口は喋った。

「あなたのような客は何人くらい、いたのですか」

「鉱員は少なかっていいよった。組夫のほうが多かって。そいでん、何人かは知らねえ」

鉱員のほうが少ないというのは頷ける。互いに顔見知りが多く、亭主にバレる可能性が高くなるからだろう。ひきかえ組夫は、独り者が多い上に、島に長居しないのであと腐れがない。

「あなた以外の客を誰か知っていますか」

山口は困ったようにうつむいた。小宮山がいった。

「それを聞いたら、またそいつのとこへいくとやろ」

「できればそうしたいのですが」

「それはやめてくれ。組夫のひとりひとりを調べて回られちゃ迷惑ばい。人の女房を買ったんやから、確かにほめられた話じゃねえが、別に嫌がるもんを手ごめにしてたわけじゃなか。次から次に調べられたら心配する奴もでてくる。本土じゃともかく、ここじゃ真面目にやっとる奴が、そいじゃかわいそか」

小宮山が私を見つめた。

「わかりました」

しかたなく、私は頷いた。

「では、あとひとつだけうかがっていいですか」

山口に訊ねた。

「マスエさんに真剣になっとった人はいませんでしたか。あなたのまわりで」

「真剣って、惚《ほ》れとるってことか」

「そうです」

すぐに山口は首をふった。

「おらん、そげんもん。皆、しかたなしにいっとっただけで、愛想もなかし、ありがとうもいわん、嫌な女だって」

「それなのに、いったのですか」

「だから、我慢できんときはしかたなかったとよ。他におらんとやから」

山口は下を向いていった。私はその意味がわからず、山口を見つめた。

「つまり、パン助としちゃ、ようなかったってことだよ。お愛想もいわんで、金とって横になるだけだ。よっぽどそうしたいときじゃなきゃ、誰もいかんやった」

小宮山がかわりにいった。ようやく私にも理解できた。娼婦としては、決して魅力的ではなかった、というわけだ。それなのに通ったのは、欲望をおさえきれなかったからだろう。

「お巡りさんも男じゃからわかろうもん。どうしようもなかときがあるって」

「もちろんです」

私は思わず声を強めた。小宮山はにっと笑った。

「そういうことさ。マスエは、いってみりゃ緊急退避所みてえなもんで、余裕があるなら、誰もそこへはいかなかった。じゃけんマスエに熱をあげるような客はおらんやったってわけだ」

「そうですか」

マスエに惚れたあげく、娘のケイ子によこしまな考えを抱いた者がいたのではないかと思ったのだが、的外れだったようだ。

「長谷川は客だったか」

小宮山は訊ねた。山口が瞬きした。

「長谷川って、クレーンの?」

「そうよ」

「いや、俺《おい》は知らねえ。あんまり話したことねえから」

山口は首をふった。訊くべきなのを、私は忘れていた。

「わかった。もう、仕事戻ってよかぞ。あと、誰かにいうなよ、こんことは」

小宮山は山口をにらみつけた。

「へえ」

山口は頷いて、小走りで選炭場に戻っていった。それを見送り、小宮山はいった。

「なりはでかいが、あれは気が小《こ》まんかと。だけんあんたに会わせた。そいじゃなからんば、お巡りと話なんかしたがらん」

「ご協力ありがとうございました」

私は頭を下げた。訊きたいことのすべてを聞けたわけではなかった。だがそれは小宮山のせいというより、自分の未熟さが原因だ。

つくづく、警察官としての経験や能力が、自分には足りない、と思い知らされた。しかし、この島にいる限り、それを高めるのは難しい。

小宮山と別れ、トンネルを抜けて、私は居住区域に戻った。岩本巡査と交代する八時までには、まだ時間があった。

さほど腹は減っていなかったが、夜勤に備え、今のうちに腹ごしらえをしておく必要はある。

私はタヌキ食堂に行くことにした。17号棟にある定食屋だ。浜野ケイ子の遺体が発見された朝、浜野兵三が飲んだくれていたのも、この食堂だった。

夕刻ということもあって、扉をくぐると食堂は混んでいた。

「いらっしゃい、空いとる席にどうぞ」

手伝いのおばさんの声を聞き、店内を見回した。

どきりとした。長谷川の姿があった。壁ぎわの席で、丼飯をかきこんでいる。しかも悪いことに、空いているのはその長谷川の向かいだけだった。

一瞬でていこうかと考えた矢先、丼をおろした長谷川と目が合った。今でていったら、かえって怪しまれる。

今日の尾行と訊きこみは長谷川には気づかれていない筈だ。自分にいい聞かせ、私はその席に近づいた。

「いいですか」

長谷川は無言で頷き、顎をしゃくった。

「何にしましょうか？」

「皿うどん」

「はい、皿うどん一丁」

食欲はますます失せていた。長谷川は再び食事にとりかかっている。食べているのは煮魚の定食だった。

私は見るともなしに、長谷川の食べっぷりを眺めていた。魚をきれいに食べている。おそらくアジかサバだろうが、骨を残して身をそっくりむしりとっていた。残った煮汁を丼の飯にかけ、まぜあわせ、タクアンといっしょにすすりこむ。

私の皿うどんが届いたときには、丼は空だった。その丼を手に、長谷川は立ち上がった。

食堂のそこここにおいてある急須から丼に茶を注ぎ、戻ってくる。それをすすりながら、煙草に火をつけた。

私は皿うどんをつつき回していた。

「食が細いな」

長谷川がいった。私は頭を上げた。

「そんなもんで腹がもつのかい」

長谷川は皿うどんを顎で示した。

「昼飯が遅かったもので」

長谷川は頷き、茶をまたすすった。

「今日は仕事だったんですか」

わざとらしいと思いながらも、私は訊ねた。

「休みだ」

言葉少なに長谷川は答えた。

「そういえばゆうべいっていた満月の話をもう少し聞かせて下さい」

長谷川の表情がかわった。

「そんなことは知らねえ」

狼狽《ろうばい》したようにあたりを見回した。

「何の話だ」

吸いかけの煙草を灰皿につきたてると立ちあがった。

「ご馳走さん」

おばさんに声をかけ、ポケットから財布をだした。百円札を抜くとき、黄ばんだ古い名刺が入っているのが見えた。何と印刷されているかまではわからなかった。

「長谷川さん」

長谷川は無視していた。銚子を並べている者もいて、タヌキ食堂の中はにぎやかだった。私たちのやりとりに気づいている者はいないようなのに、なぜか長谷川は突然、私との会話を拒否していた。

金を払った長谷川は、私の方を一顧だにせず、食堂をでていった。

いったいどうなっているのだろう。私は腹立たしさと安堵が混じりあった、不思議な気分だった。

満月の話をしたとたん、長谷川に起こった変化が理解できない。神社の境内で、その話をもちかけてきたのは長谷川だった。なのになぜ今になって嫌がるのか。

私は食堂の中を見回した。「満月」という言葉を聞かれたくない人間がこの中にいるのか。

客の大半は鉱員か組夫だった。日焼けの度合いでわかるが、混じりあうことなく、小さな集団を作っている。職員の姿もちらほらあったが、職員は皆ひとりだ。すっかり冷め、まずくなった皿うどんを私はあきらめた。もったいないが、食欲はまるで失せている。

「お勘定を」

私はいって立ちあがった。金を払い、食堂をでたところで、驚いた。長谷川がいた。

長谷川は、斜め向かいの48号棟の軒下にしゃがみこみ、煙草を吸いながらこちらを見つめていた。

私は無視することにした。22号棟に戻り、制服に着替えなければならない。

「名前は」

不意に、長谷川が私に声をかけた。私は長谷川を見つめた。

「荒巻です」

長谷川は小さく頷き、煙草を吸いつづけた。

私は近よっていった。日曜の夜らしく、歩き回る者は少ないが、鉱員住宅の開けはなった窓から、テレビ受像機の音や子供の騒ぐ声などが、建物と建物にはさまれた路地にふり注ぎ、にぎやかだった。

「なぜ逃げたんですか」

「逃げた？」

長谷川は不愉快そうに私を見上げた。

「今です。私が満月の話をしたら、あなたは知らん、といった。でもあなたは昨日、神社の境内で私にその話をしたじゃありませんか」

「覚えてねえ。何かのまちがいだろう」

私はかっと腹が熱くなった。

「浜野ケイ子さんを知っていましたか。母親のマスエさんはどうです」

詰問する口調になった。長谷川は目を丸くした。

「何だよ、急に」

「答えて下さい。あなたの態度には不審な部分が多い」

「二人とも知らねえ。見かけたことはあったかもしれんが、口はきいとらん」

「なぜ、浜野ケイ子さんの死因にこだわるんですか」

「お前らがちゃんと調べているかどうか、気になったからだ」

「調べました。不審な部分はなかった」

「髪はどうだ」

「髪？」

「土左衛門の髪は切られてなかったか」

何をいいだしたのだろう。私は長谷川の顔を見つめた。

「どうなんだ」

じれたように長谷川は訊ねた。

「別に、切られてなどいませんでした。いたら、母親が気づく筈です」

「母親は動転していた」

「当然です」

「そういうことじゃねえ。自分が客をとっているあいだに娘がああなったのだからな」

「あなたも客だったのですか」

「いや」

いって、長谷川は立ちあがった。そして私の顔をのぞきこんだ。

「俺を疑ってるならお門《かど》ちがいだ。もっと目玉をよく開けてろや」

「何をいうんですか」

「いいか。こういうところじゃ、誰もがことなかれにしたがる。それをいいことに悪さをする野郎がでてくるんだ。目玉をよく開けて、まわりを見ろ。正体を隠している奴が必ずいる」

「あなたに警官としての心得を諭されるいわれはありません」

私は憤然としていった。

長谷川は一瞬、何を、という顔をしたが、フンと鼻を鳴らし、横を向いた。おさまりのつかない私は、長谷川の横顔をにらみつけた。

「いったい何を疑っているんです。浜野ケイ子さんの死因になぜそこまでこだわるんです」

長谷川は答えなかった。煙草を地面に落とすと爪先で踏みにじる。

「お前みたいな若造には、わからん」

そう吐き捨て、大きく体を揺らしながらその場を離れていった。

追いかけていってその背をつかみ、ひきずり倒したい思いを、私はこらえた。長谷川がいったい何を知り、ここまで不快な態度をとるのか、必ずつきとめてやろう、と決心した。

22号棟の自室に戻った私は、制服に着替え、派出所に出勤した。派出所では岩本巡査が表に立っていた。

「さっき、タヌキ食堂からでてきて、誰かと話しとったね。何かいい合いをしとらんやったか」

見られていたのだ。私はまた体が熱くなった。同時に、長谷川について、岩本巡査にも話しておこうと考えた。

「組夫の長谷川という男です」

「長谷川？」

「浜野ケイ子さんの遺体が見つかったとき、リヤカーをもってきた男です」

「ああ。片桐さんに怒鳴られていた」

「ええ。死因についてこだわっていて、事故や自殺じゃないと考えているようなのです」

岩本巡査は目を広げ、

「中に」

といって、派出所の内部へ私をひき入れた。

「疑っているというのは、どういうことだ」

「浜野ケイ子さんが誰かに殺されたと思っているようです」

「そういう話を外で軽々しくしては困るな」

岩本巡査は顔をしかめた。

「ただでさえ、母親のマスエがあんな早まったことをしたので、皆の噂になっているというのに」

私は自分が叱責されているのだと気づいた。

「私の落ち度でしょうか」

「警察官が、扱った事案について一般人と話をしてはならんだろう」

「私が話をもちだしたわけではありません。元はといえば、あの長谷川のほうから、ケイ子さんの死因について、何か不審なことはないか、訊ねてきたのです」

「何も不審なことはなかった。それは君も先生から聞いた筈だ」

岩本巡査は珍しく、不機嫌な表情を見せた。

「はい、それは。ただ、正直なことをいいますと、私自身、あの先生の検死には、やや疑問をもっております」

「なぜそげなことをいう？」

岩本巡査はむっとした顔になった。私は岩本巡査も検死に立ち会っていたことを思いだした。だが、もう遅かった。

「宮村先生は、少し動揺しておられたのではないでしょうか。マスエに『出歯亀医と思うのです」

者』と罵られたせいで、じっくりケイ子さんの遺体を検分できんかったのではないか
「そんなことはない」

岩本巡査は語気を強めた。

「外傷の有無について、私も先生といっしょに、検分に努めた。海に落ちてからでき
たと思われる擦過傷をのぞけば、浜野ケイ子の体に傷はなかった」

「暴行の痕跡はいかがですか。宮村先生は、性器周辺についても調べられましたか」

私は訊ねた。岩本巡査が言葉に詰まった。

「それは、なかった」

「なかったというのは？」

「そこまで調べる必要はない、と先生は判断されたようだ。実際、下着の下はよごれ
てはいなかった」

「ずっと海に漬かっていたわけですから、出血などがあっても洗い流されてしまった
のではないでしょうか」

「君は何を疑っているんだ」

あきれたように岩本巡査がいった。そのままそっくり、私が長谷川に投げかけたの

と同じ言葉だった。

私は言葉を失った。

「まったくです」

ようやくいって、派出所の椅子にすわりこんだ。すっかり長谷川に影響されてしまっている。

これではいもしないお化けに怯える子供とかわりがない。

「いいかね。ここは小さな島だ。なのに人口密度は世界一で、いろいろな職業、立場の人間が身を寄せあって暮らしておるんだ。そんな中に、もし若い娘を暴行し殺すような鬼畜が潜んでいるなどという噂が立ったら、いったいどんなことになると思うかね」

私ははっとした。岩本巡査のいう通りだ。

全島民が疑心暗鬼になったら、およそあらゆる厄介ごとが起こるだろう。喧嘩はいうに及ばず、組夫と鉱員の対立やら、私刑まがいの集団暴行事件すら発生しかねない。若い娘を家族にもつ鉱員や職員は、隣人にすら疑いの目を向ける。

「おっしゃる通りです」

私はうなだれた。

「長谷川は、いつでも島をでていける身軽な組夫だ。しかし君は違う。島の治安に責任ある立場の君が、そのようなことを軽はずみに口にしてもらっては困る」

返す言葉もなかった。

「それとも君は何か、浜野ケイ子が犯罪の犠牲になったという証拠を、その長谷川から入手したとかね」

「いいえ。長谷川の疑う理由は、私にも納得ができないものでした。満月の晩だ、というだけで」

「満月だと。それがどうしたのだ」

「満月の晩は、血が騒いで事件を起こす者がいる、というのです」

「君もそれを信じとるとか」

「とんでもありません。信じたわけではありません。ただ、あれが犯罪によるものではなかったと、完全に納得できる検死結果であったかどうかに、若干の疑問を抱いただけで」

「忘れたまえ」

岩本巡査は険しい口調でいった。

「そのことについては忘れるんだ。宮村先生の立場というものもある。確かにあの先生は若く、経験豊富とはいえんだろうが、この島の病院には、大切な医師なのだ。その先生の名誉を傷つけるような発言は控えたまえ」

私は頷く他なかった。同時に、宮村医師による検死が、やはり完璧なものではなかったと確信した。

浜野マスエに「出歯亀医者」と罵られたことによる動揺から、ケイ子の体を隅々まで調べられなかったにちがいない。

私は、検死を手伝った、村崎という看護婦を思いだした。私がケイ子の遺体を注視していると、「お亡くなりになったといっても、娘さんです。あまりじろじろ見たら、かわいそうでしょう」とたしなめられた。

これがもし本土であれば、遺体は大学病院なり何なりに運んで検分されるので、そんな誤解をうけることもないだろう。

一方、もし本土であれば、私のような一平巡査《いちひらじゅんさ》が、このようなことに頭を思い悩ますような事態にもならなかった。

そのときだった。私は記憶が稲妻のように閃《ひらめ》くのを感じた。

ケイ子の髪をふたつ編みにしてやろうと、櫛ですいていた村崎の手が止まった。そして、あら、とつぶやいた。

どうしましたと訊いた私に、彼女は「別に」と答えたが、何かしら異常を発見したのではないだろうか。

髪は切られてなかったか、と長谷川は私に訊ねた。

「荒巻くん」

岩本巡査の声に我にかえった。

「どうしたんだ。何を考えとる?」

「何でもありません。岩本さんのおっしゃる通りだと思って、反省しとりました」

とっさに答えたものの、胸中にまっ黒な雲が広がっていくのを感じていた。

私はどうすればよいのだ。

岩本巡査の懸念は、決してまちがってはいない。この島に殺人者がいると騒ぐような軽挙妄動は、決してしてはならない。

とはいえ、長谷川の疑いもまた、根拠のない言葉だと決めつけられなくなった自分がいる。

何か、狭くて身動きのならない穴に、すっぽりとはまりこんでしまったような気分だった。

長谷川に投げかけた言葉をそっくり岩本巡査にいわれ、反論できぬ自分でありながら、どこか長谷川の疑問をすべて否定できないのだ。

「わかってくれればよいのだ。長谷川に関しては、私も気をつけとくが、相手にせんのが一番だ。もしこれ以上、無責任な噂を流すようなら、会社のほうとも相談する」

いって、岩本巡査は私の目を見つめた。

「了解しました」

頷きながらも、私は、自分の胸中に広がったこの黒い雲を、どうすればうち払えるのかを考えずにはいられなかった。

翌朝、夜勤が明けた私は、私服でH島病院に向かった。

H島病院の正式名称は「T島鉱業所H島鉱病院」という。名前からもわかるように、M菱の鉱業施設のひとつだ。

病院は四階建てで、一、二階に診察室や手術室、レントゲン室などがあり、三階に病室がある。四階には、当直の医師や看護婦のための宿舎が設けられている。

H島病院に多く入院しているのは、塵肺の患者だと聞いていた。塵肺は、炭鉱にはつきものの病気で、長期間、石炭の粉塵を吸いこむことで肺がおかされる。

それ以外にも、この島の新生児はすべてここの分娩《ぶんべん》室で出産されるし、炭鉱事故などが起きれば、怪我人がただちに運びこまれる。

島民にとって、生を享《う》ける場であり、息をひきとる場である。岩本巡査がいうように、H島病院の医師が、島民の信頼を損ねるのは、あってはならないことかもしれない。

病院の受付には、事務服を着た女性がいた。彼女もまた、職員か鉱員の身内なのだろう。二十代の初めで、ふっくらとした顔だった。「看護婦の村崎さんは、今日は出勤されていますか」

私が訊ねると、受付の女性は怪訝な顔になった。

「されとりますが、どんな御用でしょう」

身分をだすのはまずい、と思った。

「ええと、ちょっと風邪気味なもんで、診察をうけたかと思いまして」

「それでしたら、内科の診察ですね」

女性はいって、受診票をさしだした。

「これに記入して、内科の窓口にいって下さい」

内科の待合室で体温計を渡され、診察を待った。やがて名前を呼ばれ、診察室に入ると、そこに白衣を着た医師と看護婦の村崎がいた。医師は宮村ではなく、私は少しほっとした。

「どうしたのかな」

五十代の医師が、尊大な口調で訊ねた。

「ちょっと頭痛がして、寒けがするので」

村崎看護婦は、私に気づいているのかいないのか、表情をまったくかえず、医師のかたわらに立っている。

医師は受診票に目を落とした。職業欄の書きこみを見て、いった。

「お巡りさんか。それなら二日酔いというわけでもないか。二日酔いなのに、ノソンボのいいわけで病院にくる連中も多いからね」

村崎を見た。目が合うと、

「その節は」

と、私は頭を下げた。

医師が村崎をふりかえった。

「知っておるのかい」

「浜野ケイ子さんの検死で、ご協力をいただきました」

私は先回りしていった。

「ああ、身投げしたという女の子かね。若いのにかわいそうなことをしたね。前を開けて」

医師にいわれ、私はシャツの前を開いた。

聴診器が胸に当てられた。

「口を開けて。はい、けっこう」

医師は私に背を向け、カルテにペンを走らせた。

「喉も腫れていないし、まあ軽い夏風邪だろう」

「村崎さん」

私は呼びかけた。

「はい」

「あのときうかがいそびれたのですが、浜野さんの髪が切られていたということはありませんでしたか」

医師が手を止め、私をふりかえり、そして村崎に目を移した。

村崎は驚いたように目をみひらいた。

「何かね、その、髪というのは」

医師が訊ねた。

「検死のあと、村崎さんがケイ子さんの処置をされていました。髪をすいてあげていて、『あら』といわれたのを覚えています」

村崎の顔がわずかに赤くなった。

「そうなのかね」

医師は興味を惹かれたようにいった。それは、私ではなく村崎に向けられた言葉だった。

「え、はい」

村崎が小さな声で答えた。

「髪が切られていたのですか」

私は念を押した。

村崎は動揺したように、私と医師を見比べた。

「少し」

といった。

「少し、というのは、どういうことですか」

私は訊ねた。

「ひと握りくらいの髪の束が、切りとられていました」

「抜けたのではなくて？」

医師が確かめるようにいった。

「いえ。ハサミで切ったように、短くなったところがあったので、変だなと思ったんです」

「それはどのあたりですか。前髪とかではないのですね」

「頭のこのあたりです」

村崎は、頭頂部近くを指で示した。

「妙だね。身投げの前に、形見を誰かに渡したのか」

医師が私を見た。

「先生、身投げではなく、事故です。そうですね、お巡りさん」

村崎が私を見つめ、いった。

「ええ、そうです。遺書等がなかったので、事故と判断しました」

私は急いで答えた。

「そうか、事故だったのか。皆が、身投げだ、身投げだというものだから、てっきり身投げだと思っておった」

医師はつぶやき、我にかえったように私を見た。

「他に具合の悪いところはないのかな」

「はい」

「じゃ、薬をだしておくから」

処方箋を村崎に渡した。

「ありがとうございました」

私は頭を下げ、立ちあがった。村崎が私に処方箋をさしだした。

「調剤室は、この廊下の先です。これをだして順番を待って下さい」

それから、何かいいたげに私を見つめた。

「他に何か、気づかれたことはありましたか」

私はいった。村崎は背後にすわる医師を気にしているようだ。

「いえ、あの……」

口ごもり、首をふった。

「何もありません」

気になったが、私は、

「ありがとうございました」

と告げて、診察室をでた。仮病を使ったことが医師にばれなかったのにほっとしていた。

村崎は何をいいたかったのだろう。

そして処方箋を手にしたままだったことに気づいた。風邪ではないのだから、薬を飲む必要はない。だがもらっておけば、いずれ本物の風邪をひいたときに使えると思い直し、調剤室の前で順番を待つことにした。

調剤室の前の廊下には、薬の配布を待つ行列ができている。窓口に処方箋を入れ、私もその列に並んだ。

調剤がすむと、患者の名が呼ばれ、薬を受けとる仕組みだ。診察室は、各科によって異なるが、調剤はここだけなので混んでいる。

十分ほど並んで、ようやく呼ばれた。薬の入った封筒を受けとり、その場を離れようとすると、村崎看護婦とばったり会った。

「荒巻さん」

「先ほどは」

私は頭を下げた。村崎はあたりを見回し、

「こちらに」

と、私を誘った。病院の裏手にある通用口だった。

病院は、島の北端にあった。防潮堤とのすきまに、私と村崎は立った。むし暑い日で、空気がじっとりと淀んでいる。

「実は、浜野さんの髪のことなんですが」

村崎はいった。私は頷いた。

「あのとき、お巡りさんに失礼な態度をとってしまって、申しわけないと思っとりました」

「いいえ。気にされなくてけっこうです。お互いに職務ですから」

私はいった。村崎は気まずげに目を伏せた。

「あのう、以前、この病院に勤務しておられた、深谷《ふかや》さんという看護婦が、今、本土のN市民病院にいらっしゃいます」

何をいいだしたのだろう。私は、村崎を見つめた。

「機会があったら、その深谷さんに会って、話を聞いて下さい」

「何の話を、ですか」

村崎は私と目を合わさず、答えた。

「八年前の、秋にあった事故のことです」

「どんな事故ですか」

村崎は黙った。少しあって、口を開いた。

「わたしがこちらの病院に採用になったばかりのときでした。芹沢《せりざわ》さんという、職員の娘さんが海に落ちて亡くなる事故がありました」

私は村崎を見つめた。

「その事故と、浜野さんの件とに、何かつながりがあるのですか」

「亡くなった娘さんの処置をしたのが、先輩の深谷さんです。前に、深谷さんから、髪のことを聞いたのを、思いだしたんです」

「髪のことというのは、その亡くなった娘さんの髪が切られていたのですか」

村崎は頷いた。そしてようやく私を見た。

「ずっと忘れていました。さっき、お巡りさんに訊かれて、ケイ子さんの髪がこれくらい切られていたのを思いだし、それといっしょに、深谷さんがいっていたことを思いだしたんです」

村崎は、指で小さな輪を作った。

「そのときは問題にならなかったのですか」

「直後に、ヤマで大きな事故があって、鉱員が何人か亡くなりました。そのせいで、うやむやになってしまったのだそうです」

八年前というと、昭和二十六年だ。

「それで、その芹沢さんという職員の方は、今でも島におらるっとですか」

村崎は首をふった。

「別の鉱山に転勤になったと聞きました」

八年前は、岩本巡査もまだ、この島にいない。ベテランの外勤係なら、何か知っているだろうか。

「わたしがこういう話をしたことはご内聞になさって下さい。そうでないと、病院からも叱られてしまいますので」

「承知しました。心配なさらずに」

私はいった。

「では失礼します」

村崎はその場に私を残し、逃げるように病院に戻っていった。

私はぼんやりとその場にとどまっていた。

八年前、水死した娘の髪が切りとられていた。浜野ケイ子の髪も、ひと束切りとられていた。奇妙な一致だった。理由はわからないが、どこか背筋が寒くなった。

しかし騒ぎたてることは許されない。芹沢という、娘を失った職員も、もうこの島にはいないらしいし、八年前と今では、島民の顔ぶれもかなり異なっているだろう。

何から調べ始めればよいのか、それればかりを、私は考えていた。

その晩、私は派出所にある記録簿をめくっていた。歴代の派出所勤務の先輩が、処理した事案や、事故などを書きとめたものだ。

昭和二十六年十一月の記録に、村崎のいっていた水死事故と炭鉱災害の記述があった。

十一月十三日、職員、芹沢荘吉《そうきち》の長女、弘子《ひろこ》十三歳が島内徘徊中に行方不明となり、夕刻、メガネ外の岩場で水死体で発見された。記録によると、弘子は知的障害があり、中学学齢に達していたが、通学はほとんどしておらず、当日も島内を歩き回る姿が目撃されていた。弘子の母親はこのとき、腸チフスで入院中の次女につき添っていた。

弘子は発見後ただちにH島病院に運ばれたが、医師が溺死と検案し、原因は散策中に足をすべらせて海に落ちたものと、派出所の轟《とどろき》、平原《ひらはら》両巡査が断定した。死体検案書には、柄本《えのもと》という医師の署名、捺印《なついん》がある。

翌十四日、H島鉱、六盤下右二立入で探炭掘進中に、ガスの噴出が起こった。八百トンの石炭と十万立方メートルのメタンガスが坑道に噴きだし、作業中の鉱員四名と巡視中の職員一名が生き埋めになった。さらにその噴出により、六盤下坑道立入より奥で作業中の二十一名が閉じこめられた。

ただちに救護隊が招集され、T島からも応援部隊が出動して、この二十一名は救出されたが、生き埋めになった五名は死亡した、とある。これはH島炭鉱における、戦後最大の災害事故のようだ。

五名が死亡、二十一名が坑道にとり残されるという事態が生じ、島は一気に緊張と不安に包まれたにちがいない。日頃から徘徊癖のあった少女の水死は、その直前に起こった不幸な〝事故〟として、肉親など一部の人を除き、人々の記憶から追いやられてしまったろう。

芹沢弘子を検死した、柄本という医師が今もH島病院に勤務しているか気になった。

私は派出所にある電話で、H島病院の夜間受付を呼びだした。

電話にでた当直の事務員に、柄本という医師が病院にいるのかを訊ねると、事務員はとまどった声をだした。

「柄本、先生、ですか。少しお待ち下さい」

勤務医表を調べている気配があり、

「そういう方は、当病院にはいらっしゃらないようですが」

という答が返ってきた。

礼をいって、私は電話を切った。八年前水死した芹沢弘子の検死を担当した医師と看護婦は、今はもうこの島にいない。芹沢弘子の身内もいない。

まして直後に大きな災害事故が起こったとあっては、その芹沢弘子の死と浜野ケイ子の死をつないで考える者などいなかったのは当然だ。

唯一、看護婦の村崎だけが、髪が切りとられていたという共通点に気づいていた。彼女がそれを騒がなかったのは、今さらいったところで、八年前の事故を覚えている者が少ないことと、やはりこの島の平和を乱したくないという自制心が働いたからではないだろうか。

その村崎から聞いた深谷という看護婦に会わなければならない、と私は思った。深谷は本土の市民病院に勤務しているという。長谷川が親しくしていたユキという女の話も聞きたかった。

近いうちにまた本土に渡ろうと、私は決心した。

第五章　証拠

梅雨《つゆ》入りが発表された。ただでさえ湿度の高い島では、正直雨が降ったほうが涼しく感じるほどだった。加えて、梅雨の時期は、海況が穏やかになり、連絡船が接岸できないような時化《しけ》の日が少なくなる。本土に渡るには絶好の季節だった。

六月半ばの水曜日、私は特別に岩本巡査の許可を得て、昼の連絡船に乗りこんだ。その日は昼夜を通して、勤務を非番としてもらった。理由はもちろん調査ではなく、父の入院見舞ということにした。でがけに見舞金をくれようとした岩本巡査の厚意を固辞するのに苦労し、また心が痛んだ。

だが、八年前の芹沢弘子の事故を岩本巡査は知る由もない。改めて、浜野ケイ子の事故とのかかわりを調べようと思うなどとは、とうていいえる筈がなかった。

霧のような雨の降る中を、連絡船は進み、一時間半ほどで大波止に到着した。

市民病院は、大波止から歩いていける場所だった。深谷看護婦には、前もって電話で来訪を知らせてあるので、無駄足になる心配はなかった。電話の声で、私の母と同い年くらいの女性を想像していたが、実際会ってみると、さらに上の五十代半ばに達そうかという年齢だった。銀髪を束ね、ふくよかな体つきともあいまって、慈悲深くやさしい看護婦そのものに見える。

私がH島派出所に勤務する巡査であることは告げてあった。深谷看護婦は、島をさかんになつかしがった。彼女が島を離れたのは、昭和二十七年で、事故の翌年だ。

「七年もたってしまったんですね。こちらで原爆症の患者さんを、今は受けもっているんですが、今じぶんは、島はもう湿気が多くてたいへんな時期ですよね」

柔和な笑みを浮かべ、深谷看護婦はいった。

「でもね、夏になると、それはもう夕焼けがきれいなの。病院の窓から、海にまっかな夕陽が沈むのによく見とれてました」

笑みを消し、私を見つめた。

「でもお巡りさんがわたしにどんなご用なの？」

「八年前にあった芹沢弘子さんの水死事故について、ちょっと調べております」

「まあ。それはどうしてですか」

目尻に深い皺を刻んだやさしげな目が注がれた。

「実は先月のことなのですが、鉱員の娘さんが海に落ちて死亡するという事故がありまして」

「どなたです？」

知り合いなのかが気になるのか、深谷看護婦は訊ねた。

「浜野ケイ子さんという中学生です。お父さんは、浜野兵三という鉱員で」

深谷看護婦は首を傾げた。どうやら記憶にはないようだ。

「あなたと一年だけ、H島病院で同僚だった村崎さんと宮村医師に検死をしていただきました」

「宮村先生という方は存じません。村崎さんは覚えていますよ。口数は少ないけれど、とてもしっかりした看護婦さんでしょう」

私は頷いた。

「村崎さんから、深谷さんのお名前をうかがいました」

「はい」

「芹沢さんの水死事故のことは覚えていらっしゃいますか」

深谷看護婦は少し間をおいた。思いだそうと努力しているようだ。

「昭和二十六年の十一月十三日です。その翌日に、炭鉱でガスが噴きだす災害事故が起こりました」

「ああ、あの事故のことなら覚えています。戦争のようでした。戸板に担がれた鉱員さんが運びこまれて。皆さんまっ黒で、それはいたましい姿でした」

目をみひらき、深谷看護婦はいった。

「その前の日に、芹沢弘子さんが溺死しているのが見つかりました。保存されている検案書の写しによれば、検死されたのは、柄本さんという医師です」

「柄本先生」

深谷看護婦は、大きく息を吐いた。

「年配の先生でした。あの年の冬に、流感をこじらせて亡くなったんですよ」

「そうだったのですか」

私は失望した。できれば柄本医師の現在の勤務先を、深谷看護婦から聞こうと考えていたのだ。

「その亡くなられた方は、おいくつくらいだったのです？」

「十三歳です。芹沢荘吉という職員の長女で、次女が腸チフスで入院中の事故でした」

深谷看護婦は、口もとに手をやった。

「思いだしました、はい。あのかわいそうなお嬢さんね。よく、島をうろうろしていた」

「そのようです」

「その方が何か？」

「髪を切りとられていたそうですが」

深谷看護婦が瞬きをした。遠くを見つめている。

「体は大人でしたね。胸も発育していて……」

低い声でいった。

「検死のときのようすを覚えていらっしゃいますか」

私は訊ねた。深谷看護婦は首を傾け、考えていた。

「どこで見つかったのでしたっけ」

私はメモを開いた。

「当時の記録によれば、59号棟裏、通称メガネと呼ばれている護岸の外の岩場に倒れていたのを、夕方、釣りにきた鉱員が見つけています。遺体は仰向けで、岩場にひっかかるように浮かんでいたそうです」

深谷看護婦は頷いた。その表情が一転して暗くなったことに私は気づいた。

「あのお嬢さんは、本当にかわいそうでした。まだ子供といっていい年なのに。親御さんもつらかったでしょうね」

「死因は、溺死だったのですか」

「ええ。足に、岩場で転んだのか、すり傷がありました」

「他に傷はなかった？」

「ありませんでした。ただ――」

「ただ？」

「いえ」

深谷看護婦は口をつぐみ、首をふった。

「髪が切られていたそうですね」

「はい」

「どのあたりの髪ですか」

「おかっぱ頭のこのあたりです」

頭頂部を示した。

「どのくらいの量だったか覚えていますか」

「これくらいです」

人さし指と親指で小さな輪を作って、深谷看護婦は答えた。

「ご遺体をきれいにしてさしあげようと処置していて、気がつきました」

村崎看護婦と同じ状況だ。

「それは抜かれたのではなくて、切られていたのですね」

「そうです。それだけの量を抜いたのだったら、頭皮に跡が残ります。これくらいを残して、ハサミで切ったような感じでした」

二センチほどの幅を指で作り、深谷看護婦はいった。

「そのことをお医者さんには？」

「先生にはいいました。けれど」

深谷看護婦は口ごもった。私は無言で見つめた。

「ご遺族にはいわないでおこう、ということになりました」

「警察官には話しましたか」

「いえ」

深谷看護婦は首をふった。奇妙だと私は感じた。

「どうしてですか」

「どうして、とは？」

「なぜ髪が切られていたことを、警察官にもご遺族にも話さなかったのです？」

深谷看護婦は沈黙し、やがて重い息を吐いた。

「どうしてでしょうか。何となく話してはいけないような気がしたのだと思います。なにぶんだいぶ前のことなので、はっきり思いだせないのですが」

何か理由があるような気がした。私はいった。

「実は、先月亡くなった浜野ケイ子さんという中学生の娘さんの髪も、切りとられていました」

深谷看護婦は目を大きくみひらいた。

「体のどこにも傷はありませんでしたが、髪だけがひと握り、切られていたんです」

「まあ」

深谷看護婦は手を口にあてた。

「浜野ケイ子さんは、書道塾の帰りに行方がわからなくなり、翌朝、運動場の奥にある船着場の沖に浮いているのが見つかりました。なぜ亡くなったのか、事故なのか身投げなのか、それとも他の理由があるのか、私は調べています。ただ遺書はなかったので、身投げではないと思うのですが」

深谷看護婦は手を口に押しあてたまま、私を見つめた。

「あの、そのお嬢さんは──」

私は待った。しかしその先をいわず、深谷看護婦は首をふった。

「いえ、何でもありません」

私は目を合わさず、いった。

「事故でも自殺でもないとすれば、犯罪の犠牲になった可能性があります。ただ残念なことに、そこに関する検死が充分にはおこなわれませんでした。動揺した母親になじられた医師の先生が、ためらわれたようで」

深谷看護婦は無言だった。私は咳ばらいした。

「その、犯罪の犠牲になったというのは、つまり、何者かに暴行を受けた可能性のことなのですが、芹沢弘子さんの検死では、そのあたりはどうだったのでしょうか」

自分の顔が熱くなっているのを感じた。自分より年長とはいえ、初対面の女性にそういう話をするのは苦痛だ。

「暴行というのは、強姦ということですか」

「はい」

「それは、ありませんでした」

「調べられたのですか」

深谷看護婦は答えなかった。私は深谷看護婦を見た。

「実は」

いって、深谷看護婦はためらった。額に皺が刻まれている。

「いえ、やはりこれはお話しできません。看護婦としての道義にもとることですから」

首をふった。私はどうしてよいかわからなかった。

「あの、それが何なのか、私には想像もつかないのですが、もし、もし、です。芹沢弘子さんと浜野ケイ子さんの二人が両方とも犯罪の犠牲になったのだとすると、これは看過できません。もちろん、確たる証拠があるわけではありません。ただ二人とも、髪を切られていた、というのが、私には気になるのです」

深谷看護婦は黙っていた。やがて訊ねた。

「浜野さんのご家族はどうなさっておいでですか」

「それが、実は母親は、葬式のあと、自殺しました。何らかの責任を感じたのではないかと思います。父親の鉱員は、その後、島を離れました」

「かわいそうに。他にお子さんはいなかったのですか」

「はい」

深谷看護婦は目を閉じた。まるで会ったことのない浜野ケイ子の冥福を祈っているかのようだった。

しばらくして目を開けると、大きなため息を吐いた。

「わかりました。お話しします。でもこのことは、島に帰られても、他の方には内緒にしておいて下さい。芹沢さんのことをご存じの人が今もいると思いますから」

私は頷き、深谷看護婦の言葉を待った。

「芹沢弘子さんは妊娠していました」

私は驚いた。

「十三歳、だった筈です」

「はい。ですが検死したときに、お腹《なか》にも乳房にも、はっきりその兆候が現れておりました」

言葉を失った。ようやくでたのは、

「あの、相手は誰だったのでしょうか」

という、我ながら間の抜けた問いだった。

深谷看護婦は首をふった。

「わかりません」

私は考えていた。芹沢弘子は知能に障害があり、中学にはほとんど通学せず、島内を徘徊する癖があった。

「つまり、弘子さんの障害につけこんだ男がいた、ということですね」

ようやく、私はいった。

「悲しい話ですが」

悲しいというよりは、おぞましい話だ、と私は思った。何という卑劣なことをするのだ。

憤りを覚えた。

「もう、ここまでお話しした以上、いってしまいますが、弘子さんは、かなり性行為を重ねていたようでした。実は、そういう噂があったのです」

深谷看護婦がいった。

「噂、ですか」

「はい。組夫の人や、鉱員のあいだで。お菓子をあげれば、いうなりになる娘がいる、と」

「親御さんはそれを知っていたのですか」

深谷看護婦は頷いた。

「ご両親は憂慮されて、弘子さんを出歩かせまいとしたことがあったようです。けれども家に閉じこめようとすると嫌がって泣いたりわめいたりするので、近所迷惑になってしまう。だからできなかった、と亡くなったあと、お母さんが話していました」

私は息を吐いた。

「すると弘子さんは、島のいろいろなところに出入りしていたのですね」

「ええ。鉱場をふらふらしていることも多かったそうです。そこで働いている人たちも見慣れていて、特に危ないことがない限りは咎めもしなかったと聞きました」

そこにつけこんだ者がいた。そしてそれが伝わり、少女は次から次へと、男たちの慰み者にされていた。

「けしからん」

思わず言葉がでていた。

「実にけしからん連中だ」

私の怒りとは裏腹に、深谷看護婦は冷静さをとり戻していた。

「妊娠は、必然だったと思います。弘子さんは天真爛漫に、優しくしてくれる男の人なら誰にでも、体を任せてしまっていたでしょうから」

不意に疑問がわいた。

「ご両親にも、妊娠のことを話さなかったのですか」

深谷看護婦は頷いた。

「あまりに痛ましいことなので」

「しかし気づいていたのではありませんか」

娘の妊娠に気づき、外聞をはばかった親が手にかけた、という可能性を私は考えついた。

「それは、わかりません。もしかしたらお母さんは気づいていたかもしれませんが」

「父親はどうです？」

「さあ。父親は、娘さんのことにはうといものでしょうから」

父親が先に気づくということは確かにないだろう。おそらくは母親が気づき、それを父親に話す。だが、逆上して娘を手にかけたとしても、事故にまで偽装するだろうか。

ありえない気がした。そうであるなら、普段から外出を許さなかった筈だ。

「お母さんは当日、入院中の次女につき添っていた、と報告書にはありました」

「腸チフスですね。あの年はとても多くて、小さなお子さんにはやっていたんです」

「お父さんがどこにいたのか、ご存じですか」

深谷看護婦は瞬きした。

「たぶん、仕事をしていたのだと思います」

派出所の記録によれば、芹沢弘子は当日の朝、家をでて以来、夕刻、死体が発見されるまでの足どりがわかっていない。夕刻というのは、午後五時二十分である。朝が何時頃なのかはっきりしないのは、母親が前夜から次女につき添っており、父親が夜勤から帰宅した午前八時には、もうでかけていたからだ。

したがって前夜または早朝から午後五時過ぎくらいまで、弘子は島内を徘徊していた可能性があった。

「お腹の子供の父親が妊娠に気づき、弘子さんを手にかけたのかもしれない」

私はつぶやいた。

「それはどうでしょうか。生まれてくるまでは、父親が誰なのかわからないですし、生まれてきてもよほど顔立ちが似ていなければ、やはりわからなかったのではないでしょうか」

深谷看護婦は私を見やった。

「最近亡くなったお嬢さんも妊娠していらしたのですか」

「いや、それは聞いておりません」

確認しなければわからないことだが、もしその兆候があれば、宮村医師はともかく、村崎看護婦が気づいていたろう。

「妊娠が進んでいれば、検死の段階で気づいたと思いますが、そういうようすはありませんでした」

私はいった。浜野ケイ子に障害はなく、母親が客をとっているのを知っていれば、性行為などむしろ毛嫌いしたのではないだろうか。

もちろん断定はできない。しかし遺体が荼毘に付された今、確かめる術《すべ》はなかった。

「芹沢弘子さんですが、妊娠はどれくらい進んでいたのでしょう」

「お腹のふくらみは、洋服の上からでもわかるというものではありませんでした。ですから、四、五ヵ月といったところでしょうか」

深谷看護婦は否定したが、弘子を手にかけたのは、不特定多数の性行為の相手のひとりである可能性が高い、と私は思った。

当日、弘子と行為に及ぼうとした犯人が妊娠に気づき、危機を感じたとしたらどうだろう。

もちろん自分が父親とは限らないが、万一そうであったら、日に日に似てくる子供に、周囲が黙ってはいない。それゆえ、保身のために、弘子を事故に見せかけて殺したのだ。

髪を切りとったのは、自分なりの形見のつもりではなかったか。鬼畜のような犯罪者だが、弘子に一片の憐憫《れんびん》を催したのかもしれない。

だがその仮定をすぐ、私は打ち消した。もしそうならば、犯人は浜野ケイ子とも肉体関係をもっていたことになってしまう。

ひとつだけ確かなのは、この二人の少女の死が、同一人物による殺人であるとすれば八年前から島に住む者が犯人だという点だ。

組夫ではない、と私は思った。八年間住みつづける組夫はいない。

鉱員か職員のどちらかだ。弘子が産む子が自分に似るのを恐れたのが動機だという、私の仮説にも矛盾しない。

組夫なら、弘子の妊娠に気づいた段階で、島を離れればよいだけだ。渡り者の多い組夫の離島を気にかける者は少ない。

犯人は、鉱員か職員で、八年以上島に住んでいる。おそらくは家族もいて、外聞をはばかる立場でもある。

「弘子さんの父親がどんな人だったのか、覚えていますか。芹沢荘吉さんという職員です」

深谷看護婦は首を傾げた。

「14号棟にお住まいで、眼鏡をかけた方だとしか覚えておりません。何しろ翌日にヤマで起きた災害に追われてしまって。お葬式も、ヤマで亡くなられた五人とは別で、ひっそりされたような記憶があります」

ベテランの外勤係である関根ならば、あるいは知っているだろうか。

「その後、島を離れられたそうですが」

「ちょうどわたしがこちらに移ったのと同じくらいに、筑豊《ちくほう》のほうに転勤になられました」

筑豊では、おいそれと話を訊きにいくわけにもいかない。

「あの、お巡りさんは、弘子さんが誰かに殺されたと考えていらっしゃるのですか」

私は頷いた。

「なぜ、そう、お思いになるのですか。髪を切られていたからですか」

「一番の理由は、それです。先月亡くなった十三歳の少女も、事故死と思われる状況でしたが、髪をひと握り、切られていました。八年の時間があいていますが、どちらも十三歳の少女が水死し、髪を切られている。偶然とは思えません。ただ、これをいたずらに騒げば、島の人を不安にさせてしまいます。それで秘かに調べています」

「つまり同じ人が手にかけたと疑っていらっしゃるのですか」

「はい」

「八年もあいだを空けて？」

「ええ、そうです」

「恐ろしか」

深谷看護婦の顔が青ざめた。

ふと思いついた。

「覚えていらっしゃるかどうか。弘子さんが亡くなる前後、満月ではありませんでしたか」

「満月？」

怪訝そうに、深谷看護婦が訊き返した。

「はい。先月の事件は満月の晩に起こりました。何か関係があるのかと思いまして」

「覚えておりません」

深谷看護婦は首をふった。

当然だろう。八年前のある一夜が満月であったかどうかなど、気にかける者は少ない。

「でもお巡りさんの考えがあたっていたら、すごく恐いことです。そんな人があの小さな島にいるなんて」

鬼畜のような殺人者は、日本中どこにいてもおかしくはない。戦争が終わってずいぶんたつが、終戦時十歳であった私ですら、大人たちの絶望や、その後の混乱を覚えている。

人は、おのれの欲を満たすためなら、どんな残酷なことでもする。

平和になった今でもそういう輩がいるのは、驚くに価しない。ただ深谷看護婦がいう通り、恐ろしいのは、あの小さな島にそんな殺人鬼が潜んでいることだ。

それも勝手に入りこみ住みついているのではなく、何食わぬ顔で善良な島民のフリをしている。人々に挨拶をし、共に働き、飯を食い、祭りには神輿を担いでいる。

そんな人間が、身近にいる少女に牙をむく。

どこか遠くで起きた事件ではない。福岡や大阪、あるいは東京のような大都市であるなら、そうした鬼畜はいるかもしれない。だが大都市には多くの人が住んでいる。しかも島とちがって、出入りは簡単だ。

犯人は必ずしも近所に住む少女を手にかけるとは限らない。いや、少しでも知恵の働く者なら、住居から離れた場所で凶行に及ぶだろう。それだけ疑いを招く可能性が低くなるからだ。

しかしH島ではそうはいかない。共に暮らす少女の中から、犯人は次の犠牲者を捜すのだ。

人口過密で、どこにいても人の目や耳がある、あんな場所で、知られずに殺人を重ねている者がいる。

私は戦慄を覚えた。

もう、誰も信用することはできないのではないか。

いや、それはない。

冷静になろうと、思い返した。八年前よりあとに島にやってきた人間は、とりあえず容疑者から外してもよい。それだけで、かなりの数を減らすのが可能だ。

我にかえった。深谷看護婦も、彼女の恐怖が私に伝染したことに気づいてか、白茶けた顔になり黙りこくっている。

「申しわけありませんでした。お忙しい中に邪魔をしてしまって」

私は頭を下げた。本当は敬礼をしたかったが、私服でもあるし、病院内の人目が気になった。

「いいえ。お役に立てばよいのですが」

「私はまだ駆けだしですし、これが杞憂であればいいと願っております。しかし事実は事実として、厳正に捜査をつづけていこうと思います」

「がんばって下さい」

「ありがとうございます」

私は礼を告げ、市民病院をあとにした。次に向かうのは、諏訪町の「雪乃」と決めていた。

小宮山の話では、長谷川が組夫として島にやってきたのは、七年ほど前のことだから、犯人である可能性は低い。だが、犯人について何かを知っている、あるいは犯人そのものを知っているかもしれない。

その理由や内容を長谷川に喋らせるためには、ユキという東京出身の女から話を聞くのが一番だと私は考えていた。

一度訪ねているので、歩いても「雪乃」までは三十分足らずで到着した。行灯にはまだ灯が入っておらず、人の気配もない。

私は店の近くに張りこみ、待つことにした。

待っているあいだも、頭は、ふたつの事件のことでいっぱいだった。

時間がたち、深谷看護婦の〝告白〟からうけた衝撃からじょじょに落ちつきをとり戻してくると、果たして私の考えが正しいのかどうかが、わからなくなってくる。

本当に殺人だと決めつけてよいものだろうか。それを裏づける物的な証拠はないのだ。

客観的な事実は、八年の時間を経て、十三歳の少女が二人死亡した、というものだけだ。

二人の髪が切りとられていたという共通点も、私がこの目で確認したわけではない。

検死した医師は両者とも溺死であると診断していて、暴行の痕跡については、顕著なものがなかったとしている。

私は長谷川に惑わされているのではないだろうか。冷静になると、だんだんそう思えてきた。

長谷川は、狼少年のように、あたかも大きな事件が起きたと騒いでいるだけではないだろうか。

それは、お化けを見たという話と同じで、いっている本人が注目をひきたいがために嘘を並べる場合と、錯覚であっても本気で信じている場合のふたつがある。

長谷川は、嘘をついているようには見えない。おそらく本気で殺人が起こったと信じているのだ。

謀略や陰謀をおもしろがる気持ちは誰にでもあって、それが高じると、本人には絶対不変の真実のように思えてくるものだ。

私は巻きこまれたのではないか。芹沢弘子の妊娠という衝撃的な事実が、私を混乱させ、長谷川の妄想に同調してしまったのかもしれない。

芹沢弘子の〝事故死〟と妊娠を、結びつけて考えるべきではないのだ。複数の男が彼女の弱みにつけこんで関係をもったのは唾棄すべき行為ではあるが、それを殺害と直接結びつけるのは、短絡的である。弘子の徘徊癖を考えるなら、転落、水死したと判断するのが妥当ではないのか。

浜野ケイ子については、〝事故死〟より身投げの可能性がやはり高い。母親のマスエが自殺した事実が、何よりそれを物語っている。

いき場をなくしたケイ子が、望まぬまま帰宅をすると、マスエは〝商売〟の最中だった。それを目のあたりにし、失意絶望して身投げをしたのではないか。

通常身投げは、靴を脱ぎ、そこに遺書をのこすとされているが、自殺するほど追いつめられた少女が、そのような、手続きにこだわるとは限らない。

鉱場をふらつき咎められ、いったんは居住区に戻りかけたものの、母親の醜い姿を思いだすに及んで、耐えられず海に身を投じたとも考えられる。

髪の毛に関しては、看護婦の見まちがいか、何かの偶然であったかもしれない。あるいはケイ子が、形見として自ら切った髪をどこかにおいていた可能性がある。マスエはそれを発見し、起こったことを知ったがゆえに首を吊ったのではないか。

警察官は、目に見える事実からのみ、できごとを判断すべきだ。

空想に基づいた捜査など、断じてすべきではない。

岩本巡査の警告は正しい。一般人の長谷川ならいざ知らず、私が空想にふり回されれば、島の治安に重大な支障が生じるだろう。

そこに思いが至ると、諏訪町での張りこみが、実に馬鹿げたものに感じられてきた。

いったい自分は何をしているのか。この軽挙妄動すら、同僚警察官に迷惑をかけている。

島に戻ろう、そう決心したとき、風呂敷包みを抱えてやってくる着物姿の女が目に入った。

一瞬躊躇し、が、女と目が合ったのをきっかけに、私は歩みだしていた。

「ユキさんですか」

自然に問いが口をついた。女は頷き、足を止めた。三十四、五くらいだろうか。色白でほっそりとした体つきをしている。ただ目の下に隈があり、病弱そうに見えた。

「突然、お声をかけて申しわけありません。私は、H島派出所に勤務する、荒巻という者です」

警察手帳をポケットからだし、告げた。不安げに女は目をみひらいた。

「お知り合いについて、ちょっと訊ねたいことがありまして、ご協力願えると助かります」

「誰ですか」

ユキの声は小さかった。あたりを気にしてか、小鳥のように首を動かしている。

「長谷川さんです」

「ずっと会っとりません」

「ですが一時は、親しくされていたのですよね」

ユキは再びあたりを見回した。

「その話は、中で」

帯にはさんでいた鍵をとりだすと、「雪乃」の扉にさしこんだ。見た目にはあわない、乱暴な手つきで鍵を回し、引き戸を開いた。

「入って下さい」

私は言葉にしたがった。

ありあわせの木材で作られた酒場だった。仕切りの板の上に盆がおかれ、逆さに並んだコップに布巾がかけられている。

私のあとから引き戸をくぐったユキは、手をのばし、白い傘から下がった電球のつまみをひねった。

黄色い光が、薄暗い店内に点《とも》る。ぷんと酒が匂った。仕切り板にしみついているようだ。

「わたしのことを、どこでお聞きになったの」

抱えていた風呂敷包みを仕切り板にのせ、ユキは壁に吊るされていた割烹着を手にした。

「『入り船』です」

割烹着に袖を通したユキは、仕切り板の向こうに立った。

「お喋りが」

小さく吐きだす。見かけとは裏腹に勝ち気な女性のようだ。袂《たもと》に手をさしこむと、煙草の袋をとりだした。一本くわえ、仕切り板の上におかれた徳用マッチで火をつける。

赤く塗られた唇から太い煙を吹きあげた。

「長谷川さんは、丸山にいたときのお客さん。今はもう縁がござんせん」

「出身が同じ東京と、うかがいましたが」

「誰がそんなこと喋ったの。婆さん？」

「いえ」

「わかった、キクヨちゃんね。しょうがない子。せっかく回してあげたのに、ペラペラよけいなことを喋って」

ユキは眉を吊り上げた。私は何だか恐ろしくなった。

「彼女の話では、長谷川さんは今も、ユキさんに会いたがっているようです」

「別にいいけどさ。お酒を飲みにきてくれるのなら。でもそれ以外のことはお断り。丸山にいたからって、すぐに身を任せる女だと思われちゃ困るんだから」

私めがけ、煙を吐いてユキはいった。

「長谷川さんが、東京のどちらの出身かご存じですか」

「両国っていってたわね。わたしが鳥越だから、わりと近いんで、話になったの」

両国という地名は聞き覚えがあった。が、鳥越というのは、まるでわからない。

「長谷川さんが東京にいたとき、何をしていたか、知っていますか」

ユキは私を見つめ、ぽかんと口を開いた。

「あら知らないの。知ってるからきたと思ったのに」

「知りません」

「同じよ」

「同じ、とは？」

「お巡りさんと同じ。警察にいたの」

「長谷川さんが、ですか」

「そう。ずっと刑事をしていたのだけど赤紙がきて、召集される直前に、犯人を追っかけてて電車にはねられ、大怪我をしたのよ」

長谷川が刑事だった。私は想像をしていなかった答に混乱した。

「それは、警視庁の刑事だった、ということですか」

「たぶんそうなんじゃない。退院したものの、足がああだから赤紙はとり消しになって、終戦の少しあとまで警察にいたって、聞いたことがある」

「怪我をされたのは、何年頃ですか」

ユキは宙をにらんだ。

「十八年」

急いで計算した。

「三十二歳のときですね」

「そんなものじゃない。どんどん同僚が召集されていなくなって大変だったっていってたから」

「なぜ、警察を辞めたんです？」

「終戦になって、体の丈夫な人がいっぱい入ってきたんで、自分みたいのは厄介者扱いされるようになったからっていってたわね。それまでは、お巡りさんがいなくって、少年警察官まで採用してたのにって」

戦争末期、特に昭和十九年頃からは成年男子の大半が出征したため、どこでも警察官不足に悩んだという話は、警察学校で習っていた。東京では三百を超す交番が閉鎖され、それでも警察官が足らずに、学徒を警察官として採用する制度があったという。おそらくはそのことだろう。

敗戦とともに、帰還した兵隊がどっと警察に奉職すると、長谷川のような、身体が不自由な者はいづらくなったという話も頷ける。

そんな混乱期に職を失った長谷川はかなり苦労したことだろう。

「警察を辞めても東京じゃ食べてゆかれないんで、大分に引っ越したっていってたわね」

同じ警察官としては、同情に価する境遇だった。戦時下、不自由な体で治安維持に貢献したというのに、終戦とともに、いわばお払い箱になったわけで、その性格が狷介になったのも、いたしかたないことのような気がしてきた。

私に向かい、お前みたいな若造には、わからん、といいはなったのが、あるていどは理解できる。

人手不足の警察にあって、それなりの苦労を重ねてきたからこその言葉だったのだろう。

「警察を、恨んでいるだろうな」

私は思わず、つぶやいていた。

「あら。恨んでなんかはいないわよ。でもね、警官だったことはやはり、島では内緒にしているみたいね。まあ、まわりの人に知られたら煙たがられるのは見えてるでしょうからね」

〝凶状もち〟も多い組夫の中には、警官を嫌っている者もいるだろう。元の仕事がばれたら、確かに暮らしづらくなる。

「わたしに話したのも、ずいぶんたってからだったもの。お巡りさんにもいってないんだね」

　私は頷いた。

「だったらどうしてわたしのところにきたの？」

　ユキの目が真剣味を帯びた。

「それは、先日、島で起きた事故のことを調べていまして」

「事故って何？」

「中学生の女の子が亡くなったんですが、直接は、長谷川さんとは関係ありません」

「長谷川さんを疑っているの？」

　私は首をふった。

「そういうわけではありません」

「じゃあどうして長谷川さんを調べているの」

「長谷川さんがひどく興味をもっていたので、どうしてだか不思議に思ったからです」

　ユキの問いかけは矢継ぎ早で、何かいいわけをさせられているような気分になった。

「何に興味をもったっての？」

「その女の子の亡くなりかたです。事故だったのですが、そうではなかったのではないかと」

「ふうん」

ユキは不意にどうでもよくなったようなあいづちを打った。

「珍しいね、あの人にしちゃ」

「そうなのですか」

「悪い人じゃないけれど、偏屈だからね。あまり他人をかまうことはしないと思ってた」

「まあ、話しやすい人ではありません」

ユキは何がおかしいのか、くすっと笑った。

驚いて見つめた私にいった。

「坊やみたいなお巡りさんじゃ、きっと相手にもされないわよ」

「私のことですか」

ユキは頷いた。くやしさと恥ずかしさがこみあげた。

「だって、お巡りさん、まだ新米でしょう」

「いや、これでも奉職して六年たっています」

私は少しむきになった。

「あの人は、中学をでてからずっと警官をやってたからね。『これでも腕っこきだったんだ』といったことがあるわよ。実際、戦争中は、刑事の数が少ないから、いっぱい悪い奴をつかまえなけりゃならなかったっていってたし」

それはその通りだろう、と私は思った。もちろんよくは知らないが、東京には激しい空襲があり、そのたびに多くの犠牲者がでて、生きのびても家を焼けだされた人々で混乱は日常茶飯事であった筈だ。戦時下とはいえ、不心得者がいないわけではない。むしろ、それに乗じて盗みや強盗、さらには殺人などの犯罪に走る者はきっといただろう。

人手不足の警察にあって、そうした事態に対処するのは、きっとたいへんな苦労であった筈だ。

「警察に残る道はなかったのでしょうかね」

私はつぶやいた。

「あったはあったみたい。でも、それまでみたいな刑事じゃなくて、退屈な事務仕事ばかりで、やっていられないと思ったたっていってたわ」

ユキは煙草を灰皿に押しつけて答えた。

「足が悪くたって、きのう今日、復員してきたばかりの新米刑事になんか、絶対にひけはとらないのにってね」

「その足ですが、どういう事故だったのか聞いたことはありますか」

「詳しくは聞いてない。でも、犯人を追っかけて省線電車の線路に入って、たまたまきた電車にはねられたらしいわ。ほんのちょっとで死ぬところだったって」

「犯人はどうなったのです」

「ひかれて死んだそうよ」

私は頷いた。

「長谷川さんは他に、刑事時代の話を何かしたことがありますか」

「ない」

ユキは首をふった。

「もともとよく喋るほうじゃないからね。通ってくれるうちに少しずつ、自分のことを話しだしたの。そういうのってのは、ありがたいけれど、まあ面倒でもあるのよ。お巡りさんみたいに若い人にはわからないだろうけど」

客として通ってくれるのはありがたいが、必要以上に親しくはなりたくないということなのか。

私は複雑な気持ちになった。客が心を許せば許すほど、娼妓にとってその存在が面倒になっていく。

金銭で肌をあわせる関係とはいえ、馴染みになれば、互いにそれなりの情を抱くものだ。商売としては喜びながらも、やがて重荷になる男女の関係とは、なんと難しいものだろう。

ユキが本当の情を長谷川に感じ、長谷川も同じ気持ちでいたなら、この「雪乃」にも長谷川はきていたろう。そうならなかった理由は、「別にいいけどさ。お酒を飲みにきてくれるのなら。でもそれ以外のことはお断り」という、ユキの言葉にあらわれている。

丸山町をあがった彼女は、長谷川とはもうかつてのような関係を望んでいないのだ。

対する長谷川はどうなのだろう。

再会し、向かいあえば、やはりかつてのように肌をあわせたい気持ちがこみあげてくるのではないか。同じ男として、それは私にも想像できる。

容易に予想できるからこそ、ユキは再会をあまり望んでいないのだ。

「お巡りさん、所帯はあるの？」

私のそうした考えを感じたのか、ユキは訊ねてきた。私は首をふった。

「そう。じゃ、尚さらわかんないだろうね」

私は黙っていた。

「でもね、悪い人じゃないよ、あの人は。もし何か、しつこく気にしていることがあるなら、それにはきっとわけがある。お巡りさんが頭を下げて教えてくれといったら、きっと話してくれるのじゃないかしら」

私は逆のことをした。居丈高《いたけだか》になり、浜野母娘との関係を彼に詰問した。あげくの果て、「あなたに警官としての心得を諭されるいわれはありません」といったのだ。

今となってみれば長谷川が、何を、という顔をした理由がわかる。

帝都東京の警視庁で長く刑事を務めてきた彼にしてみれば、田舎の派出所巡査風情が偉そうにと思ったのだろう。

苦い気持ちになった。今さら長谷川に詫びても、とりつくしまなどないにちがいない。

自分の未熟さが情けなかった。

こうして考えてみれば、長谷川の前身が警察官であったことに、私はもっと早く気づけた筈だ。

浜野ケイ子の遺体をのせるためのリヤカーを引いてきた長谷川が最初に発したのは、

「死因は」

という問いだった。普通人なら遺体を見るなり、そんなことを訊かない。

「海に浮かんどるからって、溺れ死んだとは限らんだろう」

ともいった。

さらに神社で夕涼みをしていた私に歩みより、満月のことを口にしたのは、何かの助言を与えようという親切心だったのではないか。

後悔がこみあげた。

ついさっきまで、ふたりの少女の死を殺人と疑う自分が愚かに思えていた私だったが、長谷川が熟練の刑事であったのを知った今、その気持ちは薄れていた。

長谷川の疑いには、根拠があるのだ。その根拠は、だがめったなことでは口にできない。

それは彼が刑事であったという過去を明かす結果になる上、島の平穏をおびやかす危険をはらんでいる。

「どうしたのさ、急に黙っちゃって」

ユキが私を見つめた。

「何でもありません。長谷川さんとどう話そうかと考えていたんです」

「そんなこと」

ユキは鼻で笑った。

「あんたはお巡りなんだし、長谷川さんはもうただの組夫なのだから、『ちょっと』と呼びだせばいいことじゃない。もちろんヘソを曲げさせるようないいかたじゃ駄目だけどね」

もうとっくに、そのヘソを曲げさせているのだが。

「そうですかね」

「そうよ。最近のお巡りさんは昔とちがって優しくなったもんだね。民主警察てのもいいけど、あれだね。ちょっと頼りない感じもするわね。昔のお巡りさんはもっと威厳があったよ」

私は苦笑するよりなかった。確かに戦前に比べ、警察官が〝優しくなった〟という言葉をあちこちで聞く。だが、戦後八年もたってから警察に奉職した自分には、過去の警察官の姿など、知りようがない。たとえ知ったとして、真似する気もないが。

威圧ばかりが、警察官の治安維持能力なのではない、と私は思っていた。市民に親しまれ、情報を得やすい関係を作ることで、事件解決に結びつける方法もあるのではないか。

しかしここで、ユキを相手にそんな理想を語っても意味はない。

「ご協力ありがとうございました。いずれ時期をみて、長谷川さんとは話をします」

「わたしに会ったっていうのかい」

「場合によっては」

「じゃあ、さっきのわたしのいったこと、伝えてちょうだい。何の話かわかる？」

試すように、ユキはいった。

「ここに酒を飲みにくるのはいいが、それ以外は求めるな」

ユキはにっこりと笑った。

「あら、わかってるじゃない。きっといい刑事さんになれるわよ、あんた」

果たして、長谷川の機嫌を損ねずにそんな言葉を伝えられるだろうか。

私には、まるで自信がなかった。

最終の船で島に戻った私は、制服に着替えるべく、大急ぎで桟橋からトンネルを抜けた。

トンネルに入ったとたん、海からの風がさえぎられ、私の体から汗が噴きだした。ひどくむし暑い晩だった。もう少し早く帰っていたら、トンネルを抜けたところにある31号棟の共同浴場で体を流すことができたろう。

トンネルの出口からは、その31号棟のわきを抜け、木造の体育館、寺と映画館にはさまれた路地を通る。

路地の先の右側に、私の寮である22号棟があり、隣が派出所の入った21号棟だ。

横長の31号棟の前を歩き、寺の手前まできたとき、異変に気づいた。

映画館の前に人だかりがあった。黒くてはっきりとはしないが、十人近くはいるだろう。

時刻からして、映画の上映はとうに終わっている。したがって映画館をでてきた客でないのは明らかだ。

怒声が聞こえた。

人と人がもみあっている気配があった。喧嘩のようだ。私は小走りになった。

他の建物からの明かりで、うずくまっている人影が見えた。

怒声は、それをとり囲む者たちの口から発せられたようだ。

近づくにつれ、関根と片桐の顔が見えた。二人は、何人かの男たちと向かいあっている。

「なんでかばいよっとか」

そのうちのひとりが怒鳴った。今にも関根に殴りかかりそうな権幕だ。

「かばっちゃおらん。仲裁しとるだけたい」

関根がいい返した。向かいに立つ大柄な男が関根にのしかかるように詰めよった。

「かばっとるじゃなかか。先に手ぇだしたとはあっちばい、なんでこっちばかりせむっとか、え？」

「お前、さがっとれ」

片桐がその大男の肩をついた。

「何ばすっとか、手前」

大男は片桐に向きなおった。

「お前、俺《おい》たちが誰だか、わかっとっとやろうな」

片桐はいって、「外勤」の腕章を誇示するように肘をあげた。

「そんけん何てか。外勤やけん何やってもよかとか。いばりくさりやがって」

ぺっと大男が足もとに唾を吐いた。

「生意気かぞ、手前。組夫のくせしやがって」

片桐と関根のそばに立つ、数人の男たちの中から声があがった。

「そうだ、そうだ、日雇いの分際で」

「何を、この野郎」

大男がそちらに向かおうとするのを、片桐がまたついた。

「さがれっていいよろうが」

「何ばすっとか！」

大男が片桐につかみかかった。

「やっちまえ、こら」

「容赦すんな！」

たちまちその場にいた四、五人が、とっくみあいの喧嘩を始めた。どうやら組夫と鉱員のあいだでもめごとが起こり、そこに外勤係の関根と片桐が割って入ったようだ。

「やめなさい！」

私は叫んだ。制服姿ではないので、どこまで従わせられるかはわからなかったが、手をこまねいているわけにはいかない。

「やめんかっ」

怒鳴りつけ、殴りあっている者たちのあいだに肩を入れた。はずみで誰かの手が私の顎に当たり、じんと痺れた。

「お巡りだ」

誰かが私に気づき口にすると、殴りあいが止んだ。

「お巡りだと？　関係なかろう」

大柄な男が私をにらみつけた。顔が真っ赤で、吐く息は熟柿《じゅくし》くさかった。

「お巡りも鉱員の味方ばすっとやろが」

「誰の味方もせん。いったい何があったんだ」

精いっぱいの威厳をこめ、私は男をにらみつけた。ダボシャツの下から刺青がのぞいている。

「そいつに訊け、そいつに。寄ってたかって、江藤をなぶりもんにしやがって」

男は殴りあいに加わっていた鉱員らしき男を顎で示した。唇が切れ、鼻血をたらしている。

江藤という名に、私は聞き覚えがあった。そしてうずくまっているのが、その江藤であることに気づいた。

浜野ケイ子が行方不明になった晩、倉庫の近くで見て声をかけたという、小柄な電気屋だ。

江藤の顔は腫れあがっていた。複数の人間に殴る蹴るの暴行をうけたようだ。

「あんた、大丈夫か」

私は江藤の前にしゃがんだ。江藤は無言で顔をそむけた。くやし泣きをしていたのか、目が真っ赤だった。

私は立ちあがり、鼻血を流している鉱員を向いた。

「この人を集団で殴ったのか」

「なんかよ、組夫の肩ばもつとか、お前」

鉱員は私につかみかかろうとして仲間に止められた。その男からも酒が匂った。

「誰が誰の肩をもつという問題じゃない。いったい何が原因なのか、ちゃんと話してもらわんと」

私はその鉱員を見つめ、

「あんた、名前は」

と訊ねた。

「まあまあ」

関根が私の前に顔をつきだした。

「そうかっかせんでもよかろう。互いに酔ってのことやから」

「かっかなどしていません。名前を訊いているだけです。これでは事情聴取もできませんから」

「そげんおおげさなことじゃあなか。よくある話なんやから」

関根はいった。私はまだうずくまっている江藤をふりかえった。

「しかしこの人は、集団で暴行をうけたような怪我をしています。ただの喧嘩なら、こんなことにはならんでしょう」

「いいから、ここは俺たちに任せろよ」

片桐がいった。

「そうはいきません。全員、交番にきて下さい」

「そげんかっこつけるなって」

片桐が小声でいい、私の腕をつかみ、ひっぱった。集団から離れた場所でいった。

「あの組夫、昔から嫌われとるんだ。ネズミみてえな野郎だって。お前も知っとろうが、江藤って電気屋」

「知っています」

「厚生食堂で飲んどって、いいあいになったらしか」

「食堂で喧嘩が始まったのですか」

「いや、そうじゃなか。江藤が先にでていったんで、あいつらが追っかけたんだ」

私は江藤のもとに戻った。

「食堂からでてきたところで喧嘩になったということですが、本当ですか」

「俺《おい》は何にもしとらん。けったくそ悪かけん、飯場に戻ろうと思って歩いとったら、こ、こいつらが追っかけてきて、いきなりとり囲んだんだ」

しゃくりあげながら江藤がいった。私は関根の横に立つ鉱員を見た。

「そうなんですか」

「この野郎が仲間ば呼びにいくのがわかったけんさ」

「あたり前じゃなかか。ひとりじゃお前らにかなわんけん、俺《おい》ら呼びにくるのは当り前たい」

大柄な男がいい返した。

「とにかく、あんた名前は？」

私は警察手帳をポケットからだした。とたんに鉱員は目を足もとに落とした。

「フジイだよ」

「住居はどこです」

藤井と書くことを確認し、私は訊ねた。

「66号棟」

男はぼそっと答えた。66号棟は、独身者の鉱員の寮だ。

私は大柄な男を向いた。

「あんたの名は？」

「ノグチだ。30号棟だよ」

野口と書くのを確認した。私は再び江藤のかたわらにしゃがんだ。関根と片桐は、もう何もいわなかった。

「歩けるか、江藤さん」

何が江藤さんだ、と吐きだす声が聞こえた。

私は無視し、江藤の顔をのぞきこんだ。

「だ、大丈夫だよ。俺、殺されるかと思って、恐かっただけだ」

「おうおう、ヤマの男が聞いてあきれるばい。こげなちっさかもんば、寄ってたかってよ。お前らそれでもタマがついとっとか」

野口が聞こえよがしにいった。

「何だと」

「やめろっ」

関根が怒鳴りつけた。

「とりあえず病院にいきますか」

私は江藤に訊ねた。江藤は首をふった。

「どうしました？」

懐中電灯の光がさしかけられた。ふりかえると岩本巡査が立っていた。

「岩本巡査」

「荒巻くん。これはいったいどうしたんだ」

岩本巡査は驚いたようにいった。

「私が戻ってきたところ、喧嘩になっていたんです」

「岩本さんよう」

片桐が岩本巡査のかたわらにいき、ぼそぼそと話しかけた。江藤がそのようすをじっと見つめている。険しい横顔だった。

「立ってみて」

私はいって、江藤の腕をつかんだ。江藤の体は軽く、私でも簡単にもちあがった。

江藤は、目の周囲と鼻が腫れているものの、歯や骨が折れているようすはない。

岩本巡査には、さらに関根も話しかけている。三人は少し離れた場所で、小声でやりとりを交わしていた。

「おい、お巡り」

野口という名の組夫がいった。

「名前何てんだよ」

「私は荒巻だ」

「新米のほうか」

「そうだ」

「頭から名前を聞いたことがある。あの藤井って野郎は、前から俺《おい》ら組夫を目の敵にしてんだよ。食堂で会うても、でていけといいやがって」

「今日も俺が焼酎《チユウ》を飲んどったら、わざと体ばぶつけてきてこぼすとばい」

江藤が細い声でいった。

「俺が小さかけん馬鹿にしやがって」

私は黙っていた。片方の話だけをうのみにするわけにはいかない。

「荒巻くん」

岩本巡査が私を呼んだ。歩みよると、岩本巡査が小声でいった。

「ここは私が処理しておく。君は戻って、制服に着替えなさい」

「わかりました。先に手をだしたのは鉱員のほうで、組夫の江藤をとり囲んだようです」

「いいから」

岩本巡査は私の言葉を聞き流すようにいった。私は気になったが、ここは岩本巡査に任せる他はない。その場を離れ、22号棟の宿舎に戻ると、大急ぎで着替えた。

制服を身につけると、気分がしゃんとした。

暑いのなんのと弱音を吐いてはいられない。小走りで映画館前の現場に戻った。

人数が減っていた。岩本巡査と関根の姿がなく、藤井という鉱員もいない。残っているのは片桐と江藤、それに野口という大柄な組夫だけだ。

「岩本さんは？」

訊ねた私に片桐がふりかえった。

「関根さんと詰所にいった。あんたもそっちにいったらどげんね」

野口と向かいあっている。

「片桐さんは何をしているんです」

「こいつらにもめごとを起こすなって説教しとるところたい。鉱員も組大も、ヤマにとっちゃ大事な労働力なんだ。角《つの》つきあわせたってしょんなかろう」

「何が労働力だ。会社は俺《おい》たちを安く使《つこ》うて、いらんごとなったらクビじゃねえか。組夫なんかいくらでもとりかえがきくと思っとるくせに」

江藤が小声で吐きだした。片桐が聞きとがめた。

「何がお前、アカみてえなことというな。どこでそげんご託教えてもろうた、え？」

江藤はそっぽを向いた。

「しょうがねえ、いこうぜ」

野口が江藤をうながした。江藤はしゃがんだまま片桐をにらみつけている。

「何だ、その目は」

片桐がすごんだ。野口が首をふった。

「もうよかじゃなかか」

酔いが抜けた声だった。大柄で刺青をしょってはいるが、さほど気の荒い男でもないようだ。

「気にいらねえよな。何かっていうと、鉱員の味方ばかりしやがって。大事な労働力だと思ってるなら、もっと公平に扱えよ」

江藤がぼそぼそと喋った。

「お前、外勤のやりかたに文句のあっとか。詰所くるか」

片桐は居丈高になった。

「片桐さん、この人は被害者です。そんなにムキにならんでも」

私はいった。

「何が被害者か。今日はたまたまこいつが先に殴られたが、別の場やったら、どっちが先に手をだしとったかわかったものじゃなか。そうじゃろうが、え？」

片桐は野口を向いていった。

「もうよかじゃなかですか。一番痛い思いしたのは、こいつですけん」

江藤を抱えるようにして、野口がいった。

「組夫を馬鹿にしやがって。鉱員や外勤がそんげん偉かとかよ」

江藤が吐きだした。

「何？」

片桐が聞きとがめた。

「やめとけよ」

野口が江藤の肩をゆすった。

「腹が立つんだよ！　こいつらいつでん、鉱員の肩ばかりもちやがって」

江藤の声は半泣きだった。

「いいか、よう聞け。この島はな、会社と鉱員でもってんだよ。食堂も酒場も、本来は、鉱員のための施設で、昔は組夫なんざ足も踏み入れられなかったんだ。組夫が飯を食うのは飯場と決まってた。それを今の鉱長が、全島仲よくやろうってんで、入ってもいいことにして下さったんだよ。図に乗ってるんじゃない。組夫には組夫の分《ぶん》ってものがあるんだ」

片桐がいうと、野口がむっとした。

「そこまでいうことはねえだろうが。俺《おい》たちは奴隷じゃねえ」

「奴隷じゃなかさ。嫌ならいくらでもでていく自由があるばい。そうやろうが」

片桐がいい返すと、野口は黙った。

「この島がそういうところだってのを、お前ら、百も承知で稼ぎにきとっとやろうが。文句があるなら、でていくか、鉱員になるか、すりゃあいいんだ。まあ、難しかろうけどな」

「覚えてろ」

江藤が吐きだした。

「お前こそ覚えとけ。アカの組夫がいるって会社に報告するからな」

野口は江藤の腕をひっぱった。

「いこうぜ。飯場で飲み直そうや」

江藤は尚も、片桐をにらんでいる。陰険で憎しみのこもった目だった。

それでも二人が離れていくと、私はほっと息を吐いた。片桐が私をふりかえった。

「なんだ、おっかなかったのか」

「そうじゃありません。組夫に少し厳しすぎるんではないかと思ったんです」

私はいった。お前もアカなのかと罵られるかと思ったが、

「確かにな」

と、あっさり片桐が認めたので拍子抜けした。

「俺《おい》は鉱員あがりやけん、鉱員と組夫がもめたら必ず鉱員の肩をもつと思われてる。まあ、本当のことやけどな」

片桐はいって、煙草をとりだした。マッチで火をつけた一瞬、片桐の暗い顔が浮かびあがった。

かつて、片桐の妻が浮気した、という話を私は思いだした。浮気した妻は、その相手とともに島を去った。

「鉱員はな、ここに根を生やしてる連中が大半だ。ここで働いて、嫁や子供を食わせとる。家族が暮らしやすけりゃでていく奴はいねえ。鉱員がせっせと働けば会社は儲かる。ここの石炭は質がいい。掘れば掘るほど、儲けは増えて、そのぶん鉱員への待遇もよくなる。鉱員で島はもっとるんだ。職員になって、それがようわかった。組夫なんてのは、流れ者の日雇いばかりだ。どこからきて、次はどこにいくかわかりゃせん。そんなもんと鉱員を同じには扱えん。そんなきれいごとをしとったら、ヤマが駄目になっちまう」

「でも恨みを買います」

いわずもがなのことを私はいった。

「いいとさ、それで。外勤係の仕事なんやから。怠け者の鉱員のケツを叩いて、ノソンボをさせない。酔っぱらった鉱員と組夫が喧嘩したら、仲裁に入るが、鉱員の味方をしてやる。そうしなけりゃ、ここだってアカの組合がのさばるようになっていく。そうなりゃ、会社は待遇を悪くする。家賃もあげて、購買への補助もなくすだろう。人が減れば、ヤマの稼働率も下がるから、さらに悪くなる。鉱員にはな、ここはいいところだって、いつも思とってもらわんば、しょうがないんだ」

片桐は煙を吐きながら喋った。

私は首をふった。何といい返してよいかわからなかった。片桐のいっているのが〝正論〟なのだろう。炭鉱として能力を失ったら、この島の存在価値も失われる。外勤係という、特殊な身分は、まさにそれを防ぐためにあるのだ。公務員である警察官と、彼らの活動は、根本的にその目的が異なるとしかいいようがない。

「詰所に戻るぞ」

吸いさしを地面に落とし踏みにじった片桐はいった。

詰所には、岩本巡査と関根がいた。藤井という鉱員やその仲間は帰ったようだ。

「どうだった」

関根が訊ねると、

「どうってことはありません。組夫が鉱員の縄張りをうろつくなって説教して帰しました」

片桐は答えた。

「そうか。あの藤井もな、所帯でももてばちっとは落ちつくとじゃろうが。飲むと喧嘩ばかりしとる」

苦々しげに関根は吐きだした。

「飲まなけりゃ、ノソンボもしないし、いい鉱員なのだがな」

「前にも組夫ともめたことがあるのですか」

私は訊ねた。

「別に組夫とは限らない。鉱員どうしの喧嘩も起こしている。酒癖が悪い」

関根は答えた。

「それよりあの江藤って組夫ですが、アカをかじってるようなことをいってました。労組が送りこんだスパイかもしれません」

片桐がいうと、岩本巡査が目をみひらいた。

「それは本当ですか」

岩本巡査は私を見た。

「荒巻くんもそんな印象をもったかね」

「いや、そこまできちんと共産主義を勉強したという印象はありませんでした。売り言葉に買い言葉というていどで」

岩本巡査はそれでも不安そうに、関根をふりかえった。

「炭労も、ここでは積極的なオルグはやらん方針だと聞いていますが」

「詳しいことまではわからんが、当分その江藤という組夫からは目を離さんほうがいいかもしれん」

関根も深刻な表情になっていった。

「俺《おい》が見ておきますよ。だいたい、電気技師並の腕があるのに、組夫で入ってきているってのが、どうも怪しか」

片桐がいった。

「きちんとした資格をもっているわけではないのですが、知識があって器用なのだそうです」

私がいうと、岩本巡査が訊ねた。

「荒巻くんは誰からそれを？」

「小宮山さんです」

「金太郎か。あいつもいたら、もっと面倒になったたな」

片桐が吐きだした。

「小宮山さんがいたら、藤井という鉱員も手をださんかったのではありませんか」

私はいった。小宮山は組夫たちから「頭《かしら》」と呼ばれ、貫禄がある。いくら酒癖の悪い鉱員でもつっかかることはしないだろう。

関根が顔をしかめた。

「確かにそうかもしれんがな……」

そのいいかたが気になった。組夫をまとめる立場の小宮山は、外勤係にとっても必要な存在の筈だ。

「何か、小宮山さんに問題でも？」

私が訊くと、関根は首をふった。

「いいや、そういうことじゃない。お巡りさんはあまり考えんでいい」

「気になります」

「これは会社の立場の問題だ。金太郎は、島に長くいる。長くいる奴は重宝だが、場合によっちゃ目障りにもなるんだ」

片桐がいった。目障りとはどういう意味だろうか。私がそれを訊ねようとすると、関根がいった。

「よか、よか。そういう面倒なことは説明せんで。とりあえず、喧嘩はおさまったんだ。お巡りさんたちも派出所に戻って下さい」

私はまだ腑に落ちなかったが、岩本巡査が腰をあげた。

「了解しました。どうもご苦労さまでした」

「ご苦労さんです」

関根が頷き、それ以上の会話はつづけづらい雰囲気になった。

私はしかたなく、岩本巡査と16号棟の外勤詰所をあとにした。左手にある派出所に向けて歩きだす。

「今夜のようないさかいはたまにある。荒巻くんもあまり目くじらを立てんことだ。傷害罪だの何だのといっていたらキリがない」

岩本巡査が歩きながらいった。派出所に戻ると、私は訊ねた。

「さっきの片桐さんの言葉の意味がわかりません。長くいる組夫は、重宝するが目障りなのだという。岩本さんはわかりますか」

「うん？」

岩本巡査はあいまいな返事をして、ヤカンから急須に湯を注いだ。

「私がやります」

茶を淹れるのは、私がかわった。

すわった岩本巡査の前に湯呑《ゆの》みをおいた。

大声をだし、汗もかいたので、ぬるい茶がうまかった。岩本巡査も同じのようで、二人して、たてつづけに二杯の茶を飲んだ。

岩本巡査が煙草に火をつけた。

「片桐さんは、この島にとって鉱員は大切で、日雇いの組夫とはいっしょにはできない、といいました。それはわかるのですが、組夫から信頼されている小宮山さんが目障りになる理由がわかりません」

　私は岩本巡査の向かいに腰をおろし、いった。岩本巡査はしばらくのあいだ沈黙していたが、口を開いた。

「この島が特殊だ、ということは、荒巻くんもわかってきたと思う。今日のように角をつきあわせるときがあっても、職員、鉱員、組夫は、この狭い場所で生きていかなければならない。それは我々公務員も同じだ。彼らといさかいを起こせば、職務の遂行にたちまち支障をきたす」

　私は無言で頷いた。

「その中にあって、組夫というのは、最も不安定で、つきあいの難しい連中だ」

「だからこそ組夫頭の役割が重要になるのではありませんか。出入りの激しい組夫ひとりひとりの癖をつかんでいるのは、組夫頭しかいないでしょう」

　私は岩本巡査を見つめた。

「その通りだ。しかもそれは腹のすわった者でないと難しい。凶状もちの組夫でも従わせられるだけの貫禄がいる」

　岩本巡査はいった。

「だったら小宮山さんはぴったりだと思うのですが」

「小宮山は確かに組夫頭としては立派な仕事をしている。小宮山のいうことを聞かない組夫は、おそらくいないだろう。だがそれは会社にとっては、決して歓迎できることではないんだ」

「なぜです？」

「組夫たちの給料を払っているのは誰だ？」

「会社です」

答えてから私は気づいた。出稼ぎや日雇いでやってくる組夫たちは、会社に忠誠心をもちにくい。給料をくれるのは会社であっても、直接の指示を下すのは組夫頭である。

「職員は、組夫のひとりひとりに命令はしない。小宮山に全体の管理を任せている。小宮山が、鉱場での組夫の仕事を見て、誰に何をやらせればいいかをわかっているからだ。職員が直接組夫に指示を下したら、場合によっては従わない者もいるだろう。小宮山はその点、うまく組夫を束ねてはいるが、束ねすぎだという意見もあるようだ。小宮山の立場がこれ以上重くなると、会社はすべて小宮山に頼らなければならない」

「つまり、小宮山さんへの、組夫たちの信頼があつすぎるという意味ですか」

岩本巡査は頷いた。

「鉱員にはできないが、小宮山を職員にとりたてようかという話もあったようだ。外勤係にして、会社にとりこめば、組夫の管理がしやすくなる、と考えた人がいたらしい」

「どうなったのです？」

「まず今いる外勤係が反対した。小宮山が外勤係になると、組夫の肩をもつかもしれない。そうなったら、鉱員の不満がつのるというのだ。それに加えて、小宮山自身が断った」

「断った？」

「自分はＭ菱の社員になどなれるような、立派な人間ではない、と。聞いた話だがね」

私は息を吐いた。

「このことは秘密だったが、いつのまにか古顔の組夫には知れ渡った。それがより、小宮山の立場を重くした」

組夫にとって、ますます頼れる「頭」になったのは想像に難くない。

「だが会社としては、小宮山を使いづらくなった。組夫頭が職員と同等か、それ以上の影響力を、この島の一部の集団に対してもつというのは、かなり困ったことなんだ」

「といって小宮山さんをクビにしたら、組夫がいっせいに反発するでしょうしね」

岩本巡査は頷いた。

「その通りだ。小宮山が自発的にこの島を去るか、去るよりない失態でも起こしてくれればいい、と考えている人はいる」

小宮山には家族がいない。だから家族を理由に離島することは考えられない。体を壊すか、何か不祥事を起こしてもらいたい、というわけだ。

「不人情な考え方ですね」

「確かに、な。だがこの島がひとつの会社のもちものであることを思うと、小宮山のような突出した存在は厄介になるのだろう。ある意味、労組の教宣活動より始末が悪い。イデオロギーではなくて、人情でつながっているだけに」

「小宮山さんは、自分が会社にそういう目で見られているのを知っているのでしょうか」

「さあ。老獪《ろうかい》な男だから、知っていても、知っているとは見せないだろう。あくまで組夫頭の仕事をつとめているふりをするのではないかな。まあ、そんな男だからこそ、あれだけ組夫を束ねられるのだろうが」

「そういえば――」

私はいいかけ、黙った。長谷川が、警視庁の元刑事であったと、岩本巡査に告げようかと迷ったのだ。

「何かね」

「いえ。今日のことについて、小宮山さんと話をしたほうがよいかなと思ったのですが」

告げないことにした。今日の今日では、親の見舞にいったという嘘がばれてしまう危険がある。

「その必要はないだろう。さっきもいったが、このていどのもめごとは珍しくない。病院にいくほどの怪我でもなかったようだし、君が話すと、かえって大ごとになる」

「大ごと、ですか」

「警察官が味方だと、妙な勘ちがいをさせてしまうかもしれない」

「味方にはなりませんが、敵にもならないつもりです」

私が答えると、岩本巡査は息を吐いた。

「荒巻くんは公正中立であろうとつとめているのだろうが、正直なことをいうと、それはあまり賢明とはいいえん態度だ」

「会社寄りに立ったほうがいいといわれるのですか」

「会社寄りというか、鉱員寄りだな。片桐さんが君にいったように、鉱員の働きで、この島は成り立っている。組夫にも公平に接するというのは、人間としては立派だが」

「いわれることはわかります。ただ、公務員である自分と、M菱の社員である片桐さんたちとが同じ考え方をするのは――」

私はいい淀んだ。岩本巡査は顔を上げた。

「抵抗がある、か」

「はい。正直、特に組夫が虐げられているとまでは思っていません。ただ外勤係や一部の鉱員が、組夫に対して一段下の人間であるかのような言動をとることに対しては疑問を感じています」

「だからといって、それを改めさせるのは警察官の仕事ではない」

私は頷いた。岩本巡査は難しい顔で頷き返した。

「片桐さんは君によくしてくれている。彼に限らず、外勤係や鉱員は、君を受け入れようとしている。ひるがえって、組夫はどうか。無関心であるか、警官というだけで敵視する者が多い」

「ではうかがいたいのですが、今日のようなもめごとで、被害者が逆、つまり大きな怪我を負うのが鉱員であった場合、どう対処すべきなのでしょうか」

同じようにうやむやですますのか。それとも鉱員が怪我をさせられた場合は逮捕するのか、それを知りたかった。

岩本巡査は答えなかった。

「仮の話ですが、江藤が藤井に仕返しを働き、怪我を負わせたとします。それでもし江藤を逮捕したら、組夫は反発するでしょう」

「よほど大きな怪我をさせたとなれば別だろうが、そうでなければ外勤詰所の判断に任せることになるな」

結局は、すべて外勤詰所の判断に任せるのか。私は苦い気持ちになった。

「もちろん、そんなことになれば江藤はクビだ。この島にはいられなくなる。逮捕されるよりそのほうが、江藤にはこたえるだろう」

逮捕しろ、と訴えがあったら、どうするのですかと訊こうかと思い、私はやめた。岩本巡査を責めたいわけではない。岩本巡査は先輩としての親切心で、この島でのありかたを説いてくれているのだ。

「ときに、お父さんの具合はどうだった?」

岩本巡査が話題をかえた。

「おかげさまで大事はありませんでした。ご心配をおかけして申しわけありません」

私はいった。うしろめたさを感じた。

「いや、それならよかった。では私は、宿舎に戻ることにするよ」

時計をのぞき、岩本巡査は立ちあがった。

「お疲れさまでした」

私は敬礼した。

岩本巡査が派出所をでていき、私はひとりになった。

ひとりになって落ち着くと空腹に気づいた。晩飯を食べていなかったのだ。パンなどを買いにいくには店が閉まっている。しかたなく茶を飲むことにした。

午前零時になろうという時間、うとうととしていた私は、派出所の前に立つ人影にはっとした。

目をこらすと、関根だった。開け放っていた派出所の戸をくぐり、関根が入ってきた。手に包みをもっている。

「先ほどはご苦労さん」

「いえ」

とまどっている私に、関根が包みをさしだした。

「差し入れだよ。よかったら食ってくれ」

アンパンだった。

「詰所にいっぱい届いたんだ」

「ありがとうございます。茶を淹れます」

私は立ちあがった。関根は頷き、椅子に腰をおろした。

先ほどの件で、小宮山に対する会社側の考えに私が疑問を抱いたと思い、懐柔にきたのだろうか。

「岩本さんは？」

「宿舎に戻られました」

「今日は暑いな。そよとも風がない」

「確かに。こんなときはヤマも暑いでしょうね」

「ああ、地獄だな。それでも仕事のあとの風呂とビールを励みに、みんな働いているよ」

関根はいって、茶をすすった。

「関根さんは鉱場におられたこともあるのですか」

「いた。外勤になったのは五年前で、それまではずっと、ヤマに入っていた」

「すると八年前の災害のときはヤマにいらしたのですか」

「よう知っとるね。岩本さんから聞いたのか。いや、岩本さんもまだあんときはいないか」

「島のことをいろいろ知ろうと思って、古い記録を読んでいるんです。そこにでてきました。五名が亡くなったそうですね」

「ああ。鉱員が四名と、私と交代したばかりの巡視の職員が一名、やられた。あれはひどい災害だった」

関根は顔をしかめた。

「六盤下の右二立入だ。メタンガスといっしょに八百トンもの石炭が噴きだしたんだ。死んだ五人が生き埋めになった上に、その奥で作業しておった二十一人が坑道に閉じこめられた」

「そんな大変な災害だったのですね」

「T島からも応援隊がきたんだが、噴きだした石炭というのが、粉というか、煙のような細かい粒で、風管がそれで詰まってしまって下に空気が送れんようになった」

「どうしたのです？」

「圧力水を風管に流しこんで、詰まりをとばした。それでまあ、二十一人は助かった。最初に生き埋めになった五人は駄目だった」

私は頷いた。

「ヤマで亡くなるのも悲しいが、父ちゃんが死ぬと、家族は島におられんごとなる。ここの住居はすべて会社の寮なんで、でていかなけりゃならん。それは哀れなものだ。大黒柱に死なれた上に、子供も友だちと別れなければならんのだからな」

そうして空いた部屋に、会社は新しい鉱員を住まわせるというわけだ。採炭の能力を維持していくためにはしかたがないことなのだろうが、父親を失い、住居までもおわれる家族にしてみれば、つらい思いしかない。

「でかい月がでておった」

ため息とともに関根がいった。

「でかい月？」

「ああ。災害のときだ。櫓の上にまん丸いお月さんがでておったのを、よく覚えている」

「満月だったのですか」

関根は頷いた。

私は不意に暑さを感じなくなった。昭和二十六年のガス突出災害の前日に、職員芹沢荘吉の娘弘子十三歳が、メガネ外の岩場に倒れて死んでいるのが発見された。災害の日が満月であったなら、その前夜もかなり大きな月がでていたことになる。

「関根さん」

関根は私を見直した。

「何だい」

「記録を読んでいて知ったのですが、その災害の前日、職員の芹沢さんという人の娘さんが死んでいるのが見つかったそうですね」

「芹沢……」

関根は瞬きし、宙を見やった。覚えていないのだろうか。私は固唾を呑む思いで彼の記憶が戻るのを待った。

「ああ！」

大きな声を関根はだした。

「そういえば、そんなことがあった。上の娘さんだ。生まれつき、ちょっと弱い子でな、学校もあまりいかんと、あちこちをうろついておった。その子が確か、そうだ。あのガス災害の前の日に亡くなっておった」

関根は驚いたように私を見た。

「災害の大騒ぎで、すっかり忘れていた。そうそう、14号棟におった子だ」

「芹沢さんは転勤されたのですか」

関根は頷いた。

「筑豊炭田にいかれた。もう停年になったのじゃないかな。ああ、思いだした、思いだした。あのときは、釣りにいった鉱員が、岩場にひっかかっている娘さんを見つけたんだ。俺《おい》はまだ外勤じゃなかったから、詳しいことはわからんが、あれで鉱場への立ち入りがやかましゅうなった」

「やかましゅうなった、とは？」

「それまでは、鉱員や職員の家族が弁当を届けたりとか、わりと簡単に鉱場に入ってきよった。家族だから、どこが危ないかもあるていどわかっておるじゃろうということで。だがあのあと、鉱長が、事故には気をつけよ、と立ち入りを禁止した」

「すると芹沢さんの娘さんは、鉱場内で亡くなったのですか」

「いや、そうではなかったと思う。メガネは、鉱場とは離れている。ただあの娘さんは、ふらふらする癖があって島のあちこちに出入りしておった。みんなそれを知っていたが、まあ、見て見ぬフリをしたというか、そういう子だからしかたがないと思っていたんだ。だが、今後事故が起こらないよう、厳しくしなければならん、となった」

「それまでは、鉱場に女子供が出入りすることがあったとですね」

「あったな。もちろんコンベアの付近とか積みだし場の周囲には近づけんかったが、貯炭場などは子供たちが遊び場にしていた」

「亡くなられた娘さんについて、何かご存じですか。弘子さんという名だったようですが」

関根は不意に鋭い目になった。

「何を考えている」

「何を、とは？」

「あんたの読んだ記録にはどこまで書いてあったのかね」

関根は何かを知っている。私は脈が早まるのを感じた。

「少しですが、記録以外の記述もありました。娘さんの素行について」

深谷看護婦から聞いたとはいえない。それであえて嘘をついた。その記録を見せろといわれたら、警察資料なのでできないと拒むつもりだった。

「そうか」

関根は息を吐いた。

「あれは、ひどい話だ。組夫だけじゃなく、鉱員の中にもいたずらしておる者がいたらしい」

「関根さんも知っておられたのですね」

「ああ、知っていた。おそらく若い鉱員や組夫は、皆知っていたろう。あの子はいつもにこにこして、人なつこい娘やった。菓子をやれば、すぐついてくる。鉱場でそう話していた鉱員を俺は殴りつけたことがある」

「その鉱員の名は何というんです？」

関根は驚いたように目を上げたが、すぐに首をふった。

「いうわけにはいかん。だがもう生きちゃおらん。病気で亡くなった」

私は息を吐いた。手がかりにはならない。

「ご両親はそれを知っていたのですか」

「さあな。知ってはいたろうが、家に閉じこめておくわけにもいかず、困っとったろう。万一、孕みでもしたら、大ごとになったかもしれんが」

するとと妊娠のことまでは知らないのだ。私は身をのりだした。

「これは警察官として知っておきたいのですが、その亡くなった鉱員以外で、芹沢弘子さんと交渉をもっていた者を、誰か知りませんか」

関根は目をみひらき、私を見つめた。

「今も島にいる人です。そういう不心得な人間について、知っておきたいのです。もちろん今さら当人にどうこうということは考えていませんが」

関根は深々と息を吸いこみ、黙りこんだ。どうやら知っているようだ。険しい表情になっていた。私は関根の顔を見つめた。

「八年だ」

やがて関根はいった。

「当時は若くて、恥を知らなかった者でも、今は所帯をもってまともにやっている。ましてや、当の娘さんがあんなことになって、後悔しておらん筈はない。悪いが、教えるわけにはいかん」

「組夫ならどうです？」

「八年も前から島におる組夫など、金太郎くらいだ」

「小宮山さんですか」

「まあ、奴がそんなことをしておったとは、さすがに俺も思わん」

私は頷いた。関根は鋭い目で私を見た。

「お巡りさんは何を疑っとるんだ」

私は目をそらした。

「先月のことと、何か関係があるとでも疑っとっとか」

「なぜ、そう思うのです？」

私は訊ね返した。

「考えてみると、死んだのは二人とも十三歳の娘で、場所こそちがえ、海で見つかったのも同じだ。警官なら疑っておかしくはなか」

「気にはなっています」

私はいった。関根が何と答えるか、知りたい。

「偶然だ」

関根は吐きだした。

「たまたまその年頃の娘が死んだだけだ」

「そうでしょうか」

「それに、何のためにそんなことをする？」

「そんなこととは？」

私が訊くと、関根はにらんだ。

「決まっておる。誰かが殺《あや》めたのじゃないかと疑っとるんだろう」

「ちがうのでしょうか」

「ちがう」

関根は断言した。

「いいか。この島には、五千人以上の人間が住んでおるんだ。それだけ人がいれば、毎年、病気や年をとって死んでいく者が何人かはいる」

「二人の娘さんは、病気で死んだわけではありません」

「事故だとしても、だ。八年で二人だ。それがたまたま同い年だったからといって、無理に人殺しの疑いをかけるのか」

一致しているのは年齢だけではない。満月と、髪を切られていた、という共通点もある。

が、関根にそれを教えるわけにはいかなかった。彼も八年前にこの島にいた以上、〝容疑者〟のひとりだ。

「無理に人殺しの疑いをかけてはいません」

「かけとるだろう。もし俺が、芹沢さんとこの娘さんにいたずらをした人間の名をいったら、その者を疑うつもりだったのではないか」

「それは、否定しません」

関根は首をふった。

「そんな真似をしたら、島がどんなことになると思う。その者を、島中の人間が疑うのだ。その者はもちろん、家族も、この島では暮らしてはいけん。それで、その者が人殺しではなかったら、誰が責任をとれる？　あんたはとれるのか」

それには返す言葉がなかった。

「考えてもみろ。八年前も今も、人殺しをするような者が、おとなしくひとところに、それもこんな小さな島に、住んどられるか。ありえんことじゃ」

私だってそう思わないではない。だが、被害者の切られた髪と満月が、どうしても疑いを捨てさせないのだ。

しかし、それを口にすることができない以上、ここはいいくるめられたふりをするしかなかった。

「確かにその通りです」

「そうじゃろう。人殺しがのうのうと、自分の正体を隠して暮らしていけるほど、この島は広くない。人の目や耳がここほど、どこにでもあるところはなか」

それにには同感だった。私は頷いた。

「あんたは若い。若い警官は何でも大事件にしたがるんじゃないとかね。岩本さんは、もっと落ちついておる。見習ったらどうかな」

岩本巡査は外勤詰所を頼りすぎだ。だがそう、当の外勤係である関根にいうわけにはいかない。

私は無言でいた。それを不服の証ととったのか、関根は息を吐いた。

「よく考えることだ。岩本さんは、奥さんもおられるんで、早くこの島に馴染んだ。あんたはひとり身だから、あれこれと想像をふくらませるのかもしれん」

「この島の皆さんの生活を乱そうと考えているわけではありません」

「あたり前だ。この島は、炭鉱で成りたっている。採炭が、何より優先される。それを妨げるような者は、何人《なんぴと》であれ、でていってもらう」

激しい口調で関根はいった。

「それはお巡りさんでも同じだ。会社から警察のお偉いさんにかけあってもらうこともできる。それを、肝に銘じておいてもらおうか」

威《おど》している。私は恐れより先に、驚きを感じた。

「いいかね」

確かめるように関根はいった。

「わかりました」

「本当にわかっとるなら、芹沢さんの娘さんの話は、二度とせんことだ。いいな」

なぜそこまでこだわるのだろうと考え、私ははっとした。八年前も今もいる島の住人の中には、鉱員だけでなく、職員も含まれる。

芹沢弘子によからぬ行いをしていたのは鉱員や組夫だけではなかったのではないか。関根はその人物をかばおうとしているのだ。

かえって、私の中にその疑いがふくらんだ。

私は関根の目を正面から見た。

「関根さんが誰かをかばって、そうおっしゃっているのではないことを、心から願います」

「何をいう」

関根の目に動揺が浮かぶのを、私は見逃さなかった。やはりそうなのだ。

「俺が誰をかばっているというんだ」

私と関根はにらみあった。

そのときだった。派出所の電話がけたたましく鳴りひびいた。

滅多に鳴ることのない電話だ。何の音か、すぐにはわからなかったほどだ。

気をとりなおし、

「はい、派出所です」

と、応えた。

「詰所の平内です。そっちに関根さんがいっておられる筈だが」

「お待ち下さい」

私はいって、受話器を関根にさしだした。

「電話です」

関根は無言で受けとると、耳にあてた。

「関根です」

表情が一変した。

「何ぃ!?　で、怪我は？」

どうやらただごとではないようだ。

「わかった。今、どこなんだ？」

返事を聞き、

「すぐいく」

といって、受話器をおろした。

「何があったんです」

一瞬間をおき、関根は答えた。

「片桐が刺された」

「えっ」

私は思わず声をあげてしまった。

「誰に刺されたのです？」

「わからん。だが組夫らしい。病院に担ぎこまれたということだ。これからいく」

「私もいきます」

刺されたとなれば、単なる喧嘩ではすまない。傷害事件だ。

さすがに関根もくるなとはいわなかった。

岩本巡査に知らせるべきかどうか迷った。

が、怪我のていどと犯人がわかってからでも遅くはないと思い直した。

関根とともに派出所をでて、病院に向かった。腕時計をのぞく。午前零時四十分だった。


（下巻へつづく）

この作品は二〇一三年九月に毎日新聞社より単行本として、二〇一五年十月に講談社ノベルスとして刊行されたものを文庫化に際し二分冊にしました。

|著者| 大沢在昌　1956年、愛知県名古屋市出身。慶應義塾大学中退。'79年、小説推理新人賞を「感傷の街角」で受賞し、デビュー。'86年、「深夜曲馬団」で日本冒険小説協会大賞最優秀短編賞。'91年、『新宿鮫』で吉川英治文学新人賞と日本推理作家協会賞長編部門。'94年、『無間人形　新宿鮫Ⅳ』で直木賞。2001年、'02年に『心では重すぎる』『闇先案内人』で日本冒険小説協会大賞を連続受賞。'04年、『パンドラ・アイランド』で柴田錬三郎賞。'10年、日本ミステリー文学大賞を受賞。'14年には『海と月の迷路』（本書）で吉川英治文学賞を受賞した。

大沢在昌公式ホームページ「大極宮」
http://www.osawa-office.co.jp/

海《うみ》と月《つき》の迷路《めいろ》（上）

大沢在昌《おおさわありまさ》

講談社文庫
定価はカバーに
表示してあります

2016年10月14日第1刷発行

発行者――鈴木　哲
発行所――株式会社　講談社
東京都文京区音羽2-12-21　〒112-8001
電話　出版　(03) 5395-3510
　　　販売　(03) 5395-5817
　　　業務　(03) 5395-3615

Printed in Japan

デザイン―菊地信義
本文データ制作―講談社デジタル製作
印刷―――株式会社廣済堂
製本―――株式会社国宝社

ISBN978-4-06-293508-1

講談社文庫刊行の辞

二十一世紀の到来を目睫に望みながら、われわれはいま、人類史上かつて例を見ない巨大な転換期をむかえようとしている。

世界も、日本も、激動の予兆に対する期待とおののきを内に蔵して、未知の時代に歩み入ろうとしている。このときにあたり、創業の人野間清治の「ナショナル・エデュケイター」への志を現代に甦らせようと意図して、われわれはここに古今の文芸作品はいうまでもなく、ひろく人文・社会・自然の諸科学から東西の名著を網羅する、新しい綜合文庫の発刊を決意した。

激動の転換期はまた断絶の時代である。われわれは戦後二十五年間の出版文化のありかたへの深い反省をこめて、この断絶の時代にあえて人間的な持続を求めようとする。いたずらに浮薄な商業主義のあだ花を追い求めることなく、長期にわたって良書に生命をあたえようとつとめるところにしか、今後の出版文化の真の繁栄はあり得ないと信じるからである。

同時にわれわれはこの綜合文庫の刊行を通じて、人文・社会・自然の諸科学が、結局人間の学にほかならないことを立証しようと願っている。かつて知識とは、「汝自身を知る」ことにつきていた。現代社会の瑣末な情報の氾濫のなかから、力強い知識の源泉を掘り起し、技術文明のただなかに、生きた人間の姿を復活させること。それこそわれわれの切なる希求である。

われわれは権威に盲従せず、俗流に媚びることなく、渾然一体となって日本の「草の根」をかたちづくる若く新しい世代の人々に、心をこめてこの新しい綜合文庫をおくり届けたい。それは知識の泉であるとともに感受性のふるさとであり、もっとも有機的に組織され、社会に開かれた万人のための大学をめざしている。大方の支援と協力を衷心より切望してやまない。

一九七一年七月

野間省一

講談社文庫 最新刊

高野秀行
角幡唯介
地図のない場所で眠りたい
〝探検部〟出身のノンフィクション作家二人が、自身の〝根っこ〟を語り合った対談集！

西尾維新
本題〈西尾維新対談集〉
西尾維新が第一線で活躍する表現者5人と創作について語る、刺激に満ちた必読対談集。

平岩弓枝
新装版 **はやぶさ新八御用帳㈠**〈大奥の恋人〉
辻斬りの下手人を追う新八郎は、大奥に不穏な動きがあることを知る。人気シリーズの原点。

酒井順子
泣いたの、バレた？
「泣き様」が「生き様」を語るこの時代。涙上手は誰？「週刊現代」人気連載第9弾。

吉川トリコ
ぶらりぶらこの恋
るり子は恋人と2年前から同居している。でも、他に気になる人ができてしまって——。

石川宏千花
お面屋たまよし 彼岸ノ祭
人が人ならぬものと化す、妖《あや》しい面があるという。人の心の強さともろさを描く人気シリーズ。

池永陽
炎《えん》を薙《な》ぐ
江戸で起きた猟奇殺人事件。心優しい貧乏浪人・由比三四郎が「秘剣《ひけん》・氷柱折《つららお》り」で難敵に挑む。

山田芳裕
へうげもの 十一服
天下分け目の関ヶ原、男たちの激しい業が、生死の狭間で爆発。大混戦文庫版第11弾！

山田芳裕
へうげもの 十二服
徳川幕府誕生。しかし揺るぎない地位を築く織部に、破滅の予兆が!? 大進撃文庫版第12弾！

C・J・ボックス
野口百合子 訳
狼の領域
猟区管理官ジョー・ピケットは、山奥で不審な双子の兄弟と出会い、思わぬ攻撃に遭う！

ジョージ・ルーカス 原作
テリー・ブルックス 著
上杉隼人／大島資生 訳
スター・ウォーズ〈エピソードI ファントム・メナス〉
ベイダー誕生の秘密を描く新三部作が新訳で登場。少年アナキンの活躍と運命の出会いとは——。

講談社文芸文庫

湯川秀樹
湯川秀樹歌文集
細川光洋選

日本初のノーベル賞受賞者は、古典漢籍に親しみ、好んで短歌を詠んだ。理論物理学者としての業績とは別の、人間味溢れる姿を伝える随筆と歌集「深山木」を収録。

解説=細川光洋
ゆC1
978-4-06-290325-7

鈴木大拙
スエデンボルグ

キリスト教の神秘主義神学者・スエデンボルグの主著『天界と地獄』の翻訳に続き、安易な理解を拒絶するその思想の精髄を、広く一般読者に伝えるために著した評伝。

解説=安藤礼二　年譜=編集部
すE2
978-4-06-290324-0

講談社文芸文庫編
個人全集月報集
武田百合子全作品／森茉莉全集

武田泰淳の妻で後に『富士日記』などのエッセイで読者を魅了した武田百合子と、森鷗外の長女で今も多くの愛読者をもつ森茉莉。二人の女性作家の魅力的な横顔。

こJ41
978-4-06-290326-4

講談社
文芸文庫
ワイド

不朽の名作を
一回り大きい
活字と判型で

安岡章太郎
月は東に

戦後が強いる正しさとは一線を画す個人の倫理を模索する傑作長篇。

解説=日野啓三　作家案内=栗坪良樹
（ワ）やC1
978-4-06-295508-9

大沢在昌　新装版 走らなあかん、夜明けまで
大沢在昌　新装版 涙はふくな、凍るまで
大沢在昌　語りつづけろ、届くまで
大沢在昌　罪深き海辺(上)(下)
大沢在昌　やぶへび
大沢在昌 C・ドイル原作　バスカビル家の犬
逢坂　剛　コルドバの女豹
逢坂　剛　スペイン灼熱の午後
逢坂　剛　十字路に立つ女
逢坂　剛　ハポン追跡
逢坂　剛　まりえの客
逢坂　剛　あでやかな落日
逢坂　剛　カプグラの悪夢
逢坂　剛　イベリアの雷鳴
逢坂　剛　クリヴィツキー症候群
逢坂　剛　重《じゅう》蔵《ぞう》始《し》末《まつ》
逢坂　剛　じぶくり伝兵衛〈重蔵始末(二)〉
逢坂　剛　猿曳遁兵衛〈重蔵始末(三)〉
逢坂　剛　嫁盗み〈重蔵始末(四)長崎篇〉
逢坂　剛　陰の声〈重蔵始末(五)長崎篇〉
逢坂　剛　北門の狼〈重蔵始末(六)蝦夷篇〉
逢坂　剛　逆浪《げきろう》果つるところ〈重蔵始末(七)蝦夷篇〉
逢坂　剛　遠ざかる祖国(上)(下)
逢坂　剛　牙をむく都会(上)(下)
逢坂　剛　燃える蜃気楼(上)(下)
逢坂　剛　墓石の伝説
逢坂　剛　新装版 カディスの赤い星(上)(下)
逢坂　剛　暗い国境線(上)(下)
逢坂　剛　鎖《とざ》された海峡
逢坂　剛　暗殺者の森(上)(下)
逢坂　剛　さらばスペインの日日(上)(下)
逢坂　剛 M・ルブラン原作　奇巌城
オノ・ヨーコ 飯村隆彦編　ただの私《あたし》
オノ・ヨーコ 南風椎訳　グレープフルーツ・ジュース
折原　一　倒錯のロンド
折原　一　水の殺人者
折原　一　黒衣の女
折原　一　倒錯の死角〈201号室の女〉
折原　一　101号室の女
折原　一　異人たちの館
折原　一　耳すます部屋
折原　一　倒錯の帰結
折原　一　蜃気楼の殺人
折原　一　叔母殺人事件〈偽りの館〉
折原　一　叔父殺人事件〈グッドバイ〉
折原　一　天井裏の散歩者〈幸福荘殺人日記①〉
折原　一　天井裏の奇術師〈幸福荘殺人日記②〉
折原　一　タイムカプセル
折原　一　クラスルーム
折原　一　帝王、死すべし
大下英治　一を以って貫く〈人間小沢一郎〉
大橋巨泉　巨泉〈人生の選択〉
大橋巨泉　巨泉流 成功！海外ステイ術
太田忠司　紅《べに》天蛾《すずめ》〈新宿少年探偵団〉
太田忠司　鴇色の仮面〈新宿少年探偵団〉
太田忠司　まぼろし曲馬団〈新宿少年探偵団〉
太田忠司　黄昏《たそがれ》という名の劇場

講談社文庫　目録

勝目 梓　柔肌は殺しの匂い
勝目 梓　赦《ゆる》されざる者の挽歌
勝目 梓　毒 と 蜜
勝目 梓　秘 と 戯
勝目 梓　鎖 の 闇
勝目 梓　呪　　縛
勝目 梓　恋　　情
勝目 梓　覗 く 男
勝目 梓　小 説 家
勝目 梓　死《し》に支《じ》度《たく》
勝目 梓　ある殺人者の回想
鎌田 慧　空　港〈25時間〉
鎌田 慧　新装増補版 自動車絶望工場
鎌田 慧　橋の上の「殺意」〈畠山鈴香はどう裁かれたか〉
鎌田 慧　残　夢〈大逆事件を生き抜いた坂本清馬の生涯〉
桂 米朝　米 朝 ば な し〈上方落語地図〉
笠井 潔　梟《ふくろう》の巨《おお》なる黄昏《たそがれ》
笠井 潔　群 衆 の 悪 魔〈デュパン第四の事件〉
笠井 潔　ヴァンパイヤー戦争《ウォーズ》1〈吸血神ヴァーオゥの復活〉

笠井 潔　ヴァンパイヤー戦争《ウォーズ》2〈月のマジックミラー〉
笠井 潔　ヴァンパイヤー戦争《ウォーズ》3〈妖僧スペシネフの陰謀〉
笠井 潔　ヴァンパイヤー戦争《ウォーズ》4〈魔獣ドゥゴンの跳梁〉
笠井 潔　ヴァンパイヤー戦争《ウォーズ》5〈謀略の礼部クーデタ〉
笠井 潔　ヴァンパイヤー戦争《ウォーズ》6〈秘境アフリカの女王〉
笠井 潔　ヴァンパイヤー戦争《ウォーズ》7〈蛮族トゥトゥインガの逆襲〉
笠井 潔　ヴァンパイヤー戦争《ウォーズ》8〈ブドゥールの黒人王国〉
笠井 潔　ヴァンパイヤー戦争《ウォーズ》9〈ルビヤンカ監獄大襲撃〉
笠井 潔　ヴァンパイヤー戦争《ウォーズ》10〈魔神ネヴセシブの覚醒〉
笠井 潔　ヴァンパイヤー戦争《ウォーズ》11〈地球霊ガイ・ムーの聖婚〉
笠井 潔　鮮血のヴァンパイヤー〈九鬼鴻三郎の冒険1〉
笠井 潔　疾風のヴァンパイヤー〈九鬼鴻三郎の冒険2〉
笠井 潔　雷鳴のヴァンパイヤー〈九鬼鴻三郎の冒険3〉
笠井 潔　新版サイキック戦争I〈紅蓮の海〉
笠井 潔　新版サイキック戦争II〈虐殺の森〉
笠井 潔　青 銅 の 悲 劇(上)(下)〈瀕死の王〉
川田弥一郎　白 く 長 い 廊 下
川田弥一郎　江戸の検屍官 闇女

加来耕三　信長の謎〈徹底検証〉
加来耕三　義 経 の 謎〈徹底検証〉
加来耕三　山内一豊の妻と戦国女性の謎〈徹底検証〉
加来耕三　日本史勝ち組の法則500
加来耕三　「風林火山」武田信玄の謎〈徹底検証〉
加来耕三　天璋院篤姫と大奥の女たちの謎〈徹底検証〉
加来耕三　直江兼続と関ヶ原の戦いの謎〈徹底検証〉
香納諒一　雨 の な か の 犬
神崎京介　女 薫 の 旅
神崎京介　女薫の旅 灼熱つづく
神崎京介　女薫の旅 激情たぎる
神崎京介　女薫の旅 奔流あふれ
神崎京介　女薫の旅 陶酔めぐる
神崎京介　女薫の旅 衝動はぜて
神崎京介　女薫の旅 放心とろり
神崎京介　女薫の旅 感涙はてる
神崎京介　女薫の旅 耽溺《たんでき》まみれ
神崎京介　女薫の旅 誘惑おって
神崎京介　女薫の旅 秘に触れ

岳　真也　色散華
片山恭一　空のレンズ
風野潮　ビート・キッズ Beat Kids
風野潮　ビート・キッズⅡ〈Beat Kids Ⅱ〉
川端裕人　せちやん〈星を聴く人〉
川端裕人　星と半月の海
鹿島　茂　平成ジャングル探検
鹿島　茂　悪女の人生相談
鹿島　茂　妖人白山伯
片川優子　佐藤さん
片川優子　ジョナさん
片川優子　明日の朝、観覧車で
神山裕右　カタコンベ
神山裕右　サスツルギの亡霊
かしわ哲　茅ヶ崎のてっちゃん
金田一春彦・安西愛子 編　日本の唱歌全三冊
加賀まりこ　純情ババアになりました。
門倉貴史　新版 偽造・贋作・ニセ札と闇経済
門田隆将　甲子園への遺言〈伝説の打撃コーチ高畠導宏の生涯〉
門田隆将　甲子園の奇跡〈斎藤佑樹と早実百年物語〉
門田隆将　神宮の奇跡
柏木圭一郎　京都『源氏物語』華の道の殺人
柏木圭一郎　京都紅葉寺の殺人
柏木圭一郎　京都嵯峨野　京料理の殺意
柏木圭一郎　京都大原　名旅館の殺人
風見修三　修善寺温泉殺人情景〈駅弁味めぐり事件ファイル〉
梶尾真治　波に座る男たち
鏑木　蓮　東京ダモイ
鏑木　蓮　屈折光
鏑木　蓮　時限
鏑木　蓮　救命拒否
鏑木　蓮　真友
鏑木　蓮　甘い罠
川上未映子　そら頭はでかいです、世界がすこんと入ります
川上未映子　わたくし率 イン 歯ー、または世界
川上未映子　ヘヴン
川上未映子　すべて真夜中の恋人たち
川上未映子　愛の夢とか
川上弘美　ハヅキさんのこと
加藤健二郎　戦場のハローワーク
加藤健二郎　女性兵士
海堂　尊　外科医　須磨久善
海堂　尊　新装版 ブラックペアン1988
海堂　尊　ブレイズメス1990
加野厚志　幕末暗殺剣〈龍馬と総司〉
垣根涼介　真夏の島に咲く花は
川上英幸　湯船の姉弟《きょうだい》〈湯船屋船頭辰之助〉
川上英幸　丁半三番勝負〈湯船屋船頭辰之助〉
海道龍一朗　百年の亡国〈憲法破却〉
海道龍一朗　天佑、我にあり(上)(下)〈天海譚 戦川中島異聞〉
海道龍一朗　真剣(上)(下)〈新陰流を創った漢、上泉伊勢守信綱〉
海道龍一朗　乱世疾走(上)(下)〈禁中御庭者綺譚〉
海道龍一朗　北條龍虎伝(上)(下)
金澤　治　電子メディアは子どもの脳を破壊するか
樫崎　茜　ボクシング・デイ
上條さなえ　10歳の放浪記
加藤秀俊　隠居学〈おもしろくてたまらないヒマつぶし〉

講談社文庫　目録

北方謙三　新装版 余燼 (上)(下)
北方謙三　抱影
菊地秀行　魔界医師メフィスト〈黄泉姫《よみひめ》〉
菊地秀行　魔界医師メフィスト〈影斬士《えいざんし》〉
菊地秀行　魔界医師メフィスト〈怪屋敷〉
菊地秀行　吸血鬼ドラキュラ
北原亞以子　深川澪通り木戸番小屋
北原亞以子　深川澪通り燈ともし頃
北原亞以子　新地橋〈深川澪通り木戸番小屋〉
北原亞以子　夜の明けるまで〈深川澪通り木戸番小屋〉
北原亞以子　澪つくし〈深川澪通り木戸番小屋〉
北原亞以子　たからもの〈深川澪通り木戸番小屋〉
北原亞以子　降りしきる
北原亞以子　風よ聞け〈雲の巻〉
北原亞以子　贋作《うそばっかり》天保六花撰《えどのはなし》
北原亞以子　花冷え
北原亞以子　歳三からの伝言
北原亞以子　お茶をのみながら
北原亞以子　その夜の雪

北原亞以子　江戸風狂伝
岸本葉子　三十過ぎたら楽しくなった！
岸本葉子　女の底力、捨てたもんじゃない
桐野夏生　顔に降りかかる雨
桐野夏生　天使に見捨てられた夜
桐野夏生　OUT《アウト》(上)(下)
桐野夏生　ローズガーデン
桐野夏生　ダーク (上)(下)
京極夏彦　文庫版 姑獲鳥《うぶめ》の夏
京極夏彦　文庫版 魍魎《もうりょう》の匣《はこ》
京極夏彦　文庫版 狂骨《きょうこつ》の夢《ゆめ》
京極夏彦　文庫版 鉄鼠《てっそ》の檻《おり》
京極夏彦　文庫版 絡新婦《じょろうぐも》の理《ことわり》
京極夏彦　文庫版 塗仏《ぬりぼとけ》の宴《うたげ》—宴の支度
京極夏彦　文庫版 塗仏の宴—宴の始末
京極夏彦　文庫版 百鬼夜行—陰
京極夏彦　文庫版 百器徒然袋—雨
京極夏彦　文庫版 百器徒然袋—風
京極夏彦　文庫版 今昔続百鬼—雲

京極夏彦　文庫版 陰摩羅鬼《おんもらき》の瑕《きず》
京極夏彦　文庫版 邪魅《じゃみ》の雫
京極夏彦　文庫版 死ねばいいのに
京極夏彦　分冊文庫版 姑獲鳥《うぶめ》の夏 (上)(下)
京極夏彦　分冊文庫版 魍魎《もうりょう》の匣《はこ》(上)(中)(下)
京極夏彦　分冊文庫版 狂骨《きょうこつ》の夢《ゆめ》(上)(中)(下)
京極夏彦　分冊文庫版 鉄鼠《てっそ》の檻《おり》全四巻
京極夏彦　分冊文庫版 絡新婦《じょろうぐも》の理《ことわり》(一)(二)
京極夏彦　分冊文庫版 絡新婦《じょろうぐも》の理《ことわり》(三)(四)
京極夏彦　分冊文庫版 塗仏《ぬりぼとけ》の宴《うたげ》 宴の支度《したく》(上)(中)(下)
京極夏彦　分冊文庫版 塗仏《ぬりぼとけ》の宴《うたげ》 宴の始末《しまつ》(上)(中)(下)
京極夏彦　分冊文庫版 陰摩羅鬼《おんもらき》の瑕《きず》(上)(中)(下)
京極夏彦　分冊文庫版 邪魅《じゃみ》の雫 (上)(中)(下)
京極夏彦　分冊文庫版 ルー＝ガルー〈忌避すべき狼〉(上)(下)
京極夏彦　分冊文庫版 ルー＝ガルー2〈インクブス×スクブス 相容れぬ夢魔〉(上)(下)
京極夏彦・原作 志水アキ・漫画　コミック版 姑獲鳥《うぶめ》の夏 (上)(下)
京極夏彦・原作 志水アキ・漫画　コミック版 魍魎《もうりょう》の匣《はこ》(上)(下)
北森鴻　狐罠
北森鴻　メビウス・レター

講談社文庫　目録

講談社文庫　目録

栗本　薫　水曜日のジゴロ〈伊集院大介の探究〉
栗本　薫　真夜中のユニコーン〈伊集院大介の休日〉
栗本　薫　身も心も〈伊集院大介のアドリブ〉
栗本　薫　聖者の行進〈伊集院大介のクリスマス〉
栗本　薫　陽気な幽霊〈伊集院大介の観光案内〉
栗本　薫　女郎蜘蛛〈伊集院大介と幻の友禅〉
栗本　薫　第六の大罪〈伊集院大介の飽食〉
栗本　薫　逃げ出した死体〈伊集院大介と少年探偵〉
栗本　薫　六月の桜〈伊集院大介のレクイエム〉
栗本　薫　樹霊の塔〈伊集院大介の聖域〉
栗本　薫　木蓮荘綺譚〈伊集院大介の不思議な旅〉
栗本　薫　新装版 絃《いと》の聖域
栗本　薫　新装版 ぼくらの時代
黒井千次　カーテンコール
黒井千次　日の砦
倉橋由美子　よもつひらさか往還
倉橋由美子　老人のための残酷童話
倉橋由美子　偏愛文学館
黒柳徹子　窓ぎわのトットちゃん 新組版

久保博司　日本の検察
久保博司　新宿歌舞伎町交番
久保博司　歌舞伎町と死闘した男〈続・新宿歌舞伎町交番〉
工藤美代子　今朝の骨肉、夕べのみそ汁
黒川博行　燻り
黒川博行　てとろどときしん〈大阪府警・捜査一課事件報告書〉
黒川博行　国境
久世光彦　夢あたたかき〈向田邦子との二十年〉
黒田福美　ソウルマイハート
黒田福美　となりの韓国人〈傾向と対策〉
倉知　淳　星降り山荘の殺人
倉知　淳　猫丸先輩の推測
倉知　淳　猫丸先輩の空論
熊谷達也　迎え火の山
熊谷達也　箕作《みつくり》弥平《やへい》商伝記
鯨　統一郎　北京原人の日
鯨　統一郎　タイムスリップ森鷗外
鯨　統一郎　タイムスリップ明治維新
鯨　統一郎　富士山大噴火

鯨　統一郎　タイムスリップ釈迦如来
鯨　統一郎　タイムスリップ水戸黄門
鯨　統一郎　MORNING GIRL
鯨　統一郎　タイムスリップ戦国時代
鯨　統一郎　タイムスリップ忠臣蔵
鯨　統一郎　タイムスリップ紫式部
倉阪鬼一郎　青い館の崩壊〈ブルー・ローズ殺人事件〉
倉阪鬼一郎　大江戸秘脚便
久米　宏
久米麗子　ミステリアスな結婚
轡田隆史　いまを読む名言〈昭和天皇からホリエモンまで〉
草野たき　透きとおった糸をのばして
草野たき　猫の名前
草野たき　ハチミツドロップス
黒田研二　ウェディング・ドレス
黒田研二　ペルソナ探偵
黒田研二　ナナフシの恋〈～Mimetic Girl～〉
黒木　亮　アジアの隼
黒木　亮　カラ売り屋
黒木　亮　エネルギー(上)(中)(下)

2016年9月15日現在